中国历史文化名人传

竹林悲风

嵇康传

陈书良　著

作家出版社

中国历史文化名人传

组委会名单

主任：李　冰
委员：何建明　葛笑政

编委会名单

主任：何建明
委员：郑欣淼　李炳银　何西来　张　陵　张水舟　黄宾堂　张亚丽

文史组专家成员（按姓氏笔划为序）

王春瑜　王曾瑜　孙　郁　刘彦君　李　浩　何西来　郑欣淼
陶文鹏　党圣元　袁行霈　郭启宏　黄留珠　董乃斌

文学组专家成员（按姓氏笔划为序）

王必胜　白　烨　田珍颖　刘　茵　张　陵　张水舟　张亚丽
李炳银　贺绍俊　黄宾堂　程步涛

.

出版说明

中华民族五千年文明史中，涌现了一大批杰出的文化巨匠，他们如璀璨的群星，闪耀着思想和智慧的光芒。系统和本正地记录他们的人生轨迹与文化成就，无疑是一件十分有必要的事。为此，中国作家协会于2012年初作出决定，用五年左右时间，集中文学界和文化界的精兵强将，创作出版《中国历史文化名人传》大型丛书。这是一项重大的国家文化出版工程，它对形象化地诠释和反映中华民族文化的基本精神，继承发扬传统文化的精髓，对公民的历史文化普及和建设社会主义文化强国都具有重要而深远的意义。

这项原创的纪实体文学工程，预计出版120部左右。编委会与各方专家反复会商，遴选出在中国文化发展史上产生过重大影响的120余位历史文化名人。在作者选择上，我们采取专家推荐、主动约请及社会选拔的方式，选择有文史功底、有创作实绩并有较大社会影响，能胜任繁重的实地采访、文献查阅及长篇创作任务，擅长传记文学创作的作家。创作的总体要求是，必须在尊重史实基础上进行文学艺术创作，力求生动传神，追求本质的真实，塑造出饱满的人物形象，具有引人入胜的故事性和可读性；反对戏说、颠覆和凭空捏造，严禁抄袭；作家对传主要有客观的价值判断和对人物精神概括与提升的独到心得，要有新颖的艺术表现形式；新传水平应当高于已有同一人物的传记作品。

为了保证丛书的高品质，我们聘请了学有专长、卓有成就的史学和文学专家，对书稿的文史真伪、价值取向、人物刻画和文学表现等方面总体把关，并建立了严格的论证机制，从传主的选择、作者的认定、写作大纲论证、书稿专项审定直至编辑、出版等，层层论证把关，力图使丛书经得起时间的检验，从而达到传承中华文明和弘扬杰出文化人物精神之目的。丛书的封面设计，以中国历史长河为概念，取层层历史文化积淀与源远流长的宏大意象，采用各个历史时期最具代表性的文化符号与雅致温润的色条进行表达，意蕴深厚，庄重大气。内文的版式设计也尽可能做到精致、别具美感。

中华民族文化博大精深，这百位文化名人就是杰出代表。他们的灿烂人生就是中华文明历史的缩影；他们的思想智慧、精神气脉深深融入我们民族的血液中，成为代代相袭的中华魂魄。在实现"中国梦"的历史进程中，必定成为我们再出发的精神动力。

感谢关心、支持我们工作的中央有关部门和各级领导及专家们，更要感谢作者们呕心沥血的创作。由于该丛书工程浩大，人数众多，时间绵延较长，疏漏在所难免，期待各界有识之士提出宝贵的建设性意见，我们会努力做得更好。

《中国历史文化名人传》丛书编委会

2013 年 11 月

嵇　康

目录

第一章 凶险时世

一、曹丕之死

魏文帝黄初七年（226），魏都洛阳。

沿洛水两岸而分布的洛阳城，时称"普天之下无二置，四海之内无并雄"，真是实打实的"帝王州"。洛阳又名斟鄩、西亳、洛邑，帝喾都西亳，夏太康迁都斟鄩，商汤定都西亳；武王伐纣，八百诸侯会孟津；周公辅政，迁九鼎于洛邑。光武中兴后，定都洛阳，逐渐成为国际大都市。及至董卓乱政，一把火将洛阳的数代繁华烧得一干二净。曹操挟天子曾定都许昌，到曹丕称帝，又将国都迁回洛阳。经过数年的营建，到黄初七年，洛阳城又是宫殿巍峨，甲第连云，巷坊纵横，宝马香车如织，恢复了大都市的气派。

眼下正是仲夏五月，正是洛邑如花似锦的繁华岁月，从洛阳城到龙门山的官道两旁，绿野如烟，百卉竞开，简直成了一条锦绣大道。至于鳞次栉比的官民住宅，不管是园林花苑还是小小楼阁，都喜欢栽种牡丹，土植、盆栽，挑窗、傍墙，有大红的，有紫色的，有的如白玉，有的如牙黄，热热闹闹地竞相怒放。惹得蜂蝶纷至，满城飞舞。在阳光的照耀下，全城都笼罩着氤氲香雾。

洛京皇宫内又是另一番景象，除各处皆可见到的艳丽牡丹外，永宁宫、德阳宫等处的兰沼已成了一顷顷芙蓉国。池塘湖泊用精致的太湖石圈边，丛丛兰花错落地点缀其间，水面上荷花齐刷刷的有一人高，绿叶亭亭如盖，花朵映日吐艳，香远益清。往年的这个时候，宫女、太监们总是划着独木兰舟，穿行在荷塘泽国，他们的笑闹声、歌唱声，惊飞了花间的水鸟。而现在，黄初七年（226）五月，池边竟然寂静无人，让一池荷花，徒然红艳艳、闹哄哄，承受着难堪的寂寞。

这一切，都是因为一个不祥的消息不胫而走："皇帝病笃，危在旦夕！"

"多么仁慈的皇帝啊！半个月前他就将后宫淑媛、昭仪以下的嫔妃遣回到各自的家里，宫女也送出了大半！"

"几个大将军都奉诏赶回，天天从早到晚候在永宁宫外，这恐怕大事不好，是要拜受顾命了。"

永宁宫寝宫，帷幕低垂，烛光摇曳，四十岁的魏主曹丕病体沉重，一连几天都不时陷入了昏迷状态。

曹丕骨瘦如柴，躺在龙床上，一动也不能动。远处几个太监，蹑手蹑脚，小心翼翼地侍立着。龙床前设一软榻，太子曹叡垂首靠坐着，他已经一连陪伴父亲几个日夜了。

曹丕醒了过来，刚才他做了一个梦，梦见自己还是五官中郎将、副丞相，雄姿英发，披坚执锐，跟随父亲征战。那时自己是多么强壮干练啊，父亲麾下的大将曹洪、夏侯惇、曹真、张郃等，一个个俯首听命，效死奔驰。敌人像潮水般败退，我方左、中、右三军一齐压上，自己手挥佩剑，紧紧护卫着父亲，呼喊着，旋风般地奔向太阳……他突然感到一阵昏厥，无力地闭上了眼睛。

自己才四十岁，东吴、西蜀强敌未灭，六合未能一统，父亲的遗愿未能实现，难道就要死去吗？曹丕想起了正月间遭遇的一件蹊跷事。其时他巡视河内①，准备亲临许昌。许昌对自己的功业，无疑是一个重要的转折点。公元二二〇年，曹操在洛阳病逝，曹丕就开始了夺取天下的行动，他命令曹洪、曹休带剑闯进内宫，把汉献帝挟出殿来，逼他让位。又命大臣华歆劝献帝筑坛禅让。汉献帝无奈只得将帝位禅让给曹丕。那一天是多么的隆重啊！受禅坛下有文武百官四百多个，御林军三十万分列前后，京城百姓无数。仪式上，汉献帝在礼炮和钟磬声中捧着代表皇权的玉玺，亲手交给了曹丕，然后司礼监宣读禅让的诏书。读完诏书，曹丕行八拜之礼，双手接过诏书和国玺，登上帝位，百姓臣民立即山呼万岁，地动天摇。曹丕传旨，改元黄初元年，国号大魏，追封父亲为太祖武皇帝，封汉献帝为山阳公，马上起行赴任。不久，曹丕宣布迁都洛阳，将许县改名许昌，以表示曹魏基业繁荣昌盛之意。他还下令将《劝进表》和《受禅表》刻石树碑，以传后世。然而，正月的巡视，正当銮驾准备进入许昌时，许昌城南门竟然无缘无故自然崩塌。曹丕又害怕又狐疑，于是不进入许昌，折返洛阳。许昌塌门是上天示警吗？难道这是自己离世的凶兆？巨大的悲哀和恐惧攫住了他，他又一次昏死过去。

也不知道过了多久，曹丕仿佛听到了更漏声，他微睁双眼，看到了端坐在软榻上的太子曹叡。大概因为焦虑和连日操劳，衣不缓解，足不脱履，此刻二十三岁的曹叡竟昏昏入睡了。

多么可爱的儿子啊！曹丕满怀怜惜地看着儿子瘦削的侧影，以后驾

---

① 汉之河内郡，郡治怀县（今河南武陟），辖今河南河道以北大部地区。

驭百官、统一寰宇的重担就要由他来承担了。这些年来，如逢战伐，曹叡就追随战阵，亲历戎行；如在朝堂，曹叡就参与朝政，折冲各部，因此，无论是军事还是政事，曹叡都相当熟悉，而且也表现出敏锐的眼光和出色的才干。曹丕一点也不怀疑儿子驾驭百官、处理大事的能力。然而，曹丕又想起了黄初五年（224）的一件事，那年秋天，秋高气爽，他携太子曹叡到高平陵围猎，窥见子母二鹿。曹丕自己射杀了母鹿，小鹿惊慌地依偎在母鹿尸旁。曹丕命令曹叡射杀幼鹿。不料曹叡扑通跪下，流泪禀告父亲："陛下已杀其母，臣不忍复杀其子。"

当时，文武官员都称赞太子仁慈，他也感到很欣慰，现在临到要交接社稷重器之时，回头一想，这到底是儿子的优点呢，还是弱点呢？他又不放心了。是的，应该给太子找几个得力的辅佐。

关于给太子指定顾命大臣，曹丕其实早有考虑，他反复琢磨，有四个原则：一是要德高望重，二是要对皇室忠心耿耿，三是要能效命于太子，四是既要有宗室，也要有外臣，便于互相钳制。他给太子找的顾命大臣有四位，即中军大将军曹真、镇军大将军陈群、征东大将军曹休、抚军大将军司马懿。恰好两位宗室、两位外臣。曹丕虽然心里已经认定，而且也将四人召来永宁宫外，但没有宣布。

曹休、曹真是宗室，而且功勋卓著。曹休带剑入宫胁迫汉献帝禅位，是扶立曹丕为帝的首功之臣。曹真，字子丹，是武帝的族子。武帝怜悯曹真年幼丧父，将其收养，视同己出。曹真智勇双全，随武帝南北转战，战功赫赫。更难得的是，曹真居高不傲，一生恪守臣子本分，又体恤部下，深孚众望。陈群虽是外臣，但功劳卓著，又忠于曹室，深得武帝信任。然而，这三位加起来，才干恐怕也难敌司马懿。

司马懿，字仲达，河内郡温县①孝敬里人。他是经天纬地的盖世奇才，是诸葛亮后期也是平生的劲敌。他自幼就志向宏大，多学博识，被时人视为异才。司马懿的父兄与曹氏家族渊源深厚，长兄司马朗还是建安时期曹氏集团的重要人物。凭借自己过人的谋略才智，司马懿很快脱颖而出，参与了曹氏集团的重大决策，官位也屡屡升迁。然而，曹操也对其愈加疑心与提防。因为其一，司马懿生有异相，能"狼顾"，即在肩不动的情况下，能够把头转动一百八十度，看到背后的动静。据说有此相的人，都是翻脸无情、残忍狡诈之辈。曹操自信具有控制大局的雄才，但还是担心出现臣强主弱的情况，贻祸子孙。其二，《晋书·宣帝纪》载，曹操曾梦到"三马同食一槽"，就是三匹马在同一个槽内吃食，醒来后疑虑丛生。司马懿姓氏中有"马"字，恰好有司马师、司马昭两个虎狼之子。"槽"谐音"曹"，这不预示着曹氏基业将被司马氏吞并吗？于是，曹操多次想除掉司马懿，还警告曹丕要多加防范，说"司马懿非人臣也，必预汝家事"。然而，司马懿老谋深算，事事小心翼翼，多次化险为夷，最终竟安然无恙。

曹丕称帝以后，对司马懿更加器重，司马懿也不遗余力，竭诚报效。然而到了生死关头，不知为什么，曹丕又想起了父亲的遗言，只是他已经无力决断了。

又一阵昏厥，耳畔传来了太子曹叡和一班值日内侍悲切的呼唤，曹丕心知大限已到，他挣扎着睁开眼睛，示意太子与内侍近前，艰难地吐出三个字："宣顾命。"于是，早已等候在寝宫外的曹真、曹休、陈群、司马懿及群臣鱼贯而入，司礼太监朗声宣读了诏命。曹真等四顾命大臣伏拜在地，尤其司马懿涕泪纵横，以头抢地，身上的袍服湿透。

① 今河南焦作市温县。

曹丕已经不能言语，他瞥了一眼司马懿，然后闭上了眼睛，溘然长逝。寝宫灯烛凄清，哭声一片。

在四位顾命大臣的主持下，廷议将曹丕安葬在首阳陵，谥号文帝，从出殡到安葬，都按照遗诏办事。曹叡则择吉登极，是为明帝。

二、山先生的卓识

文帝辞世，明帝即位，最高层的变动当然给魏国社会带来巨大的震荡。

魏都洛京南坊有一间龙门酒垆，环境清雅，原来是读书人喜欢聚议国是的场所。当时社会上还时兴"处士横议"之风。

有几个青年士子饮酒纵论，酒桌外还围站着一二十个百姓听众。一个留着五络胡须的青衫少年说："新君年纪虽轻，但武可拓疆，文足立国，窃以为是一代雄主！山先生以为如何？弟意要不了几年，破东吴，灭西蜀，武帝文帝的宏图就可以实现！"

被称为"山先生"者，姓山名涛，字巨源，河内怀县人，幼年丧父，家境贫寒，以苦学被举为秀才。他此时约摸二十一二岁，身材高大，穿一袭皂色短衫，由于天气甚热，领扣亦敞开。山涛的远见卓识闻名远近，所以听者很多。不过，这时他并不答话，低头微微一笑，自顾自地喝酒。

倒是坐在山涛右侧的黑衫士子说话了："兄台说得好！细细想来，新君固然雄主，文帝尤其圣明！你们看四位顾命大臣蕴含无限玄机，以后这些巨公精诚合作，我朝幸甚至哉！"说罢，他干脆举起酒盏，对身边的山涛齐眉一举："愿闻先生教旨。"

话已说到这个份儿上，山涛也不谦让，他站起来，双手向天一拱："武帝圣明！文帝圣明！新君一代雄主！诚如二兄所言，我朝将步入康庄，涛当乐观其成！"

然后，山涛坐了下来，对周围听客颔首示意，慢条斯理地说："诸位，我等一无钱财，二无官职，只能追求乱世苟全性命，不求富贵名利。然而要真做到'苟全''不求'，又何等困难！炎汉祚衰，国柄更迭，你方唱罢我登台。先是十常侍乱政，后有董卓专权。中平六年（189），董卓废少帝刘辩为弘农王，立九岁的陈留王刘协为帝。初平元年（190），董卓令李儒毒死弘农王，可怜他才只有十五岁。建安十八年（213），献帝封太祖为魏公，加九锡。建安十九年（214），伏后与国丈伏完密谋诛杀太祖，幸得事泄，太祖诛杀伏氏一众。延康元年（220），太祖仙逝，文帝登极，建魏国。后刘备、孙权亦相继称帝。今新君登极，国之更迭，何等繁速？前事不忘，后事之师。谁敢担保以后就没有这样的白云苍狗呢？"

山巨源话虽平和，但史实凿凿，听者都点头不止。山涛又喝了口酒，放低声音说道："至于顾命诸臣，当然都是龙虎之士，风云际会，就全仗今上驾驭了。驾驭得好，何愁文景之治不会重现？但是，如果失制，龙争虎斗，则恐怕会山崩地裂，不知人间何世了！"

听山涛如此说，众人一头雾水，五络胡子忍不住发问道："何谓失制？怎么又会失制呢？""山先生讲话危言耸听！前后矛盾！""他把自己当作南阳卧龙了！"

大家都哄笑起来。这时酒垆门口闪现一个手持洗衣木盆的妇人，一声喝断："巨源又在这里饶舌了！"原来来人是山涛的夫人韩氏。山涛惧内也是远近闻名的，无奈起身向大家拱拱手，垂头走出。出得店来，山涛仰天长叹："举世皆浊，知己何在？"

他不知道，就在这个时候，在谯郡铚县，有一个四岁的小儿，将来会和自己结成千古推重的竹林之约。

这个小儿，就是嵇康。

三、两大政治事件

嵇康生活的时代，从他出生三十余年前的汉末黄巾军起义开始，到董卓乱政，再到曹丕逼汉献帝禅让，接着是魏蜀吴三国连年征战，直到司马氏取代曹魏建立西晋，平定天下，三国归晋，这半个多世纪一路刀光剑影，血雨腥风，堪称凶险时世。而个人的成就、际遇和时代之间，有着谜一样的关系。《文选》收有东晋袁宏《三国名臣序赞》，其中有一句名言："才为世出，世亦须才。"据此，湖南的清代政治家郭嵩焘曾写给湘军名将、清末重臣左宗棠一副挽联："世须才才亦须世，公负我我不负公。"鲁迅非常欣赏嵇康，曾经用娟秀的小行楷抄校全部《嵇康集》。他在《魏晋风度及文章与药及酒之关系》中佩服嵇康是一个猖狂之士，赞叹《与山巨源绝交书》痛快淋漓。但他读到嵇康写给儿子嵇绍的《家诫》，又"实在觉得很稀奇"，"教他的儿子做人要小心，还有一条一条的教训"，"觉得宛然是两个人"。这当然是在政治高压、凶险时世下的人格裂变；惟其如此，才有《嵇康集》尤其是《与山巨源绝交书》中的曲笔、反笔、冷笔和愤笔。知人论世，才能读懂嵇康，了然其才亦须世。

嵇康历经战乱与瘟疫的年代。

嵇康出生前后战乱频仍，人民饱受流离之苦，生存环境极为艰难。

首先是黄巾起义。"苍天已死，黄天当立"。黄巾起义席卷了大半个汉帝国。汉末桓帝灵帝时期沉苛重税，盘剥百姓，兼之天灾不断，民不聊生，饿殍遍野。巨鹿郡张角兄弟利用宗教把群众组织起来，创立太平道，很快全国教徒发展到几十万人。《三国演义》第一回《宴桃园豪杰三结义　斩黄巾英雄首立功》，其中就叙述张角与二弟商议："至难得者，民心也。今民心已顺，若不乘势取天下，诚为可惜！"于是张角振臂一呼，百姓群起响应。所有起义的农民头上都裹着黄巾作为标志，所以称作"黄巾军"。黄巾军面对东汉朝廷和各地地主豪强的血腥镇压，经过九个月的生死搏斗，最后还是失败了。《后汉书·皇甫嵩朱隽列传》云：

> 时，北中郎将卢植及东中郎将董卓讨张角，并无功而还，乃诏嵩进兵讨之。嵩与角弟梁战于广宗。梁众精勇，嵩不能克。明日，乃闭营休士，以观其变。知贼意稍懈，乃潜夜勒兵，鸡鸣驰赴其阵，战至晡时，大破之，斩梁，获首三万级，赴河死者五万许人，焚烧车重三万余辆，悉虏其妇子，系获甚众。角先已病死，乃剖棺戮尸，传首京师。嵩复与钜鹿太守冯翊郭典攻角弟宝于下曲阳，又斩之。首获十余万人，筑京观于城南。

每一战役，包括斩首的和"赴河死者"死亡都是几万、十几万，可见战况之惨烈。无论如何，受害的首先是老百姓。东汉王朝的腐朽统治，经过黄巾起义的致命打击，也就奄奄一息了。

接着是董卓之乱。公元一八九年，董卓废立皇帝，正好给了袁绍等地方实力派军阀一个挑起战争、拥兵自重的借口。于是各地十八路诸侯数十万人马联合讨董。董卓则挟持汉献帝和上百万人口强迁往长安，把洛京宫室、宫府、民房统统付之一炬，百姓倒毙于途，死亡无数。结果讨董战争一场混战，双方各死伤数万人马，以闹剧收场。

接下来是群雄逐鹿。从建安五年（200）二月开始到十一月结束，历时九个月的官渡之战，曹操大败袁绍，它是汉末群雄混战和三国鼎立两个阶段中具有决定意义的一次大战，也是曹操统一北方之战中最重要的一战。《三国志》说曹操连败袁氏父子，袁绍逃走后，剩余的袁氏部队全部投降了曹操。可这时曹操已经没有粮食，无力收编降兵，又不甘放他们回袁绍处，于是索性"尽坑之，前后所杀八万人"①，袁绍的河北精锐一朝尽丧。是役的残酷性可见一斑。

"东风起，烧战船，应笑我白发苍苍着先鞭。烈火更助英雄胆，管教他那八十三万人马灰飞烟灭火烛天！收拾起风雷供调遣，百万一貌谈笑间！"②这是赤壁之战中东吴老将黄盖充当火船先锋、临别对主将周瑜抒发的必死的决心。《三国演义》中的"草船借箭""蒋干中计""献连环""祭东风"等精彩章节，描绘的都是这一著名战役。至今读起来，仍然扣人心弦，情思荡漾。曹操平定北方以后，公元二〇八年，率领几十万大军南下，水陆并进，企图统一南北，史称赤壁之战。孙权与刘备结成联盟，与曹军在赤壁③对峙。最后，孙刘联军用火攻大破曹操。经过这场大战，奠定了魏、蜀、吴三国鼎立的局面。赤壁之战是我国古代战争史上以少胜多、以弱胜强的著名战例。曹操此役投入的实际兵力当然没有八十三万，但被打得丢盔弃甲、七零八落逃回北方，损失了几十万人马应该是事实。

灭蜀之役、灭吴之役则宣告了三国鼎立时期的结束，天下归晋。公元二六三年，魏军兵分三路，大举南下。主将钟会统兵十二万，从子午谷南下进攻汉中。西路由邓艾统兵三万，东路由诸葛绪统兵。蜀军主将

---

① 出自《后汉书·袁绍刘表列传》。
② 出自京剧《壮别》唱词。
③ 今湖北武昌县西。

姜维摆脱邓、诸葛的钳制，率蜀军主力撤入剑阁，与钟会大军相持。这时，魏将邓艾抓住机会，率军偷渡阴平七百里无人小路，绕过剑阁天险，突然出现在成都城下。惊慌失措的刘后主反绑双手，出城投降，拥有二十八万户、九十四万人口、十万将士的蜀汉就此灭亡。蜀汉灭亡以后，东吴自然也逃不掉灭亡的悲剧。公元二七九年，晋武帝发兵二十多万，分几路进攻吴都建业。镇南大将军杜预打中路，安东将军王浑打东路，益州刺史王濬率水军，顺长江而下，向东进攻。结果三路大军都节节胜利，刘禹锡在《西塞山怀古》描绘了"王濬楼船下益州，金陵王气黯然收。千寻铁锁沉江底，一片降幡出石头"的历史场面。王濬用燃烧的木筏突破了吴军布置在江面的铁锁后，建业附近一百里江面，全是晋军的战船，王濬率领水军将士八万人上岸，在雷鸣般的鼓噪声中开进了建业城。吴主孙皓山穷水尽，只得像蜀汉刘后主一样反绑双手，到王濬营前请降。

以上只是嵇康出生前到去世后百年间发生战事的荦荦大者，这一百年间大规模战争计二百三十九次。战乱造成的灾难，给人民带来巨大痛苦，也是当时社会的主要形态之一。曹操的儿子曹植在早期写有《送应氏诗》，第一首写送应场时所看到的洛阳残破景象，是难得的纪实之作：

步登北邙坂，遥望洛阳山。洛阳何寂寞，宫室尽烧焚。垣墙皆顿擗，荆棘上参天。不见旧耆老，但睹新少年。侧足无行径，荒畴不复田。游子久不归，不识陌与阡。中野何萧条，千里无人烟。念我平常居，气结不能言。

从城市的破坏、田园的荒废、人民的死亡，描绘出一幅伤心惨目的大乱后的社会图景。此诗作于建安十六年（211），距董卓之乱的时间已有二十年之久，而社会景象仍是如此残破，可见当时祸乱对人民所造罪恶的严重程度，因而不能不令人"气结不能言"了。这正是生活在乱世的文人们常有的一种感慨，嵇康亦然。

与战乱并行肆虐的是瘟疫。

曹操的名篇《蒿里行》有句云："白骨露于野，千里无鸡鸣。生民百遗一，念之断人肠。"细考典籍，其实造成这种满目疮痍、遍野哀鸿的景象的原因，除了上述连年战乱外，瘟疫频发亦是重要原因。据史书记载，东汉桓帝时大疫三次，灵帝时大疫五次，献帝建安年间疫病流行更甚，成千累万的人被病魔吞噬，以致造成十室九空的劫难。

公元一八四年的黄巾起义，张角是借治疫而起。因为瘟疫流行，百姓无钱服药医病，张角的道教叫作太平道，他自称大贤良师，手执九节杖画符诵咒，给病人符水喝，好了算是信道，死了算是不信道。张角派遣弟子到各地治病传道，十余年间，青、徐、幽、冀、荆、扬、兖、豫八州信徒多至数十万。东汉地方官吏为治病的表象所惑，也认为"以善道教化，为民所归"，竟没有阻止太平道的活动。

嵇康二十岁以后生活的洛阳、山阳等地，建安以来也接连爆发瘟疫，丧生者无数。医圣张仲景在《伤寒论》中曾记载了当时自己家族的情况："余宗族素多，向余二百，自建安纪年以来，犹未十稔，其死亡者三分有二，伤寒十居其七。"这就是说，从建安纪年以来，不到十年，张家族人有三分之二的人因患疫症而死亡，其中死于伤寒者竟占了十分之七。张家宗族还算是具有一些医疗条件尚且如此，贫苦人民的病死，当是一个惊心动魄的数字。

特别是建安二十二年（217），因瘟疫而亡者尤多。按曹植《说疫气》云：

建安二十二年，疠气流行。家家有僵尸之痛，室室有号泣之哀。或阖门而殪，或覆族而丧。

疫病猖獗，人间何世？按曹丕《与吴质书》云："昔年疾疫，亲故多罹其灾，徐、陈、应、刘，一时俱逝，痛可言邪！"细玩语意，因果昭然，当时名震天下的"建安七子"中四子徐、陈、应、刘应是疾疫致丧，地狱再现，何其恐怖！又，史载嵇康的父亲早逝，没有明确记载，结合当时的社会情势，疾疫和战乱所致丧的概率应该是很大的。

由于战乱和疾疫，中原一度形成"旧土人民，死丧略尽，国中终日行，不见所识"[①]的惨象，人民死亡枕藉，生产严重破坏。无疑，这种残破不堪的现实社会和生活于其中的惨痛经历，从逆方向加速了知识分子头脑中人的觉醒，他们唱出了性命短促、人生无常的悲伤。如"人生寄一世，奄忽若飙尘"[②]，"所遇无故物，焉得不速老"[③]，"出郭门直视，但见丘与坟"[④]，"人生有何常，但患年岁暮"[⑤]，"天地无终极，人命若朝霜"[⑥]……就连叱咤风云的曹操统雄兵，下江南，旌旗蔽空，舳舻千里，气吞东吴，面对月明星稀江天寥廓，也不禁悲从中来，叹道：

对酒当歌，人生几何！譬如朝露，去日苦多！

---

① 出自曹操《军谯令》。
② 出自《古诗十九首·今日良宴会》。
③ 出自《古诗十九首·回车驾言迈》。
④ 出自《古诗十九首·去者日以疏》。
⑤ 出自孔融《杂诗二首》。
⑥ 出自曹植《送应氏》。

曹植的《赠白马王彪》则在沉郁悲凉中更透出理性的思考：

> 人生处一世，去若朝露晞。年在桑榆间，影响不能追。
> 自顾非金石，咄唶令心悲！

究竟如何能寿比金石呢？嵇康等名士则辗转反侧，力图抓住无边黑暗里的一道五色灵光，这就是道家的"真人"：

> 人生譬朝露，世变多百罗。苟必有终极，彭聃不足多。
> 仁义浇淳朴，前识丧道华。留弱丧自然，天真难可和。郢人
> 审匠石，钟子识伯牙。真人不屡存，高唱谁当和？①

《晋书·嵇康传》记载，嵇康"常修养性服食之事"。他曾几次深入苏门山，参访孙登、王烈等世外高人。在他看来，只要"修性以保神，安心以全身……又呼吸吐纳，服食养身"，就能够"使形神相亲，表里俱济也"，从而达到养生的功效。嵇康相信，如果坚持这样形神兼养，最后甚至可以像仙人羡门、王子乔那样长寿。嵇康将自己的养生理论写成《养生论》。此文长达千余字，在当时也算是长篇论文了。好友向秀看了不以为然，撰写了《难养生论》相驳，嵇康并没有就此折服，又写了一篇《答难养生论》，作为对向秀辩难的回应。

在如此典型乱世，作为一种反弹，当时社会上是兴起一股养生热的。嵇康、向秀的这些文章文笔流畅，纵横恣肆，议论精辟，譬喻生动，可视为当时社会上养生热潮的标志；而当时社会上的养生热潮又可

---

① 出自嵇康《杂诗》。

视为人们在战乱和疾疫双重戕害下的追求，或者说是精神的慰藉，人性的觉醒。

至于前面所叙及山涛列举的政权的更迭，黄初七年（226）以后愈演愈烈。这是汉家王朝的一段屈辱史，罪魁祸首自然是曹氏父子。而具有讽刺意味的是，历史总是惊人的相似，这一幕接下来就在曹魏政权和司马氏之间重演，曹氏母子又受尽司马氏欺凌，政权硬生生地被夺去。

以上是嵇康生前死后半个多世纪的政治大变动。嵇康经历了其中的两个重大政治事件。应该说，由于他的"曹家贵婿"身份，在由魏入晋的历史进程中他无计逃遁，是痛彻五内的，这是他个人的悲剧。广而言之，这也是最具凶险的时世状态。

第一件是公元二四九年，司马懿与曹爽争斗，最后诛杀了曹爽，曹魏的军政大权转移到司马懿手中。这就是历史上著名的高平陵事件。这一年嵇康二十七岁，已然是皇室姻亲。

事件总是有个演变过程，此事还得从明帝忍死托孤说起。

魏景初三年（239）正月，时嵇康十七岁，还居住在风平浪静的谯国铚县，而此时洛阳则黑云压城，山雨欲来风满楼，因为魏明帝曹叡病危了。

曹叡是曹操最喜爱的孙子，自小慧颖有为，继承帝位后，对辅政大臣曹真、司马懿等一班熊虎将帅恩威并施，指挥若定，征吴、蜀，平鲜卑，灭公孙渊，堪称英主。可惜随着统治的稳固，明帝日渐沉迷声色，终因荒淫过度而一病不起。为了给太子曹芳寻求保护，明帝强撑病体，苦苦等待着从遥远的辽东急诏赴廷的辅政大臣司马懿。

明帝给太子曹芳找的辅政大臣有两个，其中一个是曹爽。曹爽虽资历较浅，才具平庸，但他与明帝的关系很铁。曹爽的父亲是曹魏宗室大司马曹真。曹丕临终时，曹真受诏和陈群、司马懿、曹休等人共同辅政。两位宗室，两位外臣，互相钳制。加之曹叡又有驭臣雄才，故国势日强。事实证明，这是曹丕的正确安排。明帝时期，曹真官至大司马，还特许可以佩剑穿履上殿，入朝不趋，可谓宠极人臣。曹爽就是曹真的儿子。

曹爽虽然资质不如乃父，但因贵为皇亲国戚，自幼出入宫中，与太子曹叡是幼年的玩伴，关系十分要好。不仅如此，曹爽虽然没有继承到曹真的文韬武略，但对魏帝忠心耿耿、恪守臣分一脉相承。正因为这一点，曹叡对其宠信有加，即位后对其多次加官晋爵，由散骑侍郎累迁城门校尉，加散骑常侍，转武卫将军，由此逐渐进入曹氏家族的核心圈子，并在曹叡临终前被任命为辅政大臣。然而，这都是凭借父亲基业与皇帝宠爱而获得的地位，与个人的才能、资历、声望无涉，更难与功劳卓著、威名显赫的司马懿相提并论。另外，虽然曹叡自己能驾驭龙虎，但儿子能力如何，又是一个未知数。

明帝时期，司马懿更系一国之安危，他西与诸葛亮相持，南擒孟达，东灭公孙渊，军事才能发挥得淋漓尽致。如此国之重臣，祖父曹操"三马食槽"之梦的警示早已经丢到九霄云外，弥留之际的曹叡当然苦苦等待。

等到风尘仆仆的司马懿赶来晋见，病笃的曹叡招呼他近前，拉着他的手说："人的死怎么是可以忍得住的呢？我强忍着不死，就是为了等卿家。希望卿家能够和曹爽一起辅佐幼子，我便死而无憾了。"

曹叡又召来齐王曹芳、秦王曹询拜见司马懿，特地指着九岁的齐王曹芳对司马懿说："这就是太子，卿家仔细看看，不要弄错了。"又叫曹芳上前抱住司马懿的脖项。曹叡说："太尉勿忘幼子今日相恋之情！"当时，曹叡诏拜曹爽为大将军，司马懿为太尉。司马懿则老泪纵横，叩头不止。这就是历史上著名的明帝忍死托孤的故事。

曹爽虽然和司马懿同受顾命，但因为他是宗室，所以地位比司马懿略高一筹。然而曹爽心胸狭窄，非常忌惮司马懿的才能，他心生一计，就给少帝上表，请求升迁司马懿为太傅。曹芳当然准奏。太傅虽然名义上比太尉高，但没有实权，司马懿于是被驱逐出权力核心。不仅如此，曹爽又任命弟弟曹羲为中领军，曹训为武卫将军，都统带作为皇帝卫队的御林军。曹爽又将亲信何晏、邓飏、李胜、丁谧等任命到重要职位，一时间曹爽变得权势熏天了。

司马懿无可奈何，只好以退观变，诈称患了风痹，不能上朝。他装病不仅装得很像，而且对家中的奴婢严加保密。有一天，司马懿在院里晒书，突然天气变了，下起了大雨。嗜书如命的司马懿竟忘了自己在装病，连忙起身去收书。然而他的行动被一个做饭的婢女看见了，他的妻子张氏担心走漏消息，便亲手杀死这个婢女以灭口，然后亲自下厨做饭。司马懿一直在暗中培植亲近势力，纠集同党。他的儿子司马师则豢养了三千死士，企图有朝一日能反戈一击，扳倒曹爽。司马懿就像一只蜷伏着的老虎，眯缝着双眼，观察着，谛听着，捕捉着每一个机会。

正始十年（249）正月初三，这个千载难逢的机会终于来了：皇帝要去拜谒高平陵，大将军曹爽及文武官员随行。

高平陵是明帝曹叡的陵寝，位于洛阳东南的伊川万安山。此地山川秀丽，风景优美，是洛阳、偃师、巩县三县交界处，与中岳嵩山遥遥相对，为洛阳东南之要冲。相传魏文帝曾到万安山打猎，有老虎赶超他的乘舆，随驾的将军孙礼于是拔剑刺杀了老虎。还有就是前面叙及的曹叡流泪拒射子鹿的事也发生于此。后来，魏文帝和魏明帝均葬于此山。高平陵就坐落在与曹魏有诸多感情交集的万安山中。

为了皇帝的出行和这次祭拜大礼，大将军曹爽自认为各方面都做得妥帖，距离出发还有两三天，他已沉浸在随驾的恩宠和宗室的荣耀之中了。这时，有"智囊"之称的心腹、大司农桓范小心翼翼地提醒他："在下以为大将军不可兄弟几人同时出城，万一城内生变怎么办呢？"曹爽听了呵呵大笑道："我总掌天下兵马，有谁敢造反？"桓范点醒他："大将军忘记了，城中尚有三只猛虎。"曹爽沉吟了一会儿，说："你是说司马父子？司马懿久病不出，朝不保夕，他那两个儿子黄口稚子，乳臭未干，何足为虑呢？要是不放心，那就派李胜去打听一下虚实吧。"其实桓范之言当然有理，应对措施也很简单，将曹爽的两个兄弟留下来统率禁卫军即可。若司马氏有风吹草动，一举歼灭，不在话下。可说万无一失，稳操胜券，根本不用派人探听。

李胜是曹爽的心腹，奉命去太傅府，假装调动官职辞行，求见司马懿。司马懿是何等聪明之人，他安排手下布置，将计就计，让李胜为己所用。

于是，李胜亲眼见到司马懿只能躺在病床上见客；亲眼见到司马懿耳朵不灵，竟然听不清并州和荆州；亲眼见到司马懿脑子糊涂，分不清他的任职情况；亲眼见到司马懿只能由婢女喂药汤，而药汤流得满身都是。于是，李胜回大将军府后将这些"可靠情报""如实"地汇报给曹爽。曹爽欢喜地说："这老头时日无多，只要他一死，我们就可以高枕无忧了！"

曹爽做梦也没有想到，李胜刚刚走出太傅府，司马懿就一跃而起，喊来司马师、司马昭两个儿子密议，集结心腹，开始实施一项惊天阴谋。

正月初三，阳光和煦。一大早魏都洛阳的宣阳门就打开了，旌旗猎猎，一队浩浩荡荡的车驾、人马出了京城。这是皇帝曹芳要去拜谒先皇明帝曹叡的高平陵，大将军曹爽和他的两个兄弟，以及文武官员衣着华丽，骑马护卫在皇帝左右。

此时司马懿一双鹰眼，在城楼上凝视着远去的皇帝车辇队伍留下的滚滚尘烟。他老练地等到所有人马渡过洛水之后，一声令下，魏国立刻发生了惊天动地的巨变。

司马师召集起他的三千死士和太傅府的护卫亲兵，分两路行动，一路由司马师率领，攻占城南的武库后夺取兵器；另一路由司马昭率领，前去"护卫"皇太后所在的永宁宫，"绑架"皇室，掌握发出诏令的制高点。司马懿则在府中召集高级官员开会，向他们宣布曹爽意图篡夺帝位，自己奉皇太后之命，罢去曹爽官职。这些官员中有些早已和司马懿串通一气，自然举双手赞同，其余的人见局面已被司马懿控制，心中惧怕，不敢说话。于是司马懿命令高柔假节钺行大将军事，占领曹爽大营；王观行中军事占曹羲大营，又派兵屯据洛水浮桥，很快魏都洛阳处于司马懿掌控之下。

正午时分，司马懿令快马将皇太后颁发的诏书送至高平陵，径宣皇帝曹芳听旨。诏书历数曹爽种种罪行，称已罢免曹爽兄弟的职务，但是如果他们能服从命令，奉皇帝回城，仍然能够以公侯的身份返回洛阳府第，否则军法从事！这封诏书恩威并施，当然，实际出自司马懿之手，他早已吃透了曹爽的性格和心理。

诏书送达之前，兵变消息已传到高平陵，措手不及的曹爽愤怒、焦虑、害怕，他想横下心来与司马懿死拼一场，又传来消息说众人府第内的家眷均安然无恙，只是被监视而已，他又疑虑丛生，举棋未定了。这时，大司农桓范从城里逃了出来。

桓范拜见曹爽，问道："事已至此，大将军如何处置？"曹爽脸色灰白，只是不断叹气。桓范建议说："如今之计，大将军不如奉天子到许都，召集四方军队讨逆，打回洛阳。大将军以天子之命号令天下，谁敢不从？这里距许都不过一天路程，所缺的只是粮草，但我带了大司农印在此，可一路征集，所以也不成问题。希望大将军速作决断！"

平心而论，桓范的建议有理有利，虽然失去先手，但皇帝还在，有号召力，后发制人有可行性，综合双方力量，胜负应能持平。如果预测事态演变，胜利的天平还应当会偏向曹爽。

然而优柔寡断的曹爽，经过一夜痛苦煎熬，软弱和怯懦击败了反抗的决心。他说："罢了，我做一个富家翁足矣！"打算向司马懿投降。桓范大哭，骂道："虎狼之侧岂容酣睡？！想当年曹子丹何等英雄，却生了你们几个蠢货兄弟，如今我这老头子要因为你们遭灭族之祸了！"

桓范不幸言中，司马懿没有兑现他的诺言。曹爽回城后马上被软禁，皇帝已回宫，兵权被夺，他已经没有任何讨价还价的资本了。在他富家翁美梦破灭、只想免除一死时，司马懿的党羽正在罗织他的罪名。不久，判决终于产生。曹爽兄弟和党羽何晏、丁谧、李胜、桓范等人及其三族百余人都在洛阳北郊被处死。他们的财产一概没收，曹爽连普通老百姓也没能当上，更别说富家翁了。当然，少帝曹芳也进一步沦为傀儡。

对于名士阶层来说，何晏等人之死也是一场名士的浩劫。

《魏氏春秋》记载，政变后，司马懿让何晏审查曹爽等人，何晏十分卖力，希望以此能让自己免罪。司马懿说，总共要灭八个家族。何晏查核了丁、邓等七家。司马懿说："还没有完。"忐忑不安的何晏问："难道是我吗？"司马懿说："正是。"于是将何晏收狱。如果说汉末陈蕃、李膺、范滂等党锢名士之死，留给世人的是清流正气，令人悲悯同情；那么何晏等正始名士，留下的除了清谈的魅力及深奥的玄理值得回味咀嚼外，多是贪名求利、目光短浅的非议。

司马懿杀了曹爽，掌握了军政大权。文武官员见风使舵，上奏说司马懿立了这么大的功劳，应当升为丞相，加九锡。所谓九锡，是中国古代皇帝赐给诸侯、大臣有殊勋者的九种礼器，《礼记》上说是车马、衣服、乐制、朱户、纳陛、虎贲、斧钺、弓矢、秬鬯。这九种礼器是皇帝的用具，赐给臣下，则表示最高的礼遇。可是司马懿坚决推辞了。夺得大权的司马懿可不糊涂，他想让年轻的儿孙们成就一番更大的事业。

这一年，嵇康二十七岁。先此两年，他娶了沛王曹林之女长乐亭主，迁郎中，旋即拜为中散大夫，成为了曹魏宗室的一员。这也注定了他那向往自由的无羁灵魂蒙上了政治色彩。然而，为什么这一次事变他能幸免于难呢？

一是此时嵇康已辞去中散大夫一职。嵇康与长乐亭主结婚后，三十三岁时为逃司马昭征召而避难河东，显然已无官无职。这之前他二十九岁时经常与向秀在洛邑工坊锻铁，亦应是无官行径。推测嵇康只做过一二年中散大夫，眼见乱象丛生，曹室濒危，也就辞职了，过着一种往来山阳、洛阳的生活。高平陵事变时他已是一介平民，也许还不在洛京。二是嵇康生性淡泊，不事张扬，我们只要检阅《嵇中散集》，就会发现，他对于姻缔皇室一事，竟无半语涉及。因为以上两点原因，所以嵇康没有在此次事变中受殃及。

第二件是公元二六〇年，司马昭受九锡、弑君，立常道乡公曹奂为帝，改元景元。

司马懿、司马师死后，司马昭任大将军，把持了朝政。魏帝曹髦被迫封他为晋公，加九锡，进位相国。司马昭则假装谦让，再三推辞。背后少年曹髦口无遮拦，气愤地说："司马昭之心，路人所知也。"

王莽篡夺汉朝天下前，也是先加九锡，加九锡实际包含篡位的祸心。魏帝曹髦自幼好学，思维敏捷，不仅对儒家经典有独到见解，也对曹魏皇室的处境深感忧虑。他曾经就夏朝的中兴之君少康和创建汉朝的高祖刘邦孰优孰劣问题，与荀颛、崔赞等人辩论，认为中兴之君的功业要大于创业之君，借古讽今，勉励自己能有所作为，复兴曹魏。他眼见司马昭气焰日甚一日，知其篡逆野心，心中忧愤难平。为了不束手待毙，便把他认为是忠良的侍中王沈、尚书王经、散骑常侍王业召来，告诉他们自己已对司马氏忍无可忍，要拼死一斗，请诸臣助力。

尚书王经劝道："昔日鲁昭公不能忍受季孙氏欺辱，联合他人攻打，结果失败出逃，失掉了国家，为天下笑谈。今朝政大权已久归司马氏所握，内外公卿都是他的爪牙，而陛下宿卫空虚，甲兵单弱，怎么是他的对手？还望陛下三思。"

曹髦十分愤怒："我决心已下，虽死不惧，何况现在还未必能败？！"说着，他便从袖中取出诏书扔到地上，让三位自看，自己往永宁宫报告太后去了。

曹髦当然是一个热血男儿，比怯懦的曹芳要有为得多。但王经所分析的力量对比确实是铁的事实。早在司马师废帝曹芳，十四岁的曹髦登位时，钟会朝见后，司马师就背地里问钟会今上是个怎样的君主。钟会答道："才同陈思①，武类太祖②。"这等于提醒司马氏对曹髦要加以注意。

再说侍中王沈是个贪生怕死之徒，待皇帝走后，便对散骑常侍王业悄声说："快去报告司马公吧，否则，我们难免受累，同归于尽！"王业表示同意。唯有王经反对卖主求荣。王沈、王业不顾皇帝的安危，立即报告了司马昭。司马昭闻报，立即通知中护军贾充，叫他整兵防备。

这边曹髦率殿中卫士、宫中奴隶几百人鼓噪而出，向大将军府杀去，遇到了司马昭早已布置好的兵马。率兵的是中护军贾充，贾充的父亲贾逵是曹魏老臣，贾充这时却已是司马氏集团的骨干。曹髦提剑上前喝道："有朕在此！谁敢阻拦？上！"众人见到皇帝，不敢动手，准备逃跑。部将成济问贾充："事情紧急，该怎么办？"贾充说："司马公畜养你们，正为今日。今日之事，不需多问！"成济闻言，挺矛向前便

---

① 指曹植。
② 指曹操。

刺，长枪洞穿了曹髦的胸膛，使之当场毙命。曹髦所拼凑的人马以卵击石，当然被贾充所击杀。

曹髦死后，为平息舆论，司马昭处死了动手弑君的成济，又立十五岁的常道乡公曹奂为帝，改元景元。这一年，稽康三十八岁，已有一子一女，一家住在山阳旧居。

至此，司马昭完全掌控了魏国的军政大权。应该说，晋王朝是靠不光彩的手段夺取天下的，司马氏集团是中国历史上极其残暴黑暗的政权。当年司马懿处置异党，手段极其残忍。《晋书》卷一《宣帝纪》云："诛曹爽之际，支党皆夷及三族，男女无少长，姑姊妹女子之适人者，皆杀之。"高平陵事件实则是一场大屠杀。魏元帝咸熙二年（265）八月，司马昭病死，其子司马炎嗣为相国、晋王。但只过了四个月，还等不及过年，司马炎就逼使魏元帝曹奂"禅位"，然后他又废曹奂做陈留王，自己登基称帝，立国为晋。又追尊司马懿为宣皇帝，司马师为景皇帝，司马昭为文皇帝，从此，魏国告亡，晋朝开始了。这是司马昭祖孙三代四人欺人孤儿寡母的结果，胜之不武，丝毫不值得夸耀。所以数十年后，晋室南渡，司马懿的玄孙晋明帝听王导讲"帝创业之始及文帝末高贵乡公事"，竟"以面覆床"，羞惭得抬不起头，说："若如公言，晋祚复安得长远！"所以北朝的胡人石勒与人酒后论帝王，说："大丈夫行事，当磊磊落落，如日月皎然，终不能如曹孟德、司马仲达父子，欺他孤儿寡妇，狐媚以取天下也。"

总之，一方面，稽康生活的时代是一个典型的乱世，也是一个变化重大的历史时期：战乱频仍，分裂割据，四野荒芜，死亡枕藉。另一方面，西汉以来，经过汉武帝、董仲舒等人惨淡经营构筑起来的儒学大厦，正处于风雨飘摇的境地，哲学重新解放，文学逐渐独立，思想异常活跃，人性空前觉醒，经济、政治、军事、文化和整个意识形态，都经历着继先秦以来的第二次大的转折。野心家、刽子手、奴才、小人、狂生、理学家、炼丹迷、战士、酒徒等五颜六色的人物组成了"魏晋风度"的社会众生相，闹哄哄、乱糟糟地交织着、争斗着，创造了魏晋的文明。也就是在那个年代，司马氏集团对知识界高祭名教，以杀戮来维持统治，一时有"名士减半"之叹。嵇康生而不幸，终其一生，战乱、疾病和政变篡夺从四面包围着他，危机四伏，他是无法躲避这个凶险时世的。

第二章

身世飘零

一、出身

《晋书·嵇康传》云：

> 嵇康，字叔夜，谯国铚人也。其先姓奚，会稽上虞人，
> 以避怨，徙焉。铚有嵇山，家于其侧，因而命氏。

这是关于嵇康来历的最权威的说法。是说嵇康的祖先原本姓奚，会稽人。后来为了躲避仇怨，背井离乡，渡过长江，千里跋涉，辗转迁徙到谯郡①铚县。他们安居的地方有座嵇山，嵇康的祖先于是将姓氏由"奚"改为了"嵇"。同样的说法还载于《元和郡县志·亳州·临涣县》："临

---

① 即宿县，今安徽省宿州西。

涣县本汉铚县，属沛郡，后汉属沛国，魏属谯郡。嵇山在县西三十里，晋嵇康家于铚嵇山之下，因改姓嵇氏。"至于上虞奚姓的来历如何？嵇姓与嵇山有何关系？同样语焉不详。可知《元和郡县志》抄录了《晋书》本传，不过坐实了嵇山的位置而已。

《晋书》是唐房玄龄等奉敕修撰的官史，其材料当然广索博取前代典籍。其中现已残缺的王隐《晋书》在这个问题上有些新材料。王隐是晋人，只晚于嵇康百把年。王著现已不可得见，《世说新语·德行》注引云：

> 嵇本姓奚，其先避怨，徙上虞，移谯国铚县，以出自会
> 稽，取国一支，音同本奚焉。

根据明代学者方以智的解读，嵇康的家族源远流长，其祖先奚姓，本是夏朝车正奚仲之后，住在上虞，后因避仇迁移到铚县。

至于改为嵇姓，不是先有山，后有姓，不是粗略地理解为居处有嵇山，于是指山为姓；而是表示了奚姓迁徙者对故乡的纪念，先造姓，再名山。这种故土之恋是那么深沉，他们甚至不惜新造一个字，而且以此为姓，世世代代传下去。诚如《世说新语·德行》注引《魏志·王粲传注》所云，奚氏为了记住原住地会稽，"改为嵇氏，取稽字之上，山以为姓，盖以志其本也"。就是说，取稽字的上半部分，加上山，就成了嵇字，奚家人就以嵇名山，也以嵇为姓。

然而问题又来了，《说文》上没有这个字。《说文》全称《说文解字》，许慎撰于汉和帝永元十二年（100）到安帝建光元年（121），收字9353个，另有重文①1163个，共10516字。对此，奚氏人气魄十足，没有就

---

① 指异体字。

创造！于是，中国文字多了这一个嵇字。还是明代学者方以智博学，他发现了这一问题，在《通雅》中他下了一句断语："《说文解字》嵇字，乃因嵇氏而新附者。"后来，清代学者许嘉德在《文选笔记》的按语中阐述了这一观点：

> 古无嵇字。《玉篇》云："嵇，山名。"《广韵》："嵇，亦姓，出谯郡，音奚。"皆因叔夜上世改姓，独制此字，因以名山也。今《说文新附》徐氏增嵇字，云："山名，从山，稽省声。"又云："奚氏避难，特造此字，非古。"

我们据此可知，嵇康本姓奚，会稽人，由会稽迁谯郡，因奚姓源于会稽，故取稽字上半部，去"旨"加"山"为嵇，而称嵇氏。嵇氏尊夏朝的季杼为始姐。以上也是笔者认可的说法。

另一种说法是说，嵇姓是禹的后代。根据《元和姓纂》所记载，夏禹死后，葬在会稽山，夏帝少康继位后，又将庶子季杼封在会稽，主持禹的祭祀。季杼的子孙遂称为会稽氏。到了西汉初年，会稽氏迁往谯郡的嵇山，即现在的安徽省亳州，就以嵇山的嵇作为姓，称嵇氏。

以上两种说法虽稍有出入，但嵇源于稽则是一致的。嵇氏后裔尊季杼为始祖也是一致的。

在我们对嵇氏渊源的考索中出现的嵇山，也有必要加以辨析。

与嵇康有关的嵇山有两处，其一在今河南省修武县，另一在宿县，今属安徽省宿州市。

修武说晚出。顺治《河南通志》云："嵇山在修武县西北五十里，晋嵇康尝居其下。"在同书的《怀庆府》条目中又记载："嵇山在修武县西北三十五里，晋嵇康家居焉，亦名秋山。《寰宇记》：'山阳城北有秋山，即晋嵇康园宅也。'"修武嵇山还有炉灶、淬剑池、七贤乡等名胜，显然此嵇山是以后山阳好事者比照嵇康故事而附会。

宿县说则古籍载之班班。最可信的是与嵇康相距不久的北魏郦道元的《水经注·淮水》："又东径嵇山北，嵇氏故居。嵇康本姓奚，会稽人也。先人自会稽迁于谯之铚县，故为嵇氏，取稽字以上以为姓，盖志本也。《嵇氏谱》曰：'谯有嵇山，家于其侧，遂以为氏。'"应该指出的是，《水经注》年代较早远，向为严谨可靠的学术著作，其中有关方位、距离等问题，大多是郦道元亲身踏勘所得。此外，如此条中所引《嵇氏谱》现虽散佚不传，郦道元时当可得见，故郦氏引之为证。《嵇氏谱》的成书年代应当更接近嵇康。

宿县的嵇山是一座低矮的岩石小山，虽然比不得江南上虞山水那样轻灵秀丽妩媚悱恻，但以其坦诚朴质，默默抚慰着因避仇而南来的嵇氏受伤的灵魂。

嵇康就出生、成长在宿县嵇山之下。诚如元王沂在《题胡济川嵇康床琴图》中所歌咏的：

先生家何在，昔住嵇山阴。方床日谯息，上有焦桐琴。
流目视宇宙，何人知此心。

方床憩息，桐琴寄意，这是典型的山居生活。也可能出于避仇的考虑，嵇氏一支深潜不露，在很长时间里都安心于做普通的寻常人家，没有出过什么显达的人物和事迹，嵇康的哥哥嵇喜在《嵇康传》中述及先人，也仅用"家世儒学"来闪烁其词。不过，及至嵇康的父亲嵇昭，总算是在史料中有明确记载的人物。

嵇昭，字子远，曾经担任过督军粮、治书侍御史等职。治书侍御史在魏晋时期属于中下层官吏，此职执掌律令，负责监察弹劾，有时也被派驻地方掌控相应事务，嵇昭便是以治书侍御史的身份负责在军中督办军粮。此职虽官卑职小，俸禄只有六百石左右，但三国时期战事频仍，俗话说："兵马未动，粮草先行。"军粮是战事顺利进行的重要保障，而且也掌握一定的经济利益。嵇昭能担任这一官职，想来也是曹氏集团对其能力、品行的信任和肯定。

嵇昭的仕途并不显赫，在当时只能算得上是普通的士大夫家庭，根据《晋书》记载，治书侍御史掌管奏劾和律令，对文化有一定要求，结合嵇喜在《嵇康传》中的夫子自道"家世儒学"，嵇昭是个中下层儒吏是可以肯定的。这一点在嵇康的命名上亦可以看出来。

嵇康生于魏黄初四年（223）。屈原《离骚》一开始就说："皇揽揆余初度兮，肇锡余以嘉名。名余曰正则兮，字余曰灵均。"足见古人在为晚辈取名字时，表达了自己的愿望和信仰。嵇康，名康，字叔夜。按《尔雅·释诂》："康，安也。"又《谥法》："渊源流通曰康，温柔好乐曰康，令民安乐曰康。"此名寄托了其父母希望儿子一生安乐的心愿。《论语·微子》曰："周有八士：伯达、伯适、仲突、仲忽、叔夜、叔夏、季随、季骒。"嵇康的名、字都出自儒家经典《论语》《尔雅》，表现了嵇昭以儒学为宗尚，也证明了嵇喜所说"家世儒学"洵非虚语。

嵇康的时代战乱瘟疫，天灾人祸，人命危浅，见惯了死亡枕藉，见惯了生离死别。可以推想，《晋书》本传寥寥三字"康早孤"，透露出嵇康承受了多少悲惨的幼年记忆。后来，当嵇康身系冤狱时，曾在《幽愤诗》中回忆幼年生活：

嗟余薄祜，少遭不造。哀茕靡识，越在襁褓。

诗中说，可叹我薄命少福，很幼小的时候就遭遇家庭不幸，失去了父亲。那个时候我还在襁褓之中，小小年纪甚至不懂得什么是忧伤孤独。可见嵇康尚在襁褓之中，还没有来得及记住父亲的音容笑貌，便永远失去了父亲的呵护疼爱。嵇昭的去世是由于战乱还是瘟疫，没有典籍说明；不过，幼年早孤是这个凶险时世司空见惯的现象。拿竹林七贤来说，除嵇康襁褓丧父外，阮籍是三岁丧父，山涛也是幼年失父。这一幕幕人间惨剧共同构成了那个时代悲怆的基调。

幼年丧父之哀痛，对于每个人都是刻骨铭心的。稍晚于嵇康的李密刚出生六个月，父亲就去世了；又过了四年，母亲又改嫁了，只能与祖母相依为命。后来，李密在千古名篇《陈情表》中刻划自己的幼年，留下了椎心泣血的八个字："茕茕子立，形影相吊。"嵇康的回忆则显得更加深沉："哀茕靡识。"甚至连哀伤孤独都不知道的时候，悲惨的命运就已将自己笼罩了。"哀茕靡识"这四个字的力度是很大的，是古往今来的早孤者要用一生来体味的。

二、少年意气

对于中国古代家庭来说，父亲的去世无异于顶梁柱的倾倒，接下来大多是家庭的坍塌或解体。嵇氏一脉危如丝缕而尚存者，是因为嵇康幸运地有一位好母亲和两个好兄长。

嵇康的母亲孙氏，性格温柔而坚韧。在最困难的时期，她强忍着丧夫之痛，守节育子，顽强地支撑起这个濒临倾斜倒塌的家庭。

关于嵇康的哥哥，现在留下名字的只有嵇喜一位，其实，嵇康应该有两位哥哥，他与嵇喜上面还有一位长兄。理由如下。

其一，嵇康字叔夜，按照古代传统取名"伯仲叔季"的次序规则，嵇康是老三，上面应该还有伯兄和仲兄。

其二，嵇康《与山巨源绝交书》云："吾新失母兄之欢，意常冤切。"而陆侃如先生《中古文学系年》定《与山巨源绝交书》的写作时间在魏景元二年（261），嵇康时年三十九岁。据此可知他有一位哥哥在他三十九岁时或之前已经去世。这位哥哥显然不是指嵇喜。因为《世说新语·雅量》注引《文士传》说，嵇康临死前与亲族诀别，"康颜色不变，问其兄曰：'向以琴来不耶？'"等等问答，表明景元三年（262）嵇康死时，还有一"兄"在世，此"兄"当然不是指《与山巨源绝交书》"吾新失母兄之欢"之"兄"，而所指应是仲兄嵇喜。这从嵇喜在嵇康死后仍然在世可以证明。《晋书》卷三十八《齐王攸传》记载，当齐王攸"居文帝丧，哀毁过礼"时，司马嵇喜进谏，齐王攸还曾对左右感叹："嵇司马将令我不忘居丧之节，得存区区之身耳。"这里所说文帝是指魏大将军司马昭，他死后被晋朝追尊为文帝。司马昭死于咸熙二年（265），即嵇康被杀后三年，据此可断定嵇喜向齐王攸进谏之事应在嵇康被杀三年后的咸熙二年。这也有力地说明了嵇康悼念之"兄"不是嵇喜，而是另有所指。

其三，《思亲诗》就是嵇康为怀念母亲和这位长兄而作的一首七言骚体诗，诗中说，"嗟母兄兮永潜藏，思形容兮内摧伤"，意为嗟叹我的母亲和长兄啊，永远在地下深藏；我思想着他们的容貌，五内摧伤；"念畴昔兮母兄在，心逸豫兮轻四海"，意为回想母亲和长兄都健在的日子，我的心情轻松愉快，志在四海。

其四，明嘉靖《湖州琏市嵇氏宗谱》中将这个兄长错修为弟，名叔良。后湖州分支《无锡嵇氏宗谱》修正为长兄，其年龄比嵇康约大二十岁。这些都说明，嵇康有一个长兄是确凿无疑的。

对于嵇康的成长，他的两个兄长尤其是不知名的大哥，付出了极大的心血。大哥比嵇康年长很多，父亲去世以后，他用自己宽厚的臂膀支撑起这个并不宽裕的家庭，同母亲一道抚养两个幼小的弟弟，扮演了亦兄亦父的角色。虽然他是一个平凡的人，姓名早已湮没在苍茫的历史尘埃之中，当年却用深深的慈爱，给嵇康早孤的幼年带来莫大的温暖和慰藉。因此在嵇康的心目中，他是伟大的，是堪与母亲比肩的。嵇康在《答二郭》诗中曾深情地慨叹：

　　昔蒙父兄祚，少得离负荷。因疏遂成懒，寝迹北山阿。

须要指出的是，嵇康幼年丧父，这里的"父兄"主要应指他的长兄。古语云：长兄如父。嵇康的长兄秉承父亲的遗志，坚强地承担起养育家庭的重任，使幼小的嵇康得以免除生活的各种负荷。虽然家境并不富裕，嵇康却由于母亲和长兄的娇宠，渐渐养成了疏懒散漫、放荡不羁的性格，安居在这静谧的嵇山。大概是怜悯嵇康襁褓丧父，母兄对小嵇康疼爱有加，几乎到了溺爱的程度。嵇康后来还满怀深情地回忆起自己苦涩而甜蜜的童年："母兄鞠育，有慈无威。恃爱肆姐，不训不师。"①肆姐，就是娇纵的意思。诗句是说，母亲和兄长竭尽心力把我抚养长大，他们是那么地疼惜怜爱我，丝毫没有长辈的威严，也没有对我严加管束和教导。因此，我从小便养成了骄纵任性的性格。对于一个人来说，对他影响最大的人，往往沉沦无名，后世难以钩稽。正是由于长兄的慈爱，嵇康在诗文中多次将他与母亲、父亲并称，曰"父兄"，曰"母兄"，使他成为自己生命中最重要的人物之一。

---

① 出自嵇康《幽愤诗》。

嵇康的仲兄便是嵇喜，字公穆，年龄与嵇康相近。嵇喜早年即以秀才的身份从军，颇有用世之心。嵇康却冷眼仕途，敝屣功名。两兄弟的志向虽然不尽相同，但情感融洽，亲密无间。嵇喜性情忠厚，且十分疼爱他的弟弟，即使后来嵇康的好友吕安、阮籍等对他多有嘲讽，他也毫不在意。最早的《嵇康传》存于《三国志·魏书·王粲传》注中，就是嵇喜写的，而且极有可能是嵇康被害后写的，字里行间，透露出自豪和怜惜。因传文简练，谨移录如次：

> 家世儒学，少有隽才，旷迈不群，高亮任性，不修名誉，宽简有大量；学不师授，博洽多闻；长而好老、庄之业，恬静无欲。性好服食，常采御上药。善属文论，弹琴咏诗，自足于怀抱之中。以为神仙者，禀之自然，非积学所致。至于导养得理，以尽性命，若安期、彭祖之伦，可以善求而得也，著《养生篇》。知自厚者，所以丧其所生，其求益者，必失其性。超然独达，遂放世事，纵意于尘埃之表。撰录上古以来圣贤、隐逸、遁心、遗名者，集为传赞，自混沌至于管宁，凡百一十有九人，盖求之于宇宙之内，而发之乎千载之外者矣。故世人莫得而名焉。

这既是嵇康生平的信史，又是兄弟深厚情谊的确证。

嵇康在二十岁迁居山阳之前，都是在嵇山山居，由母亲和两个兄长抚育教导他。这个人生阶段最重要的事情就是学习，嵇康天资聪颖，"少有隽才，旷迈不群"，很小就显露出与常人不同的凤慧来，读书学习方面也焕发异彩。嵇喜说他"学不师授"，我理解为并非不承认或者不重视师授，而是因家贫无法延师课读，而由他的母亲担负起"画荻课子"的重任。这也是历史上贫寒的读书人家常见的现象，后来的范仲淹、欧阳修亦然。这当然不是一件好事。《荀子·儒效篇》云："有师法者，人之大宝也，无师法者，人之大殃也。"清儒皮锡瑞《经学历史》评述说："汉人最重师法。师之所传，弟之所受，一字毋敢出入。"嵇康当然与同时代少年王弼深厚的家学渊源和钟会优越的家庭教育根本不能相比，"学不师授"毕竟是少年嵇康的伤心事。

自汉武帝罢黜百家、独尊儒术以来，儒家思想逐渐发展成为中国古代思想文化的主流。汉末虽然思想文化空前活跃，儒学大厦风雨飘摇，但由于传统根深蒂固以及统治者的勉力维持，儒学仍是一般士人文化学习的必修的主要内容。嵇喜在《嵇康传》中夫子自道"家世儒学"，表示嵇氏家族虽然声名不显，父辈早逝，却还是坚守研习儒学的传统。《晋书》本传说他"博览无不该通，长好老庄"，玩其语意，应该说年幼的嵇康最初学习的是一些基本的儒家经典，如《诗》《书》《礼》《论语》等等，长大了才学习老庄之学。嵇康天资聪颖，母兄又循循善诱，他在儒学方面是基础坚实的，其诗文中对儒典融会出入，运用圆熟，有的直接引用经书，有的化用经语，有的使用相关儒典。例如其早期作品中"乐云乐云，钟鼓云乎哉"[1]，直接引用《论语·阳货》"子曰:礼云礼云，玉帛云乎哉? 乐云乐云，钟鼓云乎哉"；"是故国史明政教之得失，审国风之盛衰，吟咏情性，以讽其上"[2]，是化用《毛诗序》"国史明乎得失之迹，伤人伦之废，哀刑政之苛，吟咏情性，以风其上，达于事变而怀其旧俗者也"；"是以伯夷以之廉，颜回以之仁，比干以之忠"[3]，所说伯夷、颜回、比干，都是儒家所推崇的圣贤人物。他的儿子嵇绍《赵

---

[1]　出自《声无哀乐论》。

[2]　同上。

[3]　出自《琴赋》。

至叙》说嵇康曾多次到洛阳太学抄写"石经古文",嵇康所抄应该主要指《尚书》和《春秋》这两部正始年间用三体书写并镌刻于石板的经书。以后他还著有《春秋左氏传音》,专门为儒家经典之一《春秋左氏传》注音。无疑,这些都需要深厚的儒学功底,这些都反映出其少年时接受过良好的儒学启蒙教育,以后又刻苦地攻读过儒学经典。

然而,奇怪的是,嵇康本人对自己曾研读儒典却讳莫如深。他在《与山巨源绝交书》中宣称自己"少加孤露,母兄见骄,不涉经学"。亦即是说,由于从小丧父,母亲和兄长娇惯纵容,自己根本就没有涉猎过儒学。他还堂而皇之地提出:"非汤武而薄周孔,越名教而任自然。"再明白不过地对儒学嗤之以鼻。为什么会这样呢?一方面,《与山巨源绝交书》是嵇康为了拒绝山涛推荐任官而作,壮怀激烈,难免情带极端,语涉夸张。就像此文声言绝交,而临刑时又将儿子托孤给山涛一样,此一时彼一时也。另一方面,主要是对司马氏统治下现实社会儒家思想日趋虚伪腐朽的抨击与抗争。当年,嵇康的千古知音鲁迅亦对孔子大不敬,口口声声"砸碎孔家店",甚至说是从儒学经典中只看到"杀人"二字。其实,鲁迅对儒家经典亦是有坚实的功底和卓越的造诣的,我们只要看看他的《汉文学史纲要》,就可以知道他对于儒家经典何等熟悉。他们这样做,不过是以荒诞来对抗荒诞,以极端来否定极端罢了。

不管怎样说,嵇康自幼即对儒学不感兴趣,则是可以肯定的。他一生中保持浓厚兴趣的学问是与儒家大相径庭的道家。中国的道家以老子、庄子为代表,又称为老庄之学。嵇喜《嵇康传》所谓"长而好老、庄之业,恬静无欲"。与积极进取的儒家不同,道家主张抱朴守拙、少私寡欲、返璞归真,为心灵寻得一个纤尘无染的精神家园。据司马迁《史记》所载,老子,姓李名耳,字聃,曾为周守藏室之史,他充分利用典籍、文献,纂辑古代的格言遗训,用以阐述自己的学术思想。《庄子·天运篇》说孔子到老子处求教，老子对他说："子来乎？吾闻子北方之贤者也。"隐然以南方之贤者自居，与孔子分庭抗礼。《史记·老子韩非列传》载，孔子见老子后，回去对弟子们说："鸟，吾知其能飞；鱼，吾知其能游；兽，吾知其能走。走者可以为网，游者可以为纶，飞者可以为矰。至于龙，吾不能知，其乘风云而上天。吾今日见老子，其犹龙邪！"大赞老子道法高深。老子骑青牛过函谷关，关令尹喜见紫气东来，知有圣贤过往，请求老子留下点什么。老子于是写了《道德经》给尹喜，然后才骑牛出关西去。《道德经》亦即《老子》，仅五千言，"道可道，非常道；名可名，非常名"，精金美玉，无一字可删，无一字可易，使嵇康十分倾倒。其中以婴儿喻道，又使嵇康对胎息之术更加向往。

庄子姓庄名周，宋国蒙人。他一生淡泊名利，仅仅做过宋国漆园小吏。当时楚威王听说庄子是贤才，就派了两个大夫去邀请他出任宰相。庄子正在濮河边钓鱼，头也不回地问道："我听说楚国有只神龟，死了已经三千年了，楚王用锦缎包好放在竹匣中，珍藏在庙堂里。你们说这只神龟是宁愿死去留下骨头让人们珍藏呢？还是宁愿活着在烂泥中摇尾巴呢？"

两个大夫齐声说："情愿活着在烂泥中摇尾巴。"

庄子说："那就请你们回去吧，我要在烂泥里摇尾巴呢。"

庄子一生宁愿"曳尾于涂"以求得自由；后来的嵇康也安于锻铁、灌园的平民生活而不做庙堂之供。

《庄子》一书行文汪洋恣肆，妙趣横生。《逍遥游》《人间世》《德充符》《大宗师》诸篇，基本上是用几个幻想出来的故事组成的。在庄子的生花妙笔下，蝉、斑鸠、小雀、虾蟆等都会说话辩论；他言大则有若北溟之鱼，语小则有若蜗角之国，证久则大椿冥灵，喻短则蟪蛄朝菌。这种浪漫情调显然和《论语》《孟子》等儒典的平实风格是不同的。"子不语怪、力、乱、神。"《庄子》却与之相反，谈神说仙，灵光四射：

> 藐姑射之山，有神人居焉，肌肤若冰雪，绰约若处子，
> 不食五谷，吸风饮露，乘云气，御飞龙，而游乎四海之外。
> 其神凝，使物不疵疠而年谷熟。[①]

这是一个何等妩媚而神秘的境界啊！少年嵇康被牢牢地吸引住了，放下书卷，他又望着黝黑的嵇山出神：山里面真有神仙高人吗？如果有的话，我一定要去拜访，要去追随……这是源于内心最深处的契合，这是灵魂最高尚的感动，恰如早春的细雨滴落在回春的大地，又恰如朦胧的月光透过树枝抚摸着睡梦中的雏鸟，那么清新舒畅，沁人心扉。

嵇康在《与山巨源绝交书》中生动地描写了老庄对其性格的形成和人生的影响：

> 又纵逸来久，情意傲散，简与礼相背，懒与慢相成，而
> 为侪类见宽，不攻其过。又读庄、老，重增其放，故使荣进
> 之心日颓，任实之情转笃。此犹禽鹿，少见驯育，则服从教
> 制；长而见羁，则狂顾顿缨，赴汤蹈火；虽饰以金镳，飨以嘉
> 肴，愈思长林而志在丰草也。

他说：由于长时间放纵自己散漫安逸的天性，致使性情意志孤傲涣散。简慢的习气是与严肃的礼仪相违背的，而懒散则与怠慢相为表里。好在亲友们宽容宠纵，并没有计较我的过错。后来读了《庄子》《老子》，

---

① 出自《逍遥游》。

更加助长了我的狂放，于是追求荣华仕进的热情一天比一天衰颓，而率真放任的本性一天比一天诚笃。这就好比习惯了自由无拘的野鹿一样，如果从小就捕捉来加以驯服豢养，那么就会服从主人的管教约束。而如果长大以后才加以束缚，那野鹿便一定会疯狂地四面张望、乱蹦乱跳，企图挣脱羁绊它的绳索，哪怕是赴汤蹈火也毫不顾忌。即使给它套上金做的笼头，喂给它最精美的食物，它也还是越发思念向往茂密的丛林和丰美的绿草。嵇康想：现实中如果被人"饰以金镳，飨以嘉肴"，这和《庄子》中说到的楚国的供龟有什么不同呢？

如果说，最初邂逅《老子》《庄子》爱不释手，只是朦胧中与自己率性而为的性格相契合，随着年岁的增长，对周围现实的观察，嵇康越来越被老庄深奥的处世哲学所吸引折服，也越来越自觉地用老庄之道来引导自己的人生选择。嵇喜在《嵇康传》中说嵇康"学不师授"，是说嵇康没有受到多少正规系统的教育，自学成才。而嵇康自己则宣称："老子、庄周，吾之师也。"[1]承认老子、庄子这两位先哲是自己大写的人生向导。当不少士人在儒家思想影响下一拥而上、奔走仕途时，嵇康则在老庄思想的浸染下渐行渐远，越来越向慕顺应本性和自由放达的本真生活，越来越愤世嫉俗。应该说，他以后所撰写的一些论文如《明胆论》《养生论》《声无哀乐论》等，都表现了他伏膺老庄之学的一片赤诚。

张波《嵇康》[2]对嵇康诗文中广泛引用老、庄作过梳理。先看嵇康引用《老子》的语句，诸如：《六言·智慧用何为》诗中"法令滋章寇生"句源自《老子》十八章"慧智出，有大伪"与五十七章的"法令滋彰，盗贼多有"。"镇之以静自正"句源自《老子》五十七章"我好静而民自正"。《赠秀才诗》中"人生寿促，天长地久"句源自《老子》七章"天

---

① 出自《与山巨源绝交书》。
② 陕西师范大学出版社 2017 年版。

长地久"。《释私论》中"及吾无身,吾又何患"句源自《老子》十三章"吾所以有大患者,为吾有身,及吾无身,吾有何患"。"措善之情,其所以病也。唯病病,是以不病"句源自《老子》七十一章"夫唯病病,是以不病"。《难宅无吉凶摄生论》中"百姓谓之自然,而不知所以然"句源自《老子》十七章"功成事遂,百姓皆谓我自然"。《养生论》中"清虚静泰,少私寡欲"句源于《老子》十九章"见素抱朴,少私寡欲"。《答难养生论》中"慎微如着,独行众妙之门"源自《老子》一章"玄之又玄,众妙之门"。"明白四达,而无执无为"句源自《老子》十章"明白四达,能无为乎"。《卜疑》中"方而不制,廉而不割。超世独步,怀玉被褐"源自《老子》五十八章"圣人方而不割,廉而不刿"与七十章"圣人被褐怀玉"。

引用庄子的语句,诸如:《赠秀才诗》组诗中"嘉彼钓叟,得鱼忘筌"句源自《庄子·外物》"筌者所以在鱼,得鱼而忘筌"。"流俗难悟,逐物不还"句源自《庄子·天下》"逐万物而不返"。"万物为一,四海同宅"句源自《庄子·齐物论》"天地与我并生,而万物与我为一"。"安能服御,劳形苦心"句源自《庄子·渔父》"苦心劳形以危其真"。《幽愤诗》中"古人有言,善莫近名"句源自《庄子·养生主》"为善无近名,为恶无近刑"。《重作四言诗》中"遇过而悔,当不自得"句源自《庄子·大宗师》"过而弗悔,当而不自得也"。《答二郭》中"至人存诸己"句源自《庄子·人间世》"古之至人,先存诸己而后存诸人"。《难宅无吉凶摄生论》中"非故隐之,彼非所明"句源自《庄子·齐物论》"彼非所明而明之"。"得无似蟪蛄之议冰耶"句源自《庄子·逍遥游》"蟪蛄不知春秋"与《秋水》"夏虫不可语于冰者"。"智之所知,未若所不知者众也"句源自《庄子·秋水》"计人之所知,不若其所不知"。《养生论》中"和理日济,同乎大顺"句源自《庄子·天地》"是谓玄德,同乎大顺"。《答难养生论》中"圣人不得已而临天下"句源自《庄子·在宥》"君子不得已而临莅天下"。"不以荣华肆志，不以隐约趋俗"句源自《庄子·缮性》"不为轩冕肆志，不为穷约趋俗"。"以其所重而要所轻"源自《庄子·让王》"其所用者重，而所要者轻也"。"修身以明污，显智以惊愚"源自《庄子·山木》"饰知以惊愚，修身以明污"。"俯仰之间，已再抚宇宙之外者"句源自《庄子·在宥》"其疾俯仰之间而再抚四海之外者"。"朝菌无以知晦朔"句源自《庄子·逍遥游》"朝菌不知晦朔"。"得志者，非轩冕也"句源自《庄子·缮性》"古之所谓得志者，非轩冕之谓也"。"去累除害，与彼更生"句源自《庄子·达生》"无累则正平，正平则与彼更生"。《声无哀乐论》中"岂复知吹万不同，而使其自己哉"句源自《庄子·齐物论》"夫吹万不同，而使其自己也"。"吾谓能反三隅者，得意而忘言"句源自《庄子·外物》"言者所以在意，得意而忘言"。《与山巨源绝交书》中"恐足下羞庖人之独割，引尸祝以自助"句源自《庄子·逍遥游》"庖人虽不治庖，尸祝不越樽俎而代之矣"。

此外，嵇康还在诗文中广泛吸取《庄子》中的寓言故事。诸如嵇康诗歌中说"郢人逝矣，谁可尽言""郢人忽已逝，匠石寝不言""郢人审匠石，钟子识伯牙""郢人既没，谁为吾质"等，实为化用《庄子·徐无鬼》中郢人慢垩，匠石挥斧的故事。"斥鷃擅蒿林，仰笑神凤飞"则化用了《庄子·逍遥游》中斥鷃笑大鹏的寓言。"泽雉虽饥，不愿园林"化用了《庄子·养生主》中"泽雉十步一啄，百步一饮，不蕲蓄乎樊中"的寓言。

由此可见，嵇康对老、庄典籍是十分熟稔的，而且理解很深刻，这对嵇康的思想、兴趣与名士风度的形成都起了重要的作用。

本真生活当然率性而为，然而并非甘心情愿做只会读书的书呆子。青少年时期的嵇康才华横溢，有很多自己的兴趣爱好，其中最让他醉心的大概便是音乐了。他说自己"少好音声，长而玩之"①。的确，潭鱼跃浪，隔叶鸣莺，大自然那些铿锵空灵的音符、优美飘忽的旋律，让澄澈的童心体会一种若有所悟而又难以言传的美妙感觉。年幼的时候，嵇康只能陶醉于大自然的天籁和他人的音乐之中，等到稍稍长大，他就迫不及待地"玩之"了。

嵇康的"玩之"，指的是玩琴。嵇康是魏晋第一流的音乐家，嵇康一生的音乐成就分演奏和创作，都与琴密切相关。这里所说的琴是古琴。

古琴，亦称瑶琴、玉琴、七弦琴，为中国最古老的弹拨乐器之一。古琴是在孔子时期就已经盛行的乐器，至今大概有四千余年历史了。唐代诗人刘长卿《听弹琴》所谓"泠泠七弦上，静听松风寒。古调虽自爱，今人多不弹"。历史上俞伯牙钟子期高山流水觅知音、司马相如卓文君弄曲《凤求凰》、诸葛亮抚琴空城退敌，都是指的这种古琴。抚琴被列为"四艺"之首，是古代文人雅士的必习之技。嵇康认为，在众多的乐器中，以琴的品性为最佳，琴音也最为清逸，这是因为良琴材质与制作都是特殊的。做琴的材料首选为梧桐佳木，这是木材中佼佼者，生长在高峻的山崖之上，面向北斗星，蕴含天地之醇和灵气，吸纳日月之光辉。《晋书·嵇康传》说嵇康"弹琴咏诗，自足于怀"；他在《与山巨源绝交书》中自述："浊酒一杯，弹琴一曲，此愿毕矣！"直到临刑问斩，还索琴而弹，足见琴在嵇康生活中的重要性。

青少年时期的嵇康有时夜晚焚香，独坐抚琴，泠泠七根琴弦，手指轻轻拨动，空灵的音符便缓缓飘逸而出，荡漾而去，将自己的情思寄托于辽远的星云。有时他出外游玩，也背负琴囊，逸兴飞扬之际，在绿茵上席地而坐，目送飞鸿，手抚七弦，让清越的琴声随着松风壑韵，飘荡

---

① 出自嵇康《琴赋序》。

在青山绿水之间。嵇康抚琴当然是极美的图画，东晋大画家顾恺之就画过嵇康"目送飞鸿手挥五弦像，世共贵之，谓以风韵可想见也"。宋代宋祁还据此作过《嵇中散画像诗》，其中有句云："凝眉逐层翥，俯手散余清。霄迥心逾远，徽迁曲暗成。"再现了嵇康抚琴的千古风神。

书画练习应该也是在这一时期走进了嵇康的生活。唐窦臮《述书赋》传嵇康书法"精光照人，气格凌人"，唐代张彦远编撰的《法书要录》里，嵇康被评为天下草书第二。嵇康也擅长绘画，所画《巢由洗耳图》和《狮子击象图》著录于张彦远《历代名画记》。无疑，书画也是少年嵇康"学不师授"、自学勤学的内容之一。

三、美男子、伟丈夫

闲云潭影日悠悠，物换星移几度秋。嵇山几度风雪裏，几度花鸟喧，嵇康也成长为一个美男子、伟丈夫。

《世说新语·容止》记载说："嵇康身长七尺八寸，风姿特秀。见者叹曰：萧萧肃肃，爽朗清举。或云：肃肃如松下风，高而徐引。"魏晋时七尺八寸，约相当于现在的一米八八，非常魁梧伟岸，而且容姿清秀爽朗，见过的人都感叹他风神潇洒，就像高山上缓缓吹过松林的肃肃清风。他的朋友山涛则说："嵇叔夜之为人，其醉也，傀俄如玉山之将颓。"嵇康的醺醺醉态也是美的，高大白皙的身躯摇摇晃晃，就像玉山将要倾倒一样。

《世说新语·容止》还说，嵇康去世后，他的儿子嵇绍也出落得一表人才。有人对王戎说："嵇延祖（嵇绍）卓卓如野鹤之在鸡群。"王戎说："你还没有见过他父亲呢！"言下之意是嵇绍还比不上乃父，可见嵇康之美在当时为人所称道。又按《梁书·伏曼容传》："曼容素美风采，明帝恒以方嵇叔夜，使吴人陆探微画叔夜像以赐之。"此事发生在两百多年后的刘宋，明帝以为伏曼容姿容可比嵇康，竟然命令名画家陆探微画了一幅嵇康像赐伏，可见嵇康之美亦颇为后世所肯定。

需要指出的是，存在的几条关于嵇康容貌的记载多是从风度、气质着眼的，从单纯的人体美的角度看，嵇康则应该是不合时宜的。换言之，嵇康用自己特有的伟丽，对抗着荒唐的病态的社会。

为什么说嵇康之美是不合时宜的呢？当时的时尚究竟如何呢？

爱美是人类的天性。《论语·八佾》就记录了子夏谈到人体及绘画之美，虽然没有注明描写的性别，但细玩"巧笑倩兮"之类，应该是指女性而言。以后，关于女性美的描写，在文学作品中层出不穷，而关于男性美的记述甚为少见。至魏晋六朝风气骤然加盛。就是妇女，也一扫从前的矜持含蓄，公然主动地欣赏男色。《世说新语·容止》就记载"潘岳妙有姿容，好神情，少时挟弹出洛阳道，妇人遇者，莫不连手共萦之"。"以果掷之满车"。挟带弹弓想必是当时时尚男人的扮酷，洛阳道是帝都当时有名的繁华通衢，妇人们手牵手围着他，投以瓜果，上演的当然是追星剧。相反，同样才情出众但其貌"绝丑"的诗人左思，想学潘岳的模样招摇过市，却被"群妪齐共乱唾之"，狼狈地抱头而归。当时的士大夫更注意仪表之美。《世说新语·容止》有曹操"自以形陋"，因而要崔季珪代见匈奴使事。据《魏略》介绍，崔季珪"声姿高畅，眉目疏朗"，应该是一个美男子。曹操举以自代，显然是一种爱美心理的表现。《世说新语》中关于仪表的品目比比皆是。这些品目的共同特点是以美如自然景物的外观体现出人的高妙的内在智慧和品格，用语玄虚优美，既能表达脱俗的风度，也能体现外貌的漂亮。如《世说新语·容止》中有人赞王恭，云："濯濯如春月柳。"时人目夏侯太初"朗朗如日月之入怀"，李安国"颓唐如玉山之将崩"。

这样的评议，充分表达了当时士人所追求的内在的、本质的、脱俗的审美理想，适应了门阀世族们的贵族气派。但是，剥开这些山光水色、清辞丽句织成的光环，我们看到的风靡一时的成为那个时代的审美主流的仍是瘦削、苍白、摇摇欲坠的病态美。《世说新语·轻诋》云："旧目韩康伯：捋肘无风骨。""捋肘"，现已无法解释。"风骨"为魏晋六朝时品目人物所常用，应释为风神骨相。如《世说新语·赏誉》注引王韶之《晋安帝纪》"（王）羲之风骨清举"；《宋书·武帝纪》"刘裕风骨不恒，盖人杰也"；当为人物刚性美的风神骨相，参照前引《世说新语·轻诋》注引《说林》："韩康伯似肉鸭。"可知当时鄙视肥壮而欣赏瘦削的身材。《世说新语·言语》记载仆射周𫖮"雍容好仪形，诣王公（导），初下车，隐数人，王公含笑看之"。古字隐与檼通。《说文解字》曰："檼，有所依也。从受工，读与隐同。"据此，"隐数人"，即依恃数人的扶持而行。周𫖮并非脚有残疾或不会走路，不过是追求病态以示身份而已。沈约身体很不好，据说他每天只能吃一箸饭，六月天还要戴棉帽、温火炉，不然就会病倒。[①] 在《与徐勉书》中，他自己也承认：

> 外观傍览，尚似全人，而形骸力用，不相综摄，常须过自束持，方可俛偓。解衣一卧，支体不复相关。……百日数旬，革带常应移孔；以手握臂，率计月小半分。

也就是说，从外面看来，自己还保持了完全的人形，但身体各个部分很难协调。解衣睡下，肢体就像散了架一样。过不了几十天，皮带就

---

① 见唐冯贽《云仙杂记》。

要移孔，臂膀就又细小了半分。真是瘦得可怜！然而世人偏赞美为"沈腰"，"一时以风流见称，而肌腰清癯，时语沈郎腰瘦"①。

不仅如此，苍白的面容也在社会上大受欢迎。据《晋书·王衍传》记载，大清谈家王衍常用白玉柄麈尾，他的手和玉柄同样白皙温润，有一种病态美。何晏是嵇康的学术前辈，《世说新语·容止》说何晏"美姿仪，面至白。魏明帝疑其傅粉。正夏月，与热汤饼。既啖，大汗出，以朱衣自拭，色转皎然"。还是这个何晏，"动静粉白不去手，行步顾影"。他还"好服妇人之服"。稍后一点有谢庄。刘宋孝武帝刘骏一上台就在百官中挑选了四个标致的任侍中，作为御前侍奉的"花瓶"。首先选中的就是美貌的谢庄。有一年春节，群臣上朝贺年，此时纷纷扬扬下起雪来，片片雪花犹如银蝶翩翩起舞。谢庄恰巧因事下殿，回来后雪花满衣，就更像那"肌肤若冰雪，绰约若处子"的藐姑射仙人了。宋孝武帝大为欣赏，命群臣各赋诗纪盛。无疑，欣赏的正是谢庄的女性美。这种风气一直延续到齐梁，且有变本加厉之势。《颜氏家训·勉学篇》云："梁朝全盛之时，贵游子弟无不熏衣剃面，傅粉施朱，从容出入，望若神仙。"

男子们欣羡女性美，也就产生了令人作呕的娈童诗，如梁刘遵《繁华应令》：

> 可怜周小童，微笑摘兰丛。鲜肤胜粉白，慢脸若桃红。挟弹雕陵下，垂钓莲叶东；腕动飘香麝，衣轻任好风。幸承拂枕选，得奉画堂中。金屏障翠被，兰杷覆薰笼。本欲伤轻薄，含辞羞自通。剪袖恩虽重，残桃爱未终。蛾眉讵须嫉，新妆

---

① 见《法喜志》。

递入宫。

一个少年，竟然像姑娘一样肤白颊红，爱好、服饰也等同女性，并且连姑娘也嫉妒他的美丽，这哪里还像一个健康的男子呢？这样的"美"的形象，在宫体诗中还大量存在。如晋张翰《周小史》、梁刘泓《咏繁华》、刘孝绰《咏小儿采菱》、昭明太子《伍嵩》等，对男色绘声绘色，极力描述，酣畅淋漓。正是当时的时代心理，产生了这些后来为文学史家费解的怪现象。最咄咄称怪的是有"玉人"之誉的卫玠之死。卫玠生得白皙羸弱，据刘孝标注引《卫玠别传》云："龆龀时，乘白羊车于洛阳市上，咸曰：'谁家璧人？'""璧人"即玉人，貌美体弱是其特征。如卢纶《偶逢姚校书凭附书达河南郏推官因以戏赠》云："若问玉人殊易识，莲花府里最清羸。"可惜这样的尤物却不经看，《世说新语·容止》云：

> 卫玠从豫章至下都，人久闻其名，观者如堵墙。玠先有羸疾，体不堪劳，遂成病而死。时人谓"看杀卫玠"。

宋代杨修之诗云："年少才非洗马才，珠光碎后玉光埋。江南第一风流者，无复羊车过旧街。"就是咏叹此事。然而毋庸讳言，欣赏一个垂危的病人的美，观众的心理当然也是病态的。

病态的产生有一个过程，而且有它的生长土壤，也就是说，审美情趣与生活情趣是紧紧相连的。从黄巾起义前后起，整个社会日渐动荡，战祸不已，疾疫流行。正始以后，加上统治集团内部的倾轧争夺，更是危机四伏。只要我们结合《三国志》《晋书》《世说新语》等大量有关记载，就可以看到，处在那个刀光剑影、动乱频繁的黑暗的血腥年代，相当一部分士人朝不虑夕，不愿在礼法的约束下窒息，于是就拼命追逐衣食之乐，享受床笫之欢。阮籍、谢鲲之流"去巾帻，脱衣服，露丑恶，同禽兽"[1]；"晋惠帝元康中，贵游子弟相与为散发裸身之饮，对弄婢妾"[2]，均属此类。他们生活的环境，是轻歌曼舞、灯红酒绿的温柔乡，诚如何晏《言志诗》后半所云：

> 愿为浮萍草，托身寄清池。且以乐今日，其后非所知。

他们"肌脆骨柔""体羸气弱"，到了梁、陈时，有些士大夫甚至不能骑马，有位建康令王复，见到马嘶喷跳跃，竟然周身震栗，说了一句"千古奇谈"：正是虎，何故名为马乎？[3]

追逐养尊处优的欢乐、肉欲横流及男欢女爱，必然养成孱弱萎靡、轻佻放荡的生活情趣。在这样的生活土壤中，讲究一种病态的女性化的仪表美，也就必然酿成世风了。

嵇康愤世嫉俗，"一生力与命相持"，在容貌审美上也与世风大异其趣。《嵇康别传》中有一段专门写其容貌：

> 康长七尺八寸，伟容色，土木形骸，不加饰厉，而龙章凤姿，天质自然，正尔在群形之中，便自知非常之器。

嵇康虽然在学术上佩服何晏，但在容止方面却与"傅粉何郎"完全相反，他对待自己的形貌就像对待土木一样，自自然然，一点也不上心。即便如此，也掩盖不住他那如龙凤般出众脱俗的风姿神采，哪怕是

---

① 《世说新语》注引王隐《晋书》。

② 《宋书·五行志》。

③ 《世说新语》注引王隐《晋书》。

淹没在人群之中，也能让人一眼辨认出来，显得那么卓尔不群，气宇轩昂。正如前引《世说新语·容止》所记载其醉态"隗峨若玉山之将颓"，身躯摇摇晃晃，不衫不履，煽情得很，这是出自天然、不加修饰的美。

这种美当然与虚饰浮华的世风格格不入，然而却为识者所激赏，这其中亦不乏异性知音。据《竹林七贤传》记载，当年，山涛与嵇康、阮籍两人只见一面就情投意合，契若金兰。惹得山妻韩氏生疑，便问山涛此二人有何等魔力。山涛于是将嵇康和阮籍的情况向她介绍，说："眼下可以作为我的朋友的，只有这两人了。"

韩氏一听，也想见识见识，便说："春秋时僖负羁的妻子也曾亲自观察过狐偃、赵衰，我也想看看嵇康、阮籍，可以吗？"

山涛夫妇伉俪情深，就找了个机会，把嵇康和阮籍请到家中，准备了酒菜招待，三人作竟夕之谈。韩氏即在隔壁凿穿了一个洞偷窥，不想目之所注为之吸引，"达旦忘返"，窥视了一个晚上。第二日，等嵇康和阮籍走后，山涛便问妻子："你觉得这二人怎么样？"

韩氏说："你的才智情趣可比他们差远了，只能以见识气度与他们交朋友。"

山涛听了，非但没有生气，而且极表赞同，点头称是。

更妙的是，《太平御览》还记载了袁宏妻李氏写的《吊嵇中散文》，追踪伟丈夫嵇康的高范，寄托了自己的一往情深：

> ……故彼嵇中散之为人，可谓命世之杰矣！观其德行奇伟，风韵劲邈，有似明月之映幽夜，清风之过松林也。……慨达人之获讥，悼高范之莫全，凌清风以三叹，抚兹子而怅焉！

如此异性知己的表白文字，堂而皇之地公之于众，只有在思想解放的魏晋才做得出来，从这点也可以看出美男子嵇康吸引力之巨了！

四、嵇喜从军

嵇山的山居生活是平静而自在的。在母亲与长兄的庇护下，嵇康每日里阅读自己喜好的书籍，在老庄营造的仙境里让灵魂逍遥游。有时携琴出游，与哥哥嵇喜在山野间弹琴起舞。有时友朋小聚，兴来泼墨缣素，怡情书画，笔起墨落，精彩立现，嵇喜和郭秀才兄弟等几个朋友则在一旁拍手叫好。这样的日子，物质生活虽然窘困，精神上却是充实而快乐的。如果可以，嵇康真想一直都这样过下去。而就在他快满二十岁的时候，平地一声雷，打破了嵇家平静的生活：嵇喜要从军了！

嵇喜虽然与嵇康亲密无间，但个性却迥然不同。嵇康沉醉庄老，淡泊恬静，而嵇喜则服膺儒学，向往用世。嵇喜还很年轻的时候，就因学识出众被当地官员推举为秀才，迈出了为官从政的第一步。秀才是汉魏时荐举科目之一，地位比较高，人数也不多，与后来明清时州县学府中生员称为秀才不同。据《北堂书钞》引《晋令》，汉魏时的秀才可直接授官。嵇喜此次以秀才身份从军，是入镇北将军幕府。彼时吕昭为镇北将军，都督河北诸军务，领冀州刺史，对嵇喜非常赏识，吕昭的儿子吕巽、吕安兄弟亦与嵇氏兄弟是朋友。平时嵇喜就不甘待在闭塞的家乡优游卒岁，逢此良机，希冀大展鸿图，于是决定离家从军。

有些人片面地解读阮籍对嵇康、嵇喜分别施以青、白眼，片面地解读吕安对嵇喜"凡鸟"的题门，肤浅地分析嵇康的临刑托孤，总是认为嵇喜是个庸俗的利禄之徒。其实从《晋书》等典籍所记载的嵇喜的言行来看，嵇喜是一个正直的儒者，他对弟弟嵇康也满怀深厚的情谊。对于嵇喜而言，学而优则仕，这不过是一个正常的抉择罢了。而对于嵇康来说，从小丧父，长兄在外挣钱养家，本来就只有仲兄与自己嬉戏游玩，如影随形，他是多么依恋哥哥嵇喜啊！如今这唯一的伙伴即将离他远去，未来的日子将是无边的孤独，感伤交织着不舍涌上心头，他一口气写了十八首四言诗来赠别嵇喜，抒情言志。

这组诗把庄子宁静淡泊的人生境界和美学情趣融入诗中，同时借鉴《诗经》重章叠句的手法，杂用比兴，回环复沓。诗是写给嵇喜的，当然描绘了假想的军营生活；而诗中的人物形象，更多地带有作者自身的理想化的痕迹，带有嵇康兄弟以往的诗化的嵇山生活。在嵇康的原作面前，再好的演绎也是笨拙的饶舌，因此以下我们转译其中的三首诗，以体会嵇康那如明月般净洁、如流水般澄澈的心灵。

赠兄秀才从军·其一
鸳鸯于飞，肃肃其羽。朝游高原，夕宿兰渚。邕邕和鸣，顾眄俦侣。俛仰慷慨，优游容与。

一对美丽的鸳鸯相逐飞翔，轻快地拍击着翅膀，发出肃肃的声响。它们邕邕鸣唱，声音美妙地应和交织，那么和谐自然。偶尔回视身边的伴侣，一个眼神便知道彼此的心境，那么情投意合。鸳鸯就这样彼此相依相守，怡然自得，优哉游哉。我们兄弟朝夕相处，不就像这对双栖双飞、鸣声相和的鸳鸯吗？而现在却不得不面对分离的命运，多么使人黯然神伤啊！

赠兄秀才从军·其九
良马既闲，丽服有晖。左揽繁弱，右接忘归。风驰电逝，蹑影追飞。凌厉中原,顾盼生姿。

此诗展开了想象的翅膀,嵇喜骑着训练有素的良马,穿着华美的戎装,奔驰在辽阔的旷野之中。他左手持弓(繁弱,古之良弓),右手搭箭(忘归,古之利箭),策马疾驰,如风似电,甚至可以追得上地上一闪而过的光影,赶得上天空倏忽而逝的飞鸟。举手投足,左右环顾,以凌厉的姿态驰骋中原,建功立业。嵇康用自己的神思妙想建构嵇喜军营生活美好的意象,用这些美好的意象祝福仲兄军旅舒畅如意。

赠兄秀才从军·其十四
　　息徒兰圃,秣马华山。流磻平皋,垂纶长川。目送归鸿,手挥五弦。俯仰自得,游心太玄。嘉彼钓叟,得鱼忘筌。郢人逝矣,谁与尽言。

这一首诗的表层意思,是想象嵇喜在行军休息时领略山水之趣的情景,深层意思是写出自己所向往的游乐于天地自然之道而忘怀人世的境界。部队在散发幽香的兰圃旁边歇息,在长满花草的山坡上喂养战马。在沼泽边上,有的士卒兴致勃勃地将拴在丝绳上的石箭镞奋力投向鸟儿,在天空中划过一条迅疾流利的弧线。有的士卒则凝神屏息,静静注视着垂在河水中的钓鱼丝线。在这样难得的行军间隙,嵇喜是那样的气度不俗,也许他像平时那样,静静地目送着归鸿向西山缓缓飞去。他摆开心爱的五弦琴,手指在琴面上轻轻挥弹,清扬的琴音从纤细的琴弦上涓涓流淌出来。他还像以往和兄弟在一起一样,一俯一仰之间,那么悠然自得,在太玄的境界畅游,心神是那么的逍遥洒脱。《庄子·外物》中不是说过吗,鱼篓是用来捕鱼的,得了鱼也就不记得鱼篓了。兔网是用来捕兔的，捉到兔子以后，兔网就无关紧要了。《庄子·徐无鬼》记载，有个叫匠石的人，能运斧如风，把别人鼻尖上一点点白粉削得干干净净，但是只有郢地的一个人敢于让他削，郢人死了，匠石之技便再无演示的机会了。嵇喜离去了，自己失去了知己，还能与谁一起尽情畅言呢？……

只可惜，"道不同，不相与谋"，嵇喜去意已决，看到嵇康的赠别诗后，嵇喜作了四首答诗，申述了自己积极入仕的人生志向，也安慰了痴情的兄弟：

秀才答四首·之三
达人与物化，无俗不可安。都邑可悠游，何必栖山原？

诗中直白地说，通达事理的人顺应大自然的规律，任何世俗变化都可以不变而安然处之。都市中也可以优游自在地生活，又何必一定要栖身于山野呢？都邑和山原，入仕与隐居，嵇喜坚定地作出了人生抉择。

"郢人逝矣，谁与尽言。"嵇康向命运发问，充满了无奈和感伤。殊不知冥冥中，命运虽然让他如同知己的兄弟离开，却又将让他得到一些如同兄弟的知己……

第三章

名士清谈

当少年嵇康在嵇山下的小村庄流连踯躅、冥想发呆时，在远隔两百里的京师洛阳，先是在思想界，后迅速扩散到社会上角角落落普通知识分子阶层，兴起了一股蓬勃热烈、绵延约三百年并对以后的中国文人有着长期影响的清谈之风，亦即思想文化史上艳称的正始之音。嵇康生活的时代，清谈是一代士风的主要形态。

伴随着清谈，也就产生了名士。这可是堪称中国的亘古奇产。

一、骨峻风清的汉末清议

魏晋清谈源于汉末的清议，而清议则基于品目。

一个时代有一个时代的好尚，古今皆然。所谓"品目"是汉末的时尚，朝野都趋之若鹜。《后汉书·党锢传》云：

逮桓灵之间，主荒政缪，国命委于阉寺，士子羞与为伍，故匹夫抗愤，处士横议，遂乃激扬名声，互相提拂，品核公卿，裁量执政，婞直之风，于斯行矣。

所谓"品目"，亦称"题目"或"目"，就是清谈中对人物德行、仪表等品评鉴定，给予概括而中肯的考语。自古以来，"知人"就是一门莫测高深的学问。《后汉书·郭泰传论》引庄子的话说：

> 人情险于山川，以其动静可识，而沉阻难征。故深厚之性，诡于情貌；"则哲"之见，惟帝所难。

意思是说，了解人极难，虽然他在外形做什么可以看见，可他心里想什么则难以知道。尤其是那些城府深沉的人，所想的与所做的往往不一致。所以，若要说有知人之智，连英明善察的帝尧也难做到。有趣的是，这一门连帝尧都感到困惑的学问，到东汉末年及魏晋六朝，却在朝野大行其道，郭泰与许邵就是精于此道的顶尖高手。《后汉书》本传说郭泰死后，有数以万计的人来吊丧，"自弘农函谷关以西，河内汤阴以北，二千里负笈荷担弥路，柴车苇装塞涂"！许邵当时就有"月旦评"的盛名，他评曹操的十一个字"子治世之能臣，乱世之奸雄"不仅概括了曹操的一生和性格，而且几乎成了历史的定论，是许邵流传千古的绝唱。

嵇康也曾对他人品目和受到他人品目。前者如嵇的"粉丝"赵至。赵至十四岁时，到太学游玩，看到嵇康在抄写古文石经，极感倾服。嵇康写完后准备乘车离去，赵至又追着车子打听姓名。赵十六岁时，终于追随嵇康到山阳问学。嵇康对他说：

> 卿头小而锐，瞳子白黑分明，视瞻停谛，有白起风。①

后者如嵇康在苏门山中寻访孙登学道，几天跟随，孙登闭口不言，后来嵇康告别时，孙氏说了一句话："君性烈而才隽，其能免乎？"预见性入木三分，后世都认为这是一个著名的品目。

据《后汉书》说，"东汉尚名节"。当时士人不但对自己人格追求完美，对他人也讲究名节，激扬名声，评论是非，追求正义和公正，鞭挞奸佞和权贵。当时，以世族名士和太学生为首，形成了"三君""八俊""八顾""八及""八厨"等领袖人物为代表的团体，他们上议执政，下讥卿士，致使士林上下，"婞直之风"愈演愈烈。所谓"婞直"是倔强刚直的意思。这当然是人间正气！如此紧密结合政治，紧密结合人的品德的清议或品目，一方面矛头直指以宦官为代表的中央皇权，逐渐呈现出一种与大一统政权相疏离的倾向。另一方面，这种清议或品目也是当时士人"独善其身"的人格追求，对黑暗、腐败的现实社会和察举制度的消极防御。据陈寅恪先生在《魏晋南北朝史讲演录》②的说法，清议的要旨是人伦鉴识。东汉末年政权旁落宦官手中，盛行贪污、贿赂、敛财和滥捕，党锢诸名士遭到政治暴力的摧残与压迫，于是干脆高祭绝对的非实用的价值观，宣扬一种近乎教条的理想主义，以此来抗拒世俗社会的侵蚀，批判世俗社会非文化的倾向，甚至近乎洁癖地标榜仁义而不求"显名"和获利，与邪恶的既得利益集团划清界限，企图占领思想与知识的话语权，坚持"以义取是"，追求个性主义。到后来，一部分

---

① 出自《世说新语·言语》。
② 黄山书社 1999 年版。

士人如赵晔、张芝等人持"不合作主义","视名利如粪土",甚至坚决拒绝朝廷的表彰和推举。

这种士林清议风气本质上是触动政治体制的改革的抗议风潮，当然最终引起了朝廷的镇压。东汉桓帝延熹九年（166），清议之风遭遇第一次党锢之祸，不少清议人士被逮捕下狱甚至被杀害。几年之后，士林又以若干名士为中心，重整旗鼓反弹，以这些知识阶层自己的精神权威来对抗世俗社会的政治权威。于是，汉灵帝建宁二年（169），清议士人们又一次遭到整肃和打压。应该说，统治集团的打击手段是非常残酷的。如安帝永初时，邓太后执政，权力集中在外戚。郎中杜根认为安帝长大了，应该亲自处理政务了，就上书直接进言。太后大怒，下令将杜根用白布袋子装着，命令在大殿上活活打死。执法的人看重杜根是清流人物，私下告诉行刑的人打的时候不要太用力，打完就用车把杜根接出城，杜根得以苏醒过来。太后又令人来检查，杜根就装作已死，装了三天，直到眼睛里生了蛆虫，太后认为他死了，这才得以逃脱，到宜城山做酒保藏身。在汉朝末年建安年间，围绕在曹氏父子身边也有所谓"建安七子"，亦即孔融、陈琳、王粲、徐干、阮瑀、应场、刘桢。这些人都属于清议一派，其中孔融即被曹操所杀。

东汉末年清议人士的遭遇在当时以及后世都引起了人们深深的同情。《后汉书·张俭传》云："俭得亡命，困迫遁走，望门投止，莫不重其名行，破家相容。"就是说张俭亡命时，沿途只要叩门，百姓都会相容，哪怕因此而损害家庭。后来北宋时，年幼的苏东坡在母亲教导下读《后汉书·范滂传》，传中写到建宁二年汉灵帝大批诛杀党人，三十三岁的范滂主动投案，英勇就义。与母亲诀别时，他母亲说："你现在能够与李膺、杜密齐名，死了又有什么遗憾！"读到这里苏轼母子都深受感染。小苏轼抬眼看着母亲说："如果我长大变成范滂，您容许吗？"

苏母答道："你能当范滂，我就不能当范母吗？"亦充满了对汉末清议士人的同情和向往。

士人清议人伦，不但无法救治当时的社会弊病，反而招来杀身之祸。不过，清议领袖郭泰却是一个例外。郭泰，字林宗，善人伦鉴识，而且有这方面的著作。然而，据《后汉书·郭泰传》和《世说新语·政事》注引《郭泰别传》记载，郭泰为东汉太学生领袖，与李膺结为好友，名震京师，官府宣征，严拒仕进。有人问名士范滂，郭林宗是怎样的一个人呢？范滂回答说："天子不得以他为臣，诸侯不得以他为友，其他的，我就不得而知了。"郭泰"有人伦鉴识"，可是"不为危言核论"，而"周旋清谈闾阎"。即不具体评议褒贬朝中人物，而只是抽象研讨人伦鉴识的理论。郭泰之所以被容于宦官，原因就在这里。

既然如此，聪明人就学郭泰。以后，汉末清议转化为魏晋清谈，实由郭泰启之，郭泰是位关捩人物。

到了汉魏鼎革之际，清议渐绝，玄风大盛。晋代的名士就以郭泰为圭臬，不敢再议论政治。随着统治集团的戾气加剧，"近来学得乌龟法，得缩头时且缩头"，名士大多做缩头乌龟，一变为专谈名理，清议而不谈政事，这就成了所谓清谈了。《世说新语》中将清谈也称作清言、谈玄、共论、共谈、讲论等，内容则主要是玄学，包括儒学、佛学、道学，无所回避，内容上加强了学术性，形式上则加强了表演性，增加了道具——麈尾，反映了当时上流社会流行的研讨辩论的风气。

名士们都学习郭泰，并且是加倍地学习郭泰。郭泰"不为危言核论"，意思是尽量不说危及当局的话。古代所谓"默存"，现代所谓"沉默是金"，都是国人所谓为人处世的大智慧。阮籍曾经到苏门山中，寻访孙登学道，孙登终日不说一句话，阮籍受不了，就很快告辞下山了。阮籍既然学不会沉默，就改为"言皆玄远"，说话还是说话，却说得云遮雾罩，"山在虚无缥缈间"，让人摸不着头脑。因此，《世说新语》记载，晋文王司马昭说，当今天下，阮籍可以算得上最谨慎的了，每次和他说话，他的语言都是玄远缥缈，从不评论时事，褒贬人物。嵇康当然也懂得深沉默存之道，他努力克制自己，素来不去碰触政治高压线。作为朋友，他说过一句很深刻的话："阮嗣宗口不论人过，吾每师之，而未能及。"①哪些地方"未能及"呢？嵇康没有明说。

二、魏晋清谈

所谓魏晋清谈，可分前后两期。魏末西晋时代为清谈的前期。此时期的清谈为当时政治上的实际问题，与其时士大夫的出处进退关系至为密切。换言之，此时期的清谈，还多少残留一点汉末清议的遗风，是士大夫借以表示本人态度及辩护自身立场的东西。东晋一朝为清谈后期。清谈至此只为口中或纸上的玄言，玄而又玄，说者以听者听不懂为得意，已失去政治上的实际性质，仅仅作为名士身份的装饰品而已。嵇康所处的时期是清谈前期。

魏晋清谈不是无源之水、无本之木的越世高谈，应该说，较之汉末清议，它的构成养分更复杂，除西汉以来定于一尊的儒学之外，佛学与道学亦是其主要营养。惟有吸收了新的养分，思潮才能有所发展。

先说佛学。佛教传入中国一般认为是在两汉之际。传说东汉永平七年（64），汉明帝即刘秀之子刘庄有一天夜宿南宫，梦见一个金人自西方飞来，身高六丈，头顶放光，在殿庭飞旋。次日早朝时，汉明帝将此

---

① 引自嵇康《与山巨源绝交书》。

梦告诉大臣们，问主何凶吉。

博士傅毅启奏说，西方有神，称为佛。陛下的梦中金人应该就是佛。

汉明帝听罢大喜，派大臣蔡音、秦景等十余人出使西域，拜求佛经、佛法。

永平八年（65），蔡、秦等人告别帝都，踏上"西天取经"的漫漫征途。在大月氏国①，遇到印度高僧摄摩腾、竺法兰，见到了佛经和释迦牟尼佛白毡像，当即恳请二位高僧东赴中国弘法布教。

永平十年（67），二位印度高僧应邀和东汉使者一道，用白马驮载佛经、佛像来到洛阳。汉明帝见到佛经、佛像，十分高兴，对二位高僧极为礼敬，安排他们在当时负责外交事务的官署鸿胪寺暂住。第二年，汉明帝敕令在洛阳西雍门外三里御道北兴建僧院。为纪念白马驮经，取名"白马寺"。其中"寺"字即沿用鸿胪寺之"寺"字，于是"寺"便成了中国寺院的一种泛称。白马寺也就成了中国佛教的"祖庭"。

"白马驮经"之经，据说即是《四十二章经》。时人对于早期传入的佛教，多半是作为一种灵异和谶纬方术来看待的，这与东汉的社会环境也还比较相合。汉桓帝就曾在宫中设立佛祠，以求福瑞吉祥，升天成仙。这当然有点滑稽可笑。佛教的不同凡响，表现在它甫才传入，即带有极深的文化内涵。据现存最早的经录《出三藏记集》记载，从桓帝到献帝的四十余年里，翻译的佛经就有五十四部，知名的译者就有安世高和支娄迦谶等。

安世高据说原是西域安息国的太子，让国出家，于汉桓帝初年来华，居洛阳译经。他所译经典主要有《安般守意经》《阴持入经》等，这些经典大抵都属于小乘禅定之学。《安般守意经》的"安般"，即是梵

---

① 今阿富汗境至中亚一带。

语"呼吸"的意思，经中记述了这种通过数念呼吸出入来达到心注一境的守持意念禅定方法。这当然也令嵇康等魏晋文人们联想到道家的"胎息"之术。

支娄迦谶，又简称支谶，西域月支国人，于桓帝末年来洛阳，他译的经典主要有《道行般若经》《首楞严经》《般舟三昧经》。这些经典主要是属于大乘般若之学。般若为佛教所修持的"六度"之一，特指具有佛教的智慧。般若的全称为"般若波罗蜜"或"般若波罗蜜多"，"波罗蜜多"是"度过"的音译，因此"般若波罗蜜多"亦即指通过佛教的最高智慧到达涅槃彼岸的意思。那么，般若佛慧的实质是什么呢？这就是"缘起性空""诸法性空"。只有对内部和外部的所有世界抱定"一切皆空"的认识，才能修成无上正等正觉的佛法般若智慧。这种对现象世界持"一切皆空"的态度与魏晋玄学的"贵无轻有"思想有些相似之处，因此受到文人们的重视；而它的"无生无灭""无住无得""无相无想"等说法，以及把真如性空译作"本无""自然"等名词，当然也令魏晋文人倍感亲切。

无疑，这些佛典都成为了魏晋清谈的营养，而且都进入了嵇康的阅读视野。

再说道学。道教的最高理论当然是老庄之学，这是早已为古代文人所接受的学问。不过汉末魏晋的中国，是历史上的大动乱时代，汉末宫斗，继之以三国争雄，给社会带来深重苦难；其后，除去西晋初年的"太康之治"，整个社会亦多在战乱之中。再以后，历时十多年的"八王之乱"，长达百年的十六国之乱，使整个社会陷于祸乱灾荒的深渊，社会道德的堕落则更为严重。亲身经历了这种社会灾难的葛洪，痛陈"世道多难，儒教沦丧，文武之轨，将遂凋坠。或沉溺于声色之中，或驱驰于竞逐之路"[1]。以致"纯儒释皇道而治五霸之术，硕生弃四科而恤月旦之评"[2]。可见当时社会无论从思想亦或机体方面，都经历了深刻的危机。

社会苦难王是一切宗教发生和发展的最好土壤。这种社会状况，为道教的道德教化开拓了途径，也刺激了道教伦理学说的最终形成和发展。而在这种历史条件下所形成的道教伦理学说，提出了反对争夺、节制人欲、遵循道德的要求，以传统的长生不死理想为牵引机制，引导人们走向以尊道贵德为价值取向的内在自我控制，从而形成了一种十分精致而作用强大的社会道德劝化体系。于是，孙登、王烈等得道高人不世而出，何晏、王弼的"长生"理论应运而生，嵇康、阮籍也踏遍青山，精研养生，走上了寻仙问道的道路。

就其修行的实质而言，整个道教就是一个伦理大载体。它的神仙，是高尚者得善报的典型，是修身可得不死这种生命哲学的理想模式，渗透着中国文化的精神；它的符咒，以其通神降魔之德能，体现着对于持行者之德行的高度要求；它的仪忏，对信仰者产生自省自制的心灵迫力；它的斋醮，使其信徒对自身欲望的约束同美好的目的连接在一起；它的戒律，则直接针对人性之恶，成为一个人走向信仰的第一步，对信仰者具有灵魂净化与重铸的意义。而在社会伦理方面，道教宗教道德本质上和儒家正统一致，只不过给儒家的三纲五常穿上太上老君的道袍而已。

因此，道教成为魏晋清谈的养料，是以它的优越之处为根由的。这种优越性就取自老庄之学本身，因此能够获得魏晋士人的广泛接受与信奉。据《隋书·经籍志》、清姚振宗撰和侯康撰两种《补三国艺文志》、清文廷式撰和丁国钧撰两种《补晋书·艺文志》载：曹魏三国时期，注《周易》的就有何晏、王弼、王朗、王肃、管辂和钟繇父子以及阮籍、嵇康

---

① 引自《抱朴子外篇·勖学》。
② 引自《抱朴子外篇·安贫》。

等，凡二十家二十九部；注《老子》《庄子》的除上述大部分人外，还有夏侯玄、张揖、董遇、孟康、荀融、虞翻、范望、葛玄、任嘏、桓威等，凡十七家十八部；两晋时期，"三玄"的注家则有向秀、郭象、郭璞、袁准、袁宏、裴秀、葛洪、卫瓘等，凡二十三家二十九部，可见魏晋时期儒、道合流已蔚为大观。

魏晋六朝清谈是与名士相始终的，以后名士没有了，清谈也就消失了。剩余典籍在，指点到今疑。倒是《世说新语·文学》留下了一则绘声绘色的记录：

> 孙安国往殷中军许共论，往反精苦，客主无间。左右进食，冷而复暖者数四。彼我奋掷麈尾，悉脱落，满餐饭中。宾主遂至莫忘食。殷乃语孙曰："卿莫作强口马，我当穿卿鼻。"孙曰："卿不见决鼻牛，人当穿卿颊。"

奋掷麈尾，相互谩骂，到天晚了，忘记吃饭，饭菜中落满了麈毛。这就是当时热热闹闹的清谈。然而，这些挥麈者早就消失了，消失得那么遥远；赵宋以后，连清谈的道具——麈尾也失传了。据说日本正仓院现存数柄唐代的麈尾，镶牙漆木柄，颇为华丽。近现代的人往往顾名思义，把麈尾认为与马尾拂尘是一类东西；或见古代图画中有之而不识，把它看成扇子。《辞海》1979年版"麈尾"条的解说是："拂尘。魏晋人清谈时常执的一种拂子，用麈的尾毛制成。"定义大误，而解说模糊。台湾《中文大辞典》此一条目的解说亦是："拂尘也，古时谈论者，取麈之尾为拂子，把以指授听众也。"定义亦误，而解说则较合理。

其实，麈尾从外形上看，如同一片大树叶，下部靠柄处则常为平直状，陈徐陵《麈尾铭》所谓"员（圆）上天形，平下地势"是也。翼部用长毫插制，梁宣帝《咏麈尾》所谓"毫际起风流"是也。它有点像现代的羽扇，可不是扇。传世唐孙位《高逸图》所绘阮籍、敦煌 103 窟东壁盛唐画维摩手上摆弄的就都是此物。而拂尘则形制大不相同，如唐懿德太子墓壁画宫女图所示即为拂尘。

更重要的是，拂尘是侍女一类下人侍候主子时拿的东西，如《红拂传》中私奔李靖的红拂女就手执拂尘，京剧《贵妃醉酒》中高、裴二公公所执亦是拂尘。而麈尾则是领袖群伦的标志物，东晋名相王导《麈尾铭》就说过："谁谓质卑，御于君子。"据说，麈是一种大鹿，麈尾摇动，可以指挥鹿群的行向。清谈名士手执麈尾，当然也以士林领袖自居了。所以赵翼《二十二史札记》说是"名流雅器"；所以陈后主造了一个玉柄麈尾，认为当时配拿它的只有清谈大家张讥，于是就将它赐予张[①]；所以大名士王濛病危时，在灯下不停地把玩麈尾，回首前尘，慨叹不已。王濛死后，另一大名士刘惔将它置入王的棺中随葬。一代玄学大师辞世将一柄麈尾随葬，应该是最好的纪念方式。反过来，一代枭雄石勒出身贫苦，执掌后赵大权后，贵族名士出身的王浚派人远道送给他一柄麈尾。勇悍的石勒一见，即把它挂在墙上，对之下拜，以示谦虚不敢当。齐陈显达自以为人微位重，官越做越大，内心却越来越愧疚。他老是对儿子讲："麈尾、扇是王谢家物，汝不须捉此自随。"唐阎立本画《历代帝王图卷》，给坐领江东的英主孙权手里安上麈尾，企图在孙权的领袖身份上增添文雅色彩，可见麈尾在显示人的身份方面所起的作用了。

挥麈打虱，日以继夜，如痴如醉，魏晋六朝士人当然视清谈为人生要务和平生快事，但其所谈论的内容是什么呢？我以为不出玄、释二道。《世说新语·文学》云：

---

① 见《陈书·张讥传》。

支道林、许掾诸人共在会稽王斋头，支为法师，许为都讲。支通一义，四坐莫不厌心；许送一难，众人莫不抃舞。但共嗟咏二家之美，不辨其理之所在。

此处的"二家之美"，是说他们用佛理与老庄玄理互征互喻，由"玄"入"佛"，由"佛"见"玄"，所以才"共嗟咏"之。推其本原，永嘉之乱，大批士人举族迁居江南避难，把东汉臻西晋养成的老庄玄风亦移入江南。这就是史所艳称的"玄风南渡"。而江南佛教昌盛，所谓"南朝四百八十寺，多少楼台烟雨中"，玄与佛教发生碰撞，六朝士人用佛教思想精神重新评价玄学，重新反思历史，构成了江南士林的新的清谈主题和精神生活基础。如裴颜撰《崇有论》挑起"有无之辨"，据说，"时人攻难，莫能折"，最终在王衍的唇枪舌剑下败下阵来，王衍所据，不无佛学营养。又如《庄子·逍遥游》，自从向秀、郭象的《庄子注》问世，人们谈"逍遥之游"多遵向、郭之义。可后来支遁又发表一番议论，花烂映发，十分精彩，人们顿觉清新扑面，对庄子思想又有了新的理解。当时风尚，新一代名流如谢安、王羲之、殷浩、孙绰之辈，都与佛教徒交往清谈，而佛教徒也均以名流中人自视。大概言之，何晏、嵇康所处风力强劲的魏晋时清谈内容以老、庄、易为主，中晚期则佛经介入，或才性四本，或声无哀乐，或论养生，或言尽意，甚至援玄入佛，义涉般若，六通三明，弥趋精微。《世说新语·文学》就记述了一次精彩的辩论：

殷中军问："自然无心于禀受，何以正善人少，恶人多？"诸人莫有言者。刘尹答曰："譬如泻水著地，正自纵横流漫，略无正方圆者。"一时绝叹，以为名通。

清谈家奉为圭臬的《庄子》提出过天下好人少坏人多的观点，而殷浩发出疑问：自然无心于禀受，自然造物是没有偏心的，何以天下好人少坏人多呢？问题很尖刻，也很直截了当。而刘惔很聪明，不正面回答，巧妙地用"泻水着地"的比喻，让听者发挥联想，自己去推断。"名通"，也就是名士通达之言，像这样熔玄义与佛理于一炉的回答当然是"名通"，当然令人"绝叹"了。

寻根究底，清谈来源于清议，而清议则缘于东汉末年宦官擅权而起。在位的人胡作非为是"因"，在野的处士横议是"果"。从《后汉书》中《党锢传》和《许劭传》的有关记载可以看出，清议以品题人物为内容，品题人物是朝廷用人的依据，故清议与政治关系十分密切。以后，政治环境日趋险恶，"魏晋之际，天下多故，名士少有全者"[1]。兼之学风发生渐变，学术由具体发展到抽象，玄远的老庄替代了务实的儒家学说。后来名僧更参与名士行列，所谈更不是当世之务了。这样一来，清议转而为清谈，由"品核公卿，裁量执政"，或"核论乡党人物"，到"口不臧否人物"，与现实社会的距离也越来越远了。也正由于此，清谈于正始至永嘉时盛极一时，流波及于齐、梁。

从事清谈的当然是名士，而其中的荦卓者则称为名胜。所谓名胜，名即名辩，胜即胜负。魏晋人称至理为胜理或第一理，名胜乃名流学者在析理时能以辞喻取胜之称，后逐用以称清谈中的名流。名胜有一流、二流、三流之分。等级愈高，身价愈贵，士人只要取得名胜的称号，就能高人一等。因此，名士们一旦加入清谈辩论，就挥麈扪虱，喋喋不

---

[1]　引自《晋书·阮籍传》。

休，夜以继日，如痴如醉，甚至还有累得一病不起，断送性命的。如西晋清谈名胜卫玠自幼瘦弱，南渡后一天晚上遇见长史谢鲲，谢鲲也是清谈名胜，于是两人谈论微妙玄言，棋逢对手，挥麈论辩，直到天亮。卫玠因过度劳累，遂大病不起，一命呜呼。年仅二十七岁。

魏晋六朝的清谈实质上是准学术讨论，在比较正式的清谈场合，论辩双方要分宾主，先由主方提出一项讨论的内容并简单叙述自己的见解，称为"竖义"或"立义"。然后，客方就他的论题或论点提出怀疑和质问，叫作"难"。到了主方无话可答，或客方无难可问，即可决出胜负，这也就是"以不应者为拙劣，以先止者为负败"[1]。例如《世说新语·文学》所记僧意与王修的一场清谈：

> 僧意在瓦官寺中，王苟子来，与共语，便使其唱理。意谓王曰："圣人有情不？"王曰："无。"重问曰："圣人如柱邪？"王曰："如筹算。虽无情，运之者有情。"僧意云："谁运圣人邪？"苟子不得答而去。

这场清谈王修为主方，正面申述当时的一个热门哲学论题——圣人有无情感。僧意为客方，对王发难质疑。在此之前，何晏、钟会等主张圣人无喜怒哀乐，而王弼主张圣人同常人一样，也有五情。在王"唱理"即申述圣人无喜怒哀乐的观点后，僧意诱导王修，假意一再肯定圣人无情，然后冷不防提出"圣人如柱邪"的诘难。试问如果圣人真如木柱一样，岂不成了僵尸一具？不得已，王修只好被动地将圣人比附成筹算[2]。筹算当然没有感情，但在人的操纵使用下，可以演变数理。王修

---

① 引自《抱朴子·疾谬篇》。

② 我国古代用竹制的计数的算筹。

以为自己说得巧妙，殊不知已铸下大错。道家认为，天地自然都是无心的，无心当然无情，所谓圣人，不过是能领悟到这层道理的人。所以，当僧意针对他的"运之者有情"发出"谁运圣人邪"这致命的一击后，王修已被逼到绝境，当然无辞以对，只得高竖降帜了。

魏晋六朝人讲究率真自然，有时不开口亦能挫败对手。《世说新语·文学》说支遁原居会稽，晋安帝钦服支的风采，派人将他接到东安寺。长史王濛连夜准备了一个论辩的题目，自以为结构精严，语言宏富，第二天就到寺中找支遁辩论。一开始，王濛觉得很吃力，于是他将昨夜准备的言词和盘托出，心想"名理奇藻"，支遁是应当会折服的。谁知支遁听了毫无反应，只是淡淡地说：我与君分别多年，没想到君的词理没有什么长进！王濛大为惭愧，只得快快退去。

清谈在当时是大行其道、广受欢迎的。诚如汤用彤《汉魏两晋南北朝佛教史》所说："盖世尚谈客，飞沉出其指顾，荣辱定其一言。"魏晋六朝人所崇拜的名流，首推当世的清谈领袖。据《世说新语》等典籍记载，清谈大师支遁、许询等人开讲时盛况空前，"支通一义，四坐莫不厌心；许送一难，众人莫不抃舞"，简直是舌上生花的明星！《世说新语·赏誉》还记载支遁在祗洹寺清谈时，高坐讲坛，麈尾挥动，咳唾珠玉，情理俱畅，在座一百多人，"皆结舌注耳"，进入痴迷状态。《世说新语·赏誉》注引《卫玠别传》还说河东卫玠聪颖通达，少知玄理，尤善庄、老。王澄，字平子，迈世有俊才，平时有些傲气，很少将谁放在眼里。但他对卫玠却崇拜得五体投地，每次卫玠谈玄理，王澄都跑去听，听到会心的妙处，便"绝倒于坐"。前后三闻，为之三倒。"卫君谈道，平子三倒"，被时人传为美谈。《世说新语·伤逝》还记载，支遁是清谈大师，同学法虔亦善清谈，两人是辩论对手。而法虔死了，支遁感到"发言莫赏，中心蕴结"。物伤同类，活着的人更知道对方的可贵。

于是支"精神霣丧，风味转坠"，一年后也死去了。

当时，名士是社会上最受尊崇和欢迎的人，清谈是既高雅又普及的活动，连最高统治者有的还躬与老庄哲学的讨论，或引名士为谈客。以清谈名士出任朝廷大臣的更不计其数，名士清谈是这个历史时期不折不扣的时代特征！

值得深思的是，自晋室南渡以后，清谈慢慢地沦为了空谈。桓温入洛时，与诸僚属登平乘楼眺望中原，曾慨叹说："遂使神州陆沉，百年丘墟，王夷甫诸人，不得不任其责！"并把清谈名士斥为："啖刍豆十倍于常牛，负重致远，曾不若一羸牸！"①颜之推在《颜氏家训》里很严厉地批评清谈，说魏晋人"直取其清谈雅论，剖玄析微，宾主往复，娱心悦耳，非济世成俗之要也"。这就是所谓"清谈误国"之说。《世说新语·言语》记载，王羲之曾对谢安说，现在四海战乱纷纷，应该人人努力报效国家，那种虚谈妨碍政务，浮文不合切要，恐怕不宜提倡。风流宰相谢安却犀利地反诘说："秦任商鞅，二世而亡，岂清言致患邪？"同样的道理，举西晋之亡为例。《世说新语》中再三言及"正始之音"为清谈之正轨，为东晋名士所企羡。"正始"为魏齐王曹芳年号，从公元二四〇年至二四九年，亦即嵇康十八岁至二十七岁充满活力的岁月。这十年内，正是何晏诸人竞为清谈、大煽玄风的时候。而当时司马懿执掌军国大权，国家形势却比较好。以后，二六三年灭蜀，司马炎称帝。二八〇年灭吴，中国统一。从正始元年（240）到永嘉五年（311）王衍被害、中原大乱，足足相距了七十余年，可见旧史把西晋之亡归咎于清谈的说法不是实事求是的。

---

① 引自《世说新语·轻诋》。

三、名士类说

1. 名士文化

嵇康是魏晋名士。要理解嵇康，就先要理解魏晋名士。

近年来，学术界有一种颇有见地的意见：中国文化既不同于注重人与自然关系的西方文化，也不同于注重人与神的关系的中东文化，中国文化的特质在于它十分注重人与人的关系。中国文化的一切长处和短处都根源于此。名士，这一大写的"人"，就正代表了魏晋六朝文化物质的产物。这是一种曾经让许多人心仪不已、思觅不已，也困惑、诟病不已的文化历史的生动标志。在名士的光环下，美与丑、进步与倒退、哲理与愚昧、科学试验与宗教迷狂纠缠交合，组成了一个个富有魅力的谜面。

名士的兴衰与魏晋六朝政治社会的发展相始终，与魏晋六朝学术思想的发展相始终。

名士一词，最早见于西汉典籍，原指先秦时有道德、有学问、名高而不在位之士。《礼记·月令》"聘名士，礼贤者"注："名士，不仕者。"疏："名士者，谓其德行贞纯，道术通明，王者不得臣而隐居不在位者也。"后指有名气的人。如《淮南子·时则训》"聘名士"注："有名德之士。"《三国志·魏书·袁绍传》："侍中周毖、城门校尉伍琼、议郎何颙等，皆名士也。"后来，东晋名士王导、谢安还贵为丞相，可见，魏晋六朝名士已完全摒弃"王者不得臣而隐居不在位"的内涵。不仅如此，魏晋六朝名士更增添了"魏晋风度"等特征，是一个复杂的群体称呼。

当一个名士说难则易，说易则难，还是要有一定的条件的。魏晋六朝重门第，名士当然首先要是名门子弟。

嵇康的门第虽然不有名，但他的父亲嵇昭毕竟是中下级官吏，而且还是一个儒吏。

其次，名士应该有学问，尤其应该精研老、庄学说和玄学哲理，所谓"三日不读《道德经》，便觉舌本间强"。如果仅仅像汉儒那样恪守孔孟之道，那只能称之为"橡蠹"或"酸腐"。如《世说新语·赏誉》说，名士王济家有"痴叔"王湛，济甚以为羞。济祖母死，湛守墓所，王济每至墓吊唁，多不为礼。一次偶然的机会，王济见叔父床头有一部《周易》，很感奇怪，因问：叔父要这部书做什么？平时看不看它？王湛淡然一笑，因与济共谈《易》，分析《易》理精妙入微，深不可测。王济于是大为叹服：家中原有名士，三十来年都不知道！当然，高深的玄学还要善于表达，所以名士还要明辞理，擅清谈。

嵇康的玄学造诣是很深的，他不仅从小即游好老庄，而且撰有《自然论》《声无哀乐论》等弘扬老庄的著作。

再次，名士必须要有一两手陶冶性情的雅艺娴技。如谢安能擅写行书隶书，后来宋代大书法家米芾《谢帖赞》曾评为"淡古"，清代书法家刘墉《论书绝句》更赞美为"寥寥谢傅平生笔，数帖风神学步难"。他还妙解音律，《晋书·谢安传》说他"性好音乐"，《世说新语》里也记载他和戴逵谈论琴理；他担任丞相后，服丧期间也丝竹不断，以至于"衣冠效之，遂以成俗"。他还会下围棋，淝水之战中他与人下棋的故事堪称旷世雅谈。他还会作诗论文，与子弟对雪吟诗，对谢道韫的"未若柳絮因风起"的赏识，说明他的赏鉴眼力颇佳。

嵇康亦多才多艺，他是魏晋时期第一流的音乐家，善抚琴，亦能作曲。他还是著名的书画家。至于锻铁，在嵇康身上已经不是艰苦的劳作，而是一种风神气度。无疑，这种娴技雅艺是秦汉儒生所不具备，而为魏晋六朝的士人所欣羡、所倾倒的。

最后，也是最主要的，名士一定要有名士性情、名士风度。如名士王徽之住在山阴，一个大雪夜，酒酣耳热之际，突然想念朋友戴逵，连夜乘船赶去，天明时分到了戴逵门口，却又掉转头命船返回，有人不解，王徽之神气坦然地一笑："乘兴而来，尽兴而返，何必见戴？"王徽之潇洒的名士风度大受时人赞赏，"雪夜访戴"也就成了千古佳话，就连后世豪俊如苏东坡，也有句云"会待子猷清兴发，还须雪夜去寻君"，一寄异代知音之慨。其实，吕安与嵇康的"千里命驾"完全可以与"雪夜访戴"辉映于前后。

魏晋六朝士人一旦成为了名士，则终生受用不浅了。

东汉以名教治天下，名教即是因名立教，内容包括一切政治设施和礼乐教化等。而就用人而言，就突出表现在鼓励大家求名，凭声望来选拔官僚。当时的选举制度以"察举征辟"为入仕之道，衡量人才的标准是个人的德行和容止。所以，宗族、乡党的鉴定和知名人士的品评，就成了选举上最主要的凭借，直接关系到士人的升迁提拔和政治前途。公元二二〇年曹丕当政时，魏司空陈群制定九品中正制，在州郡正式设立中正来评定人才优劣，分为九等，以备官府录用。这样，更使士人努力追求名声，而名士则是统治阶级罗致的对象了。

不仅统治阶级青睐名士，一般民众也追逐名流，先睹为快，呈现出一派"追星"的狂热。阮裕是当时的名士，《晋中兴书》云："故终日颓然，无所修综，而物自宗之。"意思是说，阮裕在事业上虽然成就不大，然而却有吸引人的力量。咸康八年（342）七月，晋成帝入葬兴平陵，阮裕从外地赶来参加葬礼，一到京都便引起轰动。《世说新语·方正》云：

> 阮光禄（裕）赴山陵，至都，不往殷、刘许，过事便还。

> 诸人相与追之，阮亦知时流必当逐己，乃诡疾而去，至方山
> 不相及。

为了一睹阮裕的风采，京都的士人穷追至方山，可惜仍未及见。

做一个名士不仅对于步入仕途有利，而且也利于婚娶，择婿重名士是魏晋六朝的时尚。名士不一定是酷男，而酷男必是名士。名士卫玠娶名士乐广女为妻，时人评说："妻父有冰清之姿，婿有璧润之望。"据《世说新语·任诞》，袁彦道有两个妹妹，婚配名士殷浩、谢尚。后来，他见到桓温，竟然感叹："恨不更有一妹配卿！"《世说新语·排调》云：

> 孝武属王珣求女婿，曰："王敦、桓温，磊砢之流，既不
> 可复得，……正如真长、子敬比，最佳。"珣举谢混。后袁山
> 松欲拟谢婚，王曰："卿莫近禁脔。"

王敦、刘惔、桓温、王献之都是时所公认的风流人物，而王、刘是武帝婿，桓是明帝婿，献之是简文帝婿。谢混既可比桓温、王献之，则孝武帝当然满意："如此，便已足矣！"[1]佳婿同于禁脔，他人是不得染指的。嵇康正因为是个杰出的名士，才被曹家招为东床而得以授为中散大夫的。名士是前提条件。

使人感兴趣的是，不仅皇室、显宦择婿重名士，一般妇女也对名士极为爱慕。据《晋书·王璇传》：刺史徐邈的女儿择夫而嫁，从内堂偷看徐的佐吏，就选中了"疏通亮达"的名士王璇。相反，歌咏出"柳絮因风起"的才女谢道韫很轻视丈夫王凝之。其原因就是因为王不及皆名

---

① 见《世说新语·排调》注引《晋阳秋》。

士的自家叔父与诸从兄弟。而道韫一旦与"唯读《老子》而已"的刘柳谈论，便叹为知音，感慨不已："殊开人胸腑！"①嵇康不仅是名士，而且相貌堂堂，更吸引异性的目光，前已叙及山涛妻夜窥事就是很好的说明。

《世说新语·排调》还记载了这样一件趣事：

> 王浑与妇钟氏共坐，见武子从庭过，浑欣然谓妇曰："生儿如此，足慰人意。"妇笑曰："若使新妇得配参军，生儿故可不啻如此！"

钟夫人在丈夫面前说出遗憾没有嫁给一位理想的丈夫的心里话，竟然引起一千多年以后的李慈铭的拍案而起，怒斥为"倡家荡妇、市里淫姗"②。更令人叫绝的还有第二章所引袁宏妻李氏写了篇《吊嵇中散文》，追踪大名士嵇康的高范，寄托了自己的一往情深，从这点也可以看出名士的吸引力之巨了！

2. 三类名士

南齐名士季珪之说过，看见王思远整天正襟危坐，衣帽整洁，不苟言笑，就想见到丘明士。看见丘明士蓬头散带，整天醉醺醺的，议论纵横，臧否人物，就又想见到王思远。③季珪之所言，实际上是说名士风格有不同的流派。《世说新语·文学》"袁伯彦（当为彦伯）作《名士传》成"注云："宏以夏侯太初、何平叔、王辅嗣为正始名士，阮嗣宗、嵇叔夜、山巨源、向子期、刘伯伦、阮仲容、王濬仲为竹林名士，裴叔

---

① 见《晋书·刘柳传》。
② 见李慈铭《越缦堂日记》。
③ 见《南史》卷二十四《王思远传》。

则、乐彦辅、王夷甫、庾子嵩、王安期、阮千里、卫叔宝、谢幼舆为中朝名士。"《晋书·袁宏传》云宏撰《竹林名士传》三卷,《隋书·经籍志》又载袁敬仲撰《正始名士传》三卷。可见自南朝以来人们对名士风格即有不同的区别。据我们考察,中朝名士较之正始、竹林,时间相距较远,当然有不同的时代背景和社会土壤;而何晏、王弼与阮籍、嵇康年代相若,论者却分为正始、竹林,则正表现了这两类名士生活态度的不同。

这三类名士对于生活采取的不同态度,深刻地反映了魏晋六朝社会的各个方面,是极有价值的研究课题。鲁迅、王瑶等学者对此均有过论述。概言之,正始名士擅清谈,讲究服药行散,注重服饰姿容;竹林名士善饮酒,在日常生活中任达自然,不为礼法所拘;中朝名士则兼而有之。因为经过一二百年的努力,"加上佛教的大力量,到了南朝后期士风已从绚烂而复归于平淡"①。中朝名士实际上是名士末流,且晚于嵇康百年,与嵇康关系不大,故本书不拟申论,本书只就与竹林名士年代相若的正始名士作比较性的研究,俾以探索嵇康的时代背景。

3. 服药行散

现代社会的文明病之一,就是吸毒及毒品泛滥。而中国魏晋时期服用"五石散"风行一时,服食者多为正始名士,正始后亦有名士服食,但以正始居多,给当时的社会、人生笼罩了病态的阴影,实际上是一次吸毒运动。这是颇足发人深思的。

"五石散"又名"寒食散"。因为服散的人除了要饮少量热酒外,只能吃冷的其他食物。就其原料说,是五种矿物质。鲁迅《魏晋风度及文章与药及酒之关系》据唐孙思邈《千金翼方》的有关记载,认为"五石"指的是白石英、紫石英、石钟乳、赤石脂和石硫黄。在这五味药中,石

---

① 见余英时《士与中国文化》。

钟乳、白石英、石硫黄的功效是壮阳温肺肾，主治阳痿等症；赤石脂的功效是敛疮生肌，主治遗精、崩漏等；紫石英的功效是安神、暖子宫，主治虚寒不孕。但实际上魏晋时人的五石散方由正始名士领袖何晏改进配方，系由东汉名医张仲景的两个方子"侯氏黑散"和"紫石寒食散"合并加减而成。"五石"指的是岩石、紫石英、白石英、赤石脂和石钟乳，其中岩石是一种含砷的有毒矿物。长期服用，则会严重中毒，重至死亡。

据说，一个人初期服用五石散，能加强消化机能和改进血象和营养情况。《全晋文》卷二十六王羲之帖云："服足下五色石膏散，身轻行动如飞也。"可为佐证。嵇含还作了一首《寒食散赋》，序云："余晚有男儿，既生十朔，得吐下积日，赢困危殆，决意与寒食散，未至三旬，几于平复。"然而这样的效应实际是假象，往往使人产生错觉，从而误导人们继续服用。

因五石散的药性非常猛烈，服用后，药力发作，浑身燥热、性情亢奋，需要吃冷食，需要"散动"。所谓"散动"是指服药后周身发热，但又不能休息，必须快步走路出汗以"散发"，亦称"发石"，否则就有危险。为"散发"而走路，叫作"行散"，是正始名士的派头之一。因此，往往不无得意地将它写进诗文中。再加上五石散药价很贵，非富贵人家吃不起。吃散、行散当然也就变为社会地位的象征而为人所艳羡，以致有冒充服散者，闹出笑话。《太平广记》卷二四七引侯白《启颜录》说，后魏孝文帝时，有一个人在集市卧倒，翻来覆去叫喊发烧，说自己"石发"。有人问他："什么时候服石的？"他说："我昨天吃饭，米中有石。"当然，这是个笑话，但亦可见服石已成为世风时尚了。

4. 何、王其人

《世说新语·言语》引注秦丞祖《寒食散论》云："寒食散之方虽出汉代，而用之者寡，靡有传焉。魏尚书何晏首获神效，由是大行于世，服者相寻也。"汉代的"侯氏黑散"和"紫石寒食散"原是用来治疗"五劳七伤"的虚弱症的。将其改变为五石散而服用的首倡者为何晏。

何晏在学术上是嵇康、阮籍尊重的前辈,在姻亲关系上则是提携嵇康的长辈。他本来是个美男子,姿容飘逸,面容洁白如玉。后因与名士们饮酒作乐,不分昼夜;又妻妾盈于后庭,纵欲无度,以致面容枯槁,身体虚弱,遂服用寒食散。据他说,服药后精神爽朗,具有神奇效果,大概类似于吸毒后的一种不可言喻的快感。以后,王弼、夏侯玄、裴秀、嵇康、王羲之、王忱、王恭等都热衷此道,这就极其可悲了。因为一则何、王、夏侯等人都是当时的精英人物,此举可谓天妒英才,可惜可叹;二则因为"明星效应",登高一招,从者如云,毒"泽"广被。这当然是社会的悲剧。

何、王、夏侯三人都是玄学领袖。按照《说文解字》的解释,"玄"的原初含义是指一种深赤而近黑的颜色,引申义是"幽远"。春秋末年道家隐士老聃撰《老子》,第一章就说"玄之又玄,众妙之门",已带有哲学概念的意味。汉末魏初,一些士大夫将属于道家的典籍《老子》《庄子》与原本是儒家经典的《周易》合为一类,并称"三玄",结合当时的名辨学说予以多方引申和发挥,是谓"玄学""清谈"。夏侯玄曾任魏征西将军,都督雍、凉诸军事,又为时人目为"四聪"之一,但作为一个儒道兼综的贵戚,他的玄学功力远逊于何、王。真正能精思入微大畅玄风而堪称正始名士领袖的,只有何晏和王弼。

何晏,字平叔,南阳宛①人。生于建安元年(196),长嵇康二十七岁。其祖父,便是《三国演义》中那位因刚愎、鲁莽而被杀的大将军何进。何晏的父亲何咸早死,何母美艳,为曹操所得,何晏随母为曹操所

① 今河南南阳。

收养。在性格上，何晏表现出与乃祖迥然不同的阴柔。据《太平御览》引《何晏别传》记载："晏小时养魏宫，七八岁便慧心大悟，众无愚智，莫不贵异之。"曹操极为喜爱，甚至欲以为子。当时何晏年仅七岁，听说之后，便在地上画了一个圈，自己站在里面。别人不解，何晏回答说："何氏之庐也。"说这是何家的房子，声明自己是何氏的后人。曹操知道了这件事，就把他送到宫外抚养。后来等他长大成人，曹操又将自己的女儿金乡公主嫁给他，以示爱宠。但据鱼豢《魏略·曹爽传》注，何晏在魏宫太不检点，"无所顾惮，服饰拟于太子，故文帝特憎之，每不呼其姓字，尝谓之为'假子'"。"假子"当然是个侮辱性的称呼，类似于今天骂人"小杂种"。所以直到魏明帝时代，何晏一直不太得意。当时魏明帝一心要"务绝浮华谮毁之端"，结果何晏等一班名士均遭抑黜。"浮华"之罪何指呢？周一良《魏晋南北朝史札记》认为："所谓浮华，非指生活上之浮华奢靡，而是从政治着眼，以才能互相标榜，结为朋党，标举名号如'四窗''八达'之类以自夸。"何晏政治上的"浮华"朋党子虚乌有，"生活上之浮华"倒是史实凿凿。例如《晋书》本传说他"动静粉白不去手，行步顾影"；此人似乎有"男模特"情结，前面说过他常穿太子的服饰，《晋书·五行志》还说他"好服妇人之服"；《世说新语·容止》说他"美资仪，面至白。魏明帝疑其傅粉。正夏月，与热汤饼。既啖，大汗出，以朱衣自拭，色转皎然"，也就是说，擦拭后，何晏的脸色更加洁白有光泽。"傅粉何郎"说的就是这个故事。以堂堂七尺须眉追求女性的容饰与审美，再例如纵情房事，再例如后面将叙述的服药行散。这些应该都是"浮华"的注脚。直到正始年间，曹爽辅政，何晏才得以扬眉吐气，担任吏部尚书，成了曹爽的心腹。大概也就在这一时期，何晏助力，成就了嵇康一段婚姻。然而好景不长，不久，发生高平陵事变，曹爽落败，何晏也因此为司马懿所杀。

　　且不论其政治成败和生活浮华，何晏在学术方面才华横溢且用功颇勤，是当之无愧的领袖人物。《世说新语·文学》云："何晏为吏部尚书，有望位，时谈客盈坐。"注引《文章叙录》云："晏能清言，而当时权势，天下谈士多宗尚之。"可见他是一个有威望的清谈家。不仅如此，他的玄学功力亦深，他是第一个提出"以无为本"的基本命题的人。这个论辩，嵇康亦曾投入。《世说新语·文学》引注《魏氏春秋》说："晏少有异才，善谈《易》《老》。"名士裴徽也曾赞誉何晏说："吾数与平叔共说老、庄及《易》，常觉其辞妙于理，不能折之。"①何晏曾撰有《道德论》《周易说》等，但都已散佚无存了，只有一部《论语集解》还流传至今。这是颇让人咨嗟的。

　　与何晏的浮沉宦海不同，王弼则似乎纯然学术，是真正完成"以无为本"这个玄学理论架构的人，是正始名士中的天才领袖。王弼，字辅嗣，山阳高平②人，生于黄初七年（226），比何晏小三十岁，比嵇康小三岁。其叔祖父王粲是建安七子之一，当时大文豪蔡邕藏书近万卷，因欣赏王粲文才，便把藏书送给了王粲。王粲死后，蔡邕这批珍贵藏书便落入了王弼之父王业之手，它为王弼提供了丰富的精神营养。晋人何劭为其作传称："弼幼而察慧，年十余，好老氏，通辩能言。"③他虽与何晏同为风流名士，却不太在意功名，专心致志于玄理的探赜索隐。何晏做吏部尚书时，地位名望都很高，当时来何晏处的清谈客常常座无虚席。一次，刚刚辩论后，年未弱冠的王弼来了。何晏早闻王弼大名，就向王弼转述了胜方的理论，然后问王："这些道理我认为讲得好极了，你能就此再提出问题吗？"王弼立即发言诘难，在座的人都认为原胜方

---

① 引自《三国志·魏书·管辂传》注引。
② 今山东金乡。
③ 引自《三国志·魏书·钟会传》注引。

已败，谁知王弼又自己作为辩论双方反复辩论了多次，在座的人目瞪口呆，为之叹服。[①]王弼的著作，现存的有《老子道德经注》《老子指略》《周易注》和《周易略例》等。其中《老子道德经注》撰于正始四年（243），时王弼才十八岁，是一个天纵英姿的少年！据《世说新语·文学》注引记载，何晏完成了《老子注》后造访王弼，见到王弼的《老子道德经注》，不由得叹服道："后生可畏！若斯人者，可与言天人之际乎！"结果回去后将自己的书大加删削，改为《道论》和《德论》两篇文章。由此看来，王弼的学力玄理，何晏自以为难望其项背。可惜正始十年（249），王弼遇疠疫病故，年仅二十四岁。当时执政者司马师听到这个消息，也不禁为之"嗟叹者累日"[②]。总之，有这些既是豪门贵族，又是文坛领袖的人物倡导，士人趋之若鹜，服散之风作为一种时髦，愈煽愈炽，终于成为了正始名士的特征。

5. 追求生命的长度

考察这场三世纪在中国发生的吸毒运动，人们不禁要问：当时的士人除了以为五石散能治病而服食外，还有什么目的呢？究竟是一种什么信念支持、鼓励着他们，使他们昏昏然乐此不倦呢？

主要的目的当然是为了长寿，是求得生命的延长。何晏委婉地吐露了个中消息，他说："服五石散，非唯治病，亦觉神明开朗。"曹操《与皇甫隆令》就服食事移尊请教，则说得更坦率："闻卿年出百岁，而体力不衰，耳目聪明，颜色和悦，此盛事也。所服食施行导引，可得闻乎？若有可传，想可密示封内。"一天，王恭服过药后，到外面行散，见到弟弟王爽，便问他"古诗中何句最好"？他的弟弟还没来得及回答，王恭却自己吟咏起来："所遇无故物，焉得不速老？"认为此句最佳。

---

① 见《世说新语·文学》。
② 引自《三国志·魏书·钟会传》注引。

显然，人生苦短，及时行乐，这是王恭一路行散考虑的问题。正始名士这种执着而又痛苦的追求是有其独特的历史土壤和理论土壤的。

诚然，"成仙是否可能"对道教来说不过是一个老问题。过去黄老学派的仙学家已经从导引、辟谷、行气、烧炼金丹等技术手段出发，对此作了经验性的解答。譬如《老子道德经河上公章句》断言："言不死之道，在于玄牝。""人能抱一，使不离于身，则长存。"然而到汉末魏晋，这个问题却引起了格外的关注。从一世纪末二世纪初起，东汉王朝的外戚和宦官交替掌握政权，他们之间明争暗夺，进行着尖锐的斗争，同时又都对人民进行残酷的压榨掠夺。终于，激起灵帝刘宏中平元年（184）的黄巾大起义，随而产生献帝初平元年（190）的董卓之乱和以后的军阀大混战。经过这些大的战乱，不仅人民大量死亡，士人亦对性命危浅有了刻骨铭心的体验。而这种体验则从逆方向促进了他们头脑中人的觉醒，亦即对生命的怜惜和珍视。

究竟如何能寿比金石呢？陆机《大暮赋序》云："夫死生是得失之大者，故乐莫甚焉，哀莫深焉。使死而有知乎，安知其不如生？如遂无知邪，又何生之足恋？故极言其哀，而终之以达，庶以开夫近俗云。"这只是重弹庄子"大块劳我以生，息我以死"的滥调，结果只能给人们带来更多的哀伤，而并不能"达"。正当士人们觉得死亡的黑夜将要笼罩的时候，一道五色灵光照亮了他们的眼睛——那就是道教。

前已叙及，"成仙是否可能"是中国黄老学派的一个老问题，发展到魏晋时代，道教已融合包括卜筮、占星、服食、导引、辟谷、行气、烧炼金丹等在内的很多中国古代宗教迷信和神仙方术，进入一个新的阶段。葛洪认为神仙是有的，不要因为自己没有见过就轻易否定，刘向所撰《列仙传》共载仙人七十有余，难道是凭空捏造的吗？他在《抱朴子·内篇》中，不但写了《论仙篇》专章，阐述神仙之必有；还写了

《仙药篇》，备论服食养生之道。特别是他在书中具体地讲了炼丹术，还留存了不少道教的符箓。道教追求肉身不死，长生不老，正迎合了贵族士大夫的需要。因此，道教开始由民间进入统治阶层。道教炼制金丹大药，以求服后不死成仙的所谓"外丹"术，虽有可能肇始于汉代，但其作为系统的神仙丹鼎道派思想却是在魏晋时期形成的。据陈寅恪《天师道与滨海地域之关系》，当时沿海地区信持天师道者极多。《晋书·孙恩传》说孙恩世奉五斗米道，据会稽后，"号其党曰长生人"。《郗愔传》说郗"与姊夫王羲之、高士许询，并有迈世之风；俱栖心绝谷，修黄老之术"。修道炼丹成神仙，求得生命的绝对延长，当然是好事；办不到，则退而求其次，服药导引，求得生命的有限延长也行。所以，服散应运而生了。更何况，很多著名的医药家同时又是神仙方士和道士，如华佗、葛洪、陶弘景等；更何况，最早的医学书籍认为某些药物能够使人长寿不死，《神农本草经》就把五石散的白石英、紫石英、石钟乳、赤石脂列为上品之药，《抱朴子·仙药篇》且云："上药令人身安命延，升为天神，遨游上下，使役万灵，体生毛羽，行厨立至。"于是，知识分子开始了严肃的思索。嵇康《养生论》充满了对生命诚挚的企盼："夫神仙虽不目见，然记籍所载，前史所传，较而论之，其有必矣；似特受异气，禀之自然，非积学所能致也。至于导养得理，以尽性命，上获千余岁，下可数百年，可有之耳。"于是，他不辞劳苦，一次一次出入苏门山等崇山峻岭，采集长生药物，探访世外高人。他跟随着王烈寻找"石髓"，并准备毫不犹豫地服下。于是，从正始到梁、陈的很多名士甘愿全身瘙痒溃烂，甘愿冒着生命危险，将五石散服下。"长寿"的目的是否能达到，这要到将来才能得到证明，因为眼前的为服散而死者都可视为服法失当，而公认最会服散的何晏是被杀的。至少服药后是有现实效力的，即出现"人进食多"和"气下颜色和悦"的现象。面色红润了，精神健旺了，他们当然以为青春回来了，寿命将会延长。

服散的第二目的，是为了借药力刺激增强性能力，有助于房中术。这一点王瑶先生在《文人与药》中有精到的论述。房中术初见于《汉书·艺文志》，从汉代以来，与服食烧炼同为道教徒所信行。《抱朴子·至理篇》云："然行气宜知房中之术，所以尔者，不知阴阳之术，屡为劳损，则行气难得力也。"又《微旨篇》云："凡服药千种，三牲之养，而不知房中之术，亦无所益也。"又《释滞篇》云："房中之术十余家，或以补救伤损，或以攻治众病，或以采阴益阳，或以增年延寿，其大要在于还精补脑之一事耳。"这可以从理论上证明正始名士是重视房中术的。前已叙及，五石散从药理成分上说确实具有壮阳及治疗阳痿的功效，而且据记载，这种药能使人的皮肤变得异常敏感。这样，在两情欢悦之时，肌肤相贴，纤毫动于心，"心加开朗"。所以唐代名医孙思邈也在他的《备急千金要方》开篇中说："有贪饵五石，以求房中之乐。"也就是说，五石散在正始时被人曾经当作伟哥一类的壮阳药使用。

在具体事例上，北宋的苏东坡第一个将何晏服散与房中术联系起来。《资治通鉴·晋纪》卷三十七胡三省注引苏轼云："世有食钟乳乌喙而纵酒色以求长年者，盖始于何晏。晏少而富贵，故服寒食散以济其欲。"何晏生长在何进、曹操这样富贵窝里，耽情声色，有房室之伤是极自然的。同时代的管辂就说他"魂不守宅，血不华色，精爽烟浮，容若槁木，谓之鬼幽"。而服用五石散后，"首获神效"，其内容可想而知。

服食的第三个目的是为了人伦识鉴的需要。五石散不仅是一种强壮剂，而且也是一种美容剂。前面已叙及，一个人初期服用少量五石散，会改进血象，从而颜色和悦，双目有神，而这正迎合了正始名士讲究姿容美的心理。考察《晋书》《世说新语》等典籍，我们可以得出这么一个结论：服药派绝大多数是爱美的。何晏有"玉人"之称，夏侯玄有"玉树"

之誉，就是竹林派的嵇康，因为他也兼服药，所以"风姿特秀"，与其他竹林同志的"蓬头散发"不同。正始名士的这股颓风一直流传到梁、陈。

正始名士的爱美，除了艺术心理的作用外——从正始派到梁、陈名士，逐渐树立以维摩为心仪的标准；还有着功利的目的，这就是适应人伦识鉴的需要，以容止取悦于世。

东汉以来，以征辟察举之制选拔统治阶级所需要的人才，而乡间清议是征辟察举的根据，于是，人物批评也就成了当时政治上极为重要的事情。这种"话语权"往往操在少数所谓有"知人之鉴"的人手中。所谓"台阁选举，涂塞耳目，九品访人，唯问中正"。如山涛居选职十几年，每到上司要他推荐官吏时，他就用简短的几句话来评价人物，扼要中肯，当时称"山公启事"。这些有"知人之鉴"的人的价值在于他有先见之明，能从一见的印象中给人以"题目"，而这"题目"的好坏对于其人的政治前途是关系极大的。《三国志·魏书·武帝纪》注引张璠《汉纪》说："孔公绪能清谈高论，嘘枯吹生。"唐代李贤注《后汉书·郑太传》便说："枯者嘘之使生，生者吹之使枯，言谈论有所抑扬也。"由此看来，孔公绪一言的作用是多么大呵！而这些人的"一见即识"，当然先从仪表得出印象。中国古代即有"瞻形得神"的理论，孔子说过："心不正则眸子眊焉"；墨子也说过："无故富贵，面目美好者也。"到魏晋时，大家相信由形体的外部是可以认识到一个人的全体的。如刘劭《人物志·八观篇》有"观其感变"与"观其情机"两法；魏蒋济著论，谓观眸子可以知人；《抱朴子·清鉴篇》云："区别臧否，瞻形得神，存乎其人，不可力为。"我们检阅魏晋六朝的典籍，就可以发现，评论人物总是离不开议其仪表的。许劭有"汝南月旦评"的称誉，评曹操"子治世之能臣，乱世之奸雄"为千古之绝唱；裴令公一见夏侯玄，就说"肃肃如入廊庙中"；潘阳仲见到童年的王敦，认为王"蜂目已露""豺声未振"，将来一定会作恶，但不得善终。①这样的例子不胜枚举。世风如此，正始名士当然要讲究容止，修饰仪表，以博取"人伦之鉴"的一"题"了。

6. 服食求神仙，多为药所误

因为五石散是一种剧毒药物，需要"散发"，如果散发得当尚可，如稍一不当，则五毒攻心，后果不堪设想。鲁迅指出过，服散之后，因皮肤易于磨破，不能穿新的而宜于穿旧的，衣服便不能常洗。因不洗，便多虱。"扪虱而谈"虽传为美事，其实是不舒服的。更因皮肤易破，穿鞋也不方便，故不穿鞋袜而穿屐，当然心里很苦。晋朝人多是脾气很坏，高傲，发狂，性暴如火的。如有苍蝇扰他，竟至拔剑追赶。说话也变得疯疯癫癫，糊糊涂涂，这都是吃药的缘故。②长期服用五石散，则会严重中毒，直至死亡。在史籍记载中，服散而死者多不胜数。《世说新语》载郗愔吞符致疾，《晋书·哀帝纪》记述了哀帝饵长生药过量中毒而卒。隋巢元方《诸病源候总论》记载了晋代名医皇甫谧关于长期服散中毒的自述。他记载了许多中毒者的惨状，如何晏的族弟何长互"舌缩入喉"；王良夫"痈疽陷背"；辛长绪"脊肉烂溃"；赵公烈"中表六丧"，即亲戚中有六人死于服散中毒。皇甫谧自己是寒食散专家，也是一个服散的受害者。他三十五岁中风，半身不遂。为了治病，他四十七岁开始服用寒食散。服后感到心痛如针刺，身上关节都像脱离一样，咳嗽不已，全身浮肿，浑身发热，长出痈疮，一天要用冷水百余担浇身，冬天也不能免。发热时甚至要裸体吃冰块，还曾痛苦得大呼"救命"，拔刀自杀。据《晋书》记载，皇甫谧服散七年，终至毙命。至于因服食五石散以致疾病缠身者更比比皆是，其中很多都是当时的精英人物。如《世说新语·规箴》说，东晋殷颛因服散致使眼睛处于半失明的状态，看

① 均见《世说新语·识鉴》。
② 见鲁迅《魏晋风度及文章与药及酒之关系》。

人只能看到别人的半边脸。大书法家王羲之一家多人服散而落下病患，《法书要录》一书收录的王羲之书法，其中不少内容是他询问亲人服散后的病状的。晋哀帝"服食过多，遂中毒，不识万机"（《晋书·哀帝纪》）。此外，服食五石散的人也容易出现精神变态。有的人服后神情呆滞，脾气暴躁，喜怒无常。如北魏太祖拓跋珪服散后经常忧郁、愤怒、不安，几天几夜不吃不睡，独自狂语不止。他猜忌群臣，经常无故认为臣下心怀不满而横加杀戮。

"服食求神仙，多为药所误。"如果说开头的追求长寿、配药服药，多少还带一点科学实验的性质；那么，后来就纯然是一场宗教迷狂了。这场由何晏发起的、以正始名士为中坚的"吸毒"运动，持续了约三百年，使千万聪明的名士残疾、丧生，是中国历史上一场人才浩劫！

继正始名士后，则有竹林名士，世称"竹林七贤"，即以嵇康、阮籍、山涛、向秀、刘伶、阮咸、王戎七人为代表的一派名士。

因为竹林名士的文辞谈笑、举手投足都带有浓郁的酒香，我们尽可以对他们追谥为"饮酒派"；然而，"痛饮狂歌空度日，飞扬跋扈为谁雄"，竹林名士纵酒的目的何在呢？

如果说，正始名士服药的目的是追求生命的长度，是为了长寿；那么，竹林名士饮酒的目的则是追求生命的密度，是为了享乐。嵇康既饮酒又服食，介于二者之间，主要归属是竹林名士，而且是竹林名士的精神领袖。

第四章

迁居山阳

一、山阳

魏正始三年（242），嵇康二十岁，举家自谯国移居山阳。此地属汉河内郡。

山阳在今河南省焦作市境内，山阳城始建于战国初期，秦、汉均设山阳县。县以其在东太行山之南而得名。汉班固《汉书·地理志》云："东太行山在河内山阳县西北。"太行山当然是华中名山，有"天下之脊"之称。所谓"太行天下之脊"[①]，这是因为太行山是南北走向，诚如《管子》说的："其山北临代，南俯赵，东接河海之间。"在中原的大地上，一条高地隆起，从南到北，俨然像屋脊一样。

郭缘生《述征记》说："太行山首始于河内，自河内北至幽州……

---

① 见清徐文靖《禹贡会笺》。

有八陉。"陉，指的是山脉中断的地方。太行山延袤千里，百岭互连，许多条河流切穿太行山，形成很多条东西向横谷——陉。太行山的南端之始即是河内山阳县。山阳当然是形胜要地。此地北依太行，南俯大河，控河内而揽天下，实为非常之地，故史有留名之纪。

还是在遥远的西周，在太行山东南麓有古国曰共，共国国君姬姓，名和，共伯和以贤能著称。后周厉王昏庸无道，国人怒而造反，将厉王逐到山西的彘地。于是诸侯共推共伯和代理周朝的国事，并在这一年开始纪年，是为共和元年，亦即公元前八四一年。

共伯和敦厚温和，为人善良，执政十四年后，见太子静已长大成人，就让位于太子静，立为周宣王。同时，他谢绝当太上皇，冷清清地离开镐京，重新返回共国。共国的地域在今河南省辉县西北一带，共伯和依照周王室"天子之城方九里"的规制，整修了共国城垣，使其变成当时除镐京外全国最大的城市。共伯和是很擅长于治理之道的，几年下来，将共国治理得政通人和，家国殷富。他则"尊之不喜，废之不怒，逍遥得志于共山之首"[1]，活到九十多岁才去世。

共山就是苏门山，在今河南辉县境内，亦属太行山脉。古人砍柴为樵，取草为苏。苏门山，亦即"樵苏者入山之门也"的意思。其山不高，满山青翠，掩映着山下一汪寒碧的清泉。因此泉泉眼无数，汩汩喷涌而出，如累累珍珠，迸发扶摇而上，故号称百泉。百泉是卫河的主要源头，故又称卫源。周武王伐纣时，曾夜宿百泉，因此周朝建立后，百泉附庸王迹，成了名胜。《诗经·卫风·竹竿》云："泉源在左，淇水在右。"《集传》注曰："泉源，即百泉也，在卫之西北。"此地有山有水，植被亦秀美繁茂，在广袤的中原大地上，居然呈江南之致！

---

① 见今本《竹书纪年》沈约注。

这以后公元前七二二年，郑国内乱，郑庄公同其胞弟段为了争夺国君权位进行了一场你死我活的斗争，郑伯设计，后发制人，最后克段于鄢，段奔于共，后人称其为共叔段。这个故事通过左丘明的生花妙笔，将郑伯的虚伪、阴险刻画得入木三分，后来又被清人选入《古文观止》，已成为脍炙人口的古文名篇。公元前二五九年，秦国攻打赵国，赵国向齐王建求救，齐王畏惧秦国，没有发兵。及至公元前二二一年，秦国灭掉赵、魏、韩、燕、楚五国，举几十万虎狼之师攻齐，齐王建投降。秦王念他顺服，没有处死，将他一家流放到共地。然而后来秦又断绝其粮草，以至齐王建困死在共地。

东汉末年，纲纪大乱，曹操挟天子以令诸侯，献三位女儿给汉献帝刘协做贵人，刘协封其中一位名叫节的曹女为皇后。二二〇年，曹操去世，曹丕继位，逼刘协退位，自称天子，封刘协为山阳公，筑都城浊鹿城①于山阳，亦即在共国西部的原邓城基础上改建。因其地在清水之阳，故又名清阳城。曹丕念其妹为刘协夫人，对刘协还是宽容的，食邑一万户，准许仍使用天子的车服冠盖出行，地位在诸侯之上。青龙二年（234），郁郁愁苦的刘协死于山阳浊鹿城，死后谥号为孝献皇帝，以汉天子礼仪殡葬于山阳禅陵。这一年，嵇康才十二岁，蛰居在偏远的谯国嵇山。对于历史事件虽然认识有深浅，但"山阳"二字应该是清楚地印记在他这个乡村少年的头脑之中的，他应该能感受到那一份沉重的沧桑。

二、迁居的原因

古人大都安土重迁，嵇康为何不辞劳苦远徙山阳呢？因为新居离浊

---

① 在今河南省焦作市区。

鹿城不远，于是有人猜测，嵇康迁居是为了探寻追索幽居于此的汉献帝的足迹。我以为，这种猜测是毫无根据的唯心之论。一者献帝禅让时嵇康尚未出生，献帝去世时嵇康也才十二岁，对于宫廷斗争的腥风血雨，以及这位命运多舛的末代帝王，年幼的嵇康恐怕印象不会太深刻，更谈不上感情。以后不久他联姻曹魏，也说明他对于刘汉不可能抱有愚忠。二者嵇康生性淡泊，不乐仕进，似乎不可能为了凭吊献帝而举家迁居。

关于嵇康迁居的原因，有关文献没有一星半点的记载，综合诸种材料，揆之人情物理，不外乎下面三点原因：

1. 嵇喜之招

前已叙及，大约在嵇康十八岁那年，仲兄嵇喜以"秀才"的身份从军，入镇北将军府。彼时吕昭为镇北将军，都督河北诸军务，领冀州刺史，对嵇喜非常赏识、器重。吕昭的两个儿子吕巽、吕安也与嵇氏兄弟相友好。两河及山西官僚，常奔走洛京，见附近的河内山阳风光秀丽、富庶发达，堪称洛京后花园，且与洛京有车马官道直通，多有安家于此者。嵇喜眼见自己仕途顺利，升迁在望，薪俸也越挣越多，觉得山阳比老家铚县各方面优越多了。于是，嵇喜在山阳购地营舍，招致全家都搬来。于是，也就有了嵇家的北迁，有了山阳的竹林园舍。

这当然是推断。在资料不足的情况下，合理的推断应该是允许的。况且封建社会的家庭，父亲死后，一切都是由兄长定夺，所谓"夫死从子"。嵇康《与山巨源绝交书》云："吾新失母兄之欢。"《思亲诗》云："嗟母兄兮永潜藏，想形容兮内摧伤。"嵇康写《与山巨源绝交书》是在景元二年（261），时三十九岁，云"新失"，当然是近两年内之事，可知嵇康一直和家人一起从铚县搬迁到山阳，迁居是举家行动，而不是个体行动。这个举家行动，当然是由嵇喜主导的。而且，全家老小从铚县搬迁到山阳，需要一定的开销，嵇喜的经济地位也能够实施这一举家的迁徙。

2. 养生访仙

山阳山青水秀，堪称中原江南。这里北倚巍峨雄伟的太行，南临波涛汹涌的黄河，西南对苏门、白鹿二山，气候温和，草木繁郁，山涧泉水淙淙，崖壁飞瀑喧喧。更妙者，此处竟有绵延不断、青翠茂密的大片竹林！

说到竹，那修长的躯干、秀丽的枝叶，以及风雨中摇曳的身姿、月光下斑驳的倩影，都蕴含一种与世俗社会截然不同的诗的情调，自古就为文人激赏雅爱。关于上古舜帝南巡驾崩，二妃娥皇、女英追至浩淼的云梦泽，闻讯痛哭，泪下沾竹竹尽斑这样美丽的传说，嵇康当然听说过。《诗经·卫风·淇奥》"瞻彼淇奥，绿竹猗猗"这样动人的诗句，嵇康当然诵读过。而当这种摇曳生姿的精灵，满山青翠地出现在自己面前时，他还是惊喜地感谢大自然的恩赐！因为竹生性喜湿、热，多生长于南方。汉末曹魏管辖的地面生长较少，而只有山阳一带，气候相对湿热，竹子也就满山满谷成片生长，随风摇曳，抚慰着嵇康寂寞的灵魂，仿佛向嵇康和他的朋友们招手入林……

这里需要附带说明一个问题，就是嵇康、阮籍等"竹林七贤"为什么在自己的作品中不描写竹子。嵇康追求"托谕清远，良有鉴裁"，他在诗中说："遥望山上松，隆谷郁青葱。""猗猗兰蔼，殖彼中原。绿叶幽茂，丽蕊浓繁。""琴瑟在御，谁与鼓弹？仰慕同趣，其馨若兰。"山阳有竹，他就是不咏，而独爱松、兰。阮籍写过"松柏翳冈岑，飞鸟鸣相过"，"皋兰被径路，青骊逝骎骎"，"嘉树下成蹊，东园桃与李"，"木槿荣丘墓，煌煌有光色"，用松柏、兰花、桃李、木槿寄寓情怀，也不涉竹子。这只能解释为竹子在当时还没有被赋予后来那么多的象征意义，特别是在气节、风骨方面，所以七贤身在竹林而笔不涉竹。

前已叙及，嵇康从小注重养生。也许由于战乱频仍和父亲的早逝，嵇康从小就深感"人生寄一世，奄忽若飙尘"[1]，祸患交作的恐惧和人生无常的伤感，啃啮着他幼小的心灵，也更激起他对长生的向往与渴求。正在这个时候，他接触到老、庄之学，老子崇尚"自然"的理论使他五体投地，《庄子·逍遥游》则展示了一个无比神秘的仙境：仙人肌肤洁白，仪态万方，不食人间烟火，遨游四海之外，让人心生渴慕。从前居住的嵇山又矮又小，一览无余，显然是没有仙人出没的。而处于太行南麓的山阳，西北部都是大山，云遮雾罩，林涛阵阵，鸟语啾啾，藤萝蔽日，这里不仅有丰富的多种多样的药材可资养生，引诱你药筐芒鞋，攀援搜求；而且传说孙登、王烈等世外高人就栖息在白云深处的岩穴洞府。这与《庄子》描述的仙境何其相似乃尔，在嵇康心目中当然具有无穷的魅力！

3. 渴求知己

二十岁以前，嵇康是在谯国度过的，与兄嵇喜一块成长，这段青少年时光除了读书以外，朋交亦单纯，除兄长嵇喜外，主要是与郭遐周、郭遐叔兄弟的交往。"二郭怀不群，超然来北征。乐道托莱庐，雅志无所营。良时遘其愿，遂结欢爱情。"[2]二郭兄弟并非铚县当地人，从南方来到铚县，平生淡泊名利，无意仕进，也都服膺老庄之学，修身养性，隐迹山林。与嵇康相识后，他们一见如故，多有往还，遂成莫逆。此次嵇康迁居山阳，三个人难舍难分，依依惜别。郭遐周诗云："我友不斯卒，改讨适他方。严车感发日，翻然将高翔。离别在旦夕，惆怅以增伤！"[3]诗中说朋友早晚就要远走高飞，我颇感惆怅，更加悲伤！

① 引自《古诗十九首·今日良宴会》。
② 引自嵇康《答二郭诗三首》其一。
③ 《郭遐周赠三首》其一。

郭遐叔则说："每念遘会，惟曰不足。昕往宵归，常苦其速。欢接无厌，如川赴谷。如何忽尔，将适他俗？"①回忆过往，我们有多少欢乐的时光；想不到忽然之间，朋友要去异国他乡！

为了回应朋友深情的眷恋，嵇康写了《答二郭诗三首》一抒胸臆，在其二中透露了迁居山阳的深层次的原因：

> 昔蒙父兄祚，少得离负荷。因疏遂成懒，寝迹北山阿。但愿养性命，终己靡有他。良辰不我期，当年值纷华。坎壈趣世教，常恐婴网罗。羲农邈已远，拊膺独咨嗟。朔戒贵尚容，渔父好扬波。虽逸亦已难，非余心所嘉。岂若翔区外，餐琼漱朝霞。遗物弃鄙累，逍遥游太和。结友集灵岳，弹琴登清歌。有能从此者，古人何足多。

诗的开头说自己因父兄照顾，没有分担生活压力，但亦因之生性疏懒，不求上进，希冀苟全性命于乱世。然而自己周身奔腾着青春的血液，东方朔也好，渔父也好，他们的隐逸方式都"非余心所嘉"。从"岂若翔区外"一转，借用《逍遥游》文意，表达了自己希望在更广阔的天地追求理想的愿望。末尾四句直接呼唤：我愿结交朋友，登上高高的山岳，弹琴歌唱。唉！能够和我交游的人，恐怕只有古人了！

无疑，在英俊少年眼中，铚县只是荒僻的束缚个性的弹丸之地。诗中，"区外"者、"太和"者都是指将要迁居的新居山阳。

山阳不仅风光甲于河内，更是人文荟萃之地。不少政坛者旧退养于此，更有名士才人在此旅食盘桓。不仅如此，山阳距离洛京不远，是洛

---

① 《郭遐叔赠五首》其一。

京的后花园，也是一个政治敏感区，为权力博弈和文化交流提供了得天独厚的地理优势。嵇康少年英俊，"每思郢质"[1]，渴望结交志同道合的朋友，这样，他就对山阳新居充满了神秘的期待。他就像古代传说中鼻端沾有白粉的人，等待着郢地的工匠运斧如风，将白粉削去而肌肤无损；他就像楚国的琴师伯牙，抚弦而不发妙音，静静等待着能够欣赏高山流水的知音钟子期的出现……

三、初期的竹林之游

嵇康迁居山阳，成就了他一生最主要的事迹、成就了千古艳称的竹林七贤。群体而以交游而彪炳史册，这确实是前无古人的。

叙述这个问题之前，我以为有两点需要辨析：一是竹林七贤特别是竹林是否实无所指，而只是一个象征意义的符号。

竹林七贤的名称，最早见于《三国志·魏书·王粲传》附《嵇康传》裴松之注引《魏氏春秋》：

> （嵇）康寓居河内之山阳县，与之游者，未尝见其喜愠之色。与陈留阮籍、河内山涛、河南向秀、籍兄子咸、琅琊王戎、沛人刘伶相与友善，游于竹林，号为七贤。

同样标举"竹林七贤"的记载，还见于《世说新语·任诞》之一和《世说新语·伤逝》之二。又据《隋志》："《竹林七贤论》二卷，晋太

---

[1]　引自《晋书·嵇康传》。

子中庶子戴逯撰。"知晋时已有此名。这就是后世所艳称的"竹林七贤"的故事。

"竹林七贤"一词极具风流浪漫色彩，几乎成了清谈、隐居、避世、饮酒、放达等的代名词。然而，历来就有人对此持怀疑态度，如相隔七贤约一百年的东晋戴逯的《竹林七贤论》引文康的话说：

> 中朝所不闻，江左忽有此论，盖好事者为之耳！

因西晋建都中原，故东晋人称西晋为中朝，而自称江左。然而戴逯的说法有些强词夺理，一个群体的称呼在当时没有出现而出现在后几十年，应该不能作为否定该群体的证明。

近世陈寅恪先生《陶渊明之思想与清谈之关系》一文，认为："所谓'竹林七贤'者，先有'七贤'，即取《论语》'作者七人'之事数，实与东汉末三君八厨八及等名同为标榜之义。迨西晋之末僧徒比附内典外书之'格''义'风气盛行，东晋初年及取天竺'竹林'之名加于'七贤'之上，至东晋中叶以后江左名士孙盛、袁宏、戴逯辈遂著之于书（《魏氏春秋》《竹林名士传》《竹林名士论》），而河北民间亦以其说附会地方名胜，如《水经注九·清水篇》所载东晋末年人郭缘生撰著之《述征记》中嵇康故居有遗竹之类是也。"

我认为，陈寅恪先生指出"竹林"出于佛家语是很精微的，将"竹林"与佛学联系起来，见解卓出。但是竹林七贤绝对不是一个具有象征意义的符号。山阳的竹林或不必坐实，但聚会的七位主要人物应不必怀疑。阮籍、嵇康、山涛、向秀之间的交往不仅史有明文，而且有他们自己的诗文作证；《世说新语·德行》其十六载王戎与嵇康同居山阳，《晋书》本传载王戎少为阮籍赏识；阮咸是阮籍的侄子，刘伶是阮籍的酒友。

这七人之间存在某种联系是完全可能的。如果说，他们有一段时间同在山阳居住，常常一块饮酒清谈，这并不是什么难以想象之事。学兄唐冀明教授在《魏晋清谈》[①]中更考证七贤聚会的时间是齐王曹芳的嘉平年间，因为如再早则王戎的年龄太小，再晚，嵇康就与山涛绝交了，义证兼赅，这里就不赘引了。

1960年4月，在南京西善桥附近发掘了五座南朝墓葬，发现了《竹林七贤及荣启期》的砖刻壁画。荣启期是春秋时期的名士，在东晋时为社会名流所崇敬。在三幅"七贤"画中，以南京西善桥墓的"七贤"画最为精美。由于画在南北两壁中，需要对称，故一幅画嵇康、阮籍、山涛、王戎四人，另一幅画向秀、刘伶、阮咸、荣启期四人，各人之间，又以青松、银杏、阔叶竹分隔，形成各自独立的画面。画嵇康，头梳双髻，赤足，坐于豹皮褥上，正怡然自得地弹琴；画阮籍，头戴帻巾，身着长袍，侧身而坐，突出用口作长啸的姿态，十分生动；画山涛，头裹巾，赤足曲坐，一手挽袖，一手执耳杯，突出饮酒的神态；画王戎，露髻赤足，强调手弄如意的动作，正好是"王戎如意舞"的写照；画向秀，戴髻垂带，袒肩赤足，夸张闭目沉思的样子；画刘伶，一手持耳杯，一手斟酒，细腻地表现注视杯中的动作，正好刻画了他嗜酒如命的形象；画阮咸，挽袖持拨，弹一直颈琵琶[②]。可以看出，每画一个人物，都突出了他们的爱好，表达了他们特有的精神气质。这也雄辩地证明了在东晋南朝时，"七贤"的归属已基本固定。

北魏郦道元《水经注》卷九《清水篇》记载：

又径七贤祠东，左右筠篁列植，冬夏不变贞萋。魏步兵

---

① 台湾东大图书公司版。
② 传为阮咸所创用，故又名阮咸。

校尉陈留阮籍，中散大夫谯国嵇康，晋司徒河内山涛，司徒琅邪王戎，黄门郎河内向秀，建威参军沛国刘伶，始平太守阮咸等，同居山阳，结自得之游，时人号之为竹林七贤。向子期所谓山阳旧居也。后人立庙于其处。庙南又有一泉，东南流，注于长泉水。郭缘生《述征记》所云："白鹿山东南二十五里，有嵇公故居，以居时有遗竹焉。"盖谓此也。

这段文章不仅点明了七人名姓，而且说明了地点为山阳，并且坐实了旧居有竹。看见遗竹的郭缘生是东晋末人，北魏郦道元是位讲究亲历亲勘的严肃的地理学者，晚于嵇康约三百年，所述应该可靠。

需要辨析的第二点是七贤聚会的时间。

竹林七贤大致生活在汉末魏晋时期，他们的具体生卒年如下：

姓名	生年	卒年	享年	备注
山涛	205	283	七十九	
阮籍	210	263	五十四	
刘伶	221	292	七十二	
嵇康	223	262	四十	242年迁居山阳
向秀	227	272	四十六	
王戎	234	305	七十二	
阮咸	220？	——		

考察七贤的生卒年，有几个重要的节点。一是嵇康在正始三年（242）迁居山阳，据此可知七贤聚会此前是不可能的，当在此后。二是景元二年（261）嵇康撰写《与山巨源绝交书》，与山涛绝交，据此可知聚会不当在此后。三是阮籍与王戎成为忘年交是在王戎十五岁左右，见于《晋书·王戎传》，亦即正始九年（248），据此可知七贤聚会

在二四八年以后，因为如在此前，则王戎太小。四是山涛曾见司马师求官，史载司马师执政是嘉平四年（252）到正元二年（255）这三年，据此可知七贤聚会当在此以前。

综上所述，七贤聚会当在二四八年至二五四年这五六年间，亦即魏嘉平年间。支持的考证资料有东晋陶潜的《群辅录》，载于《丛书集成新编》：

> 魏嘉平中并居河内山阳，共为竹林之游，世号竹林七贤。

以这个时限，求证于前所列七贤的生活时间，我以为这个说法是可以采信的。

应该说，竹林七贤的集结、形成是有一个过程的。我以为，嵇康在二四二年迁居山阳，到二四八年这六年中，亦即在嘉平年间七贤聚会以前，山阳存在着初期的竹林之游。

初期之游的参与者是嵇康、吕安、向秀，稍后者还有山涛和阮籍。

《竹林七贤论》云："（嵇康）与东平吕安，少相知友。"这也就是说，吕安最早与嵇康相交。

世间有不少这样的例子，最要好的朋友往往让你吃大亏。吕安就是这样一个让嵇康赔上了性命的好朋友。

吕安，字仲悌，山东东平人。生年不详，魏景元三年（262）与嵇康一起被杀害。《文选·褚渊碑文》注引臧荣绪《晋书》说："吕安才气高奇。"《魏氏春秋》云："安亦至烈，有济世志力。"可知其性情刚烈，狂放不羁，有济世的雄心和才气。他在被判徙边的途中，曾给知己嵇康写信，慷慨激昂，一吐积郁：

顾影中原，愤气云踊，哀物悼世，激情风烈，龙睇大野，虎啸六合，猛气纷纭，雄心四据，思蹑云梯，横奋八极，披艰扫秽，荡海夷岳，蹴昆仑使西倒，蹋太山令东覆……斯亦吾之鄙愿也。

戴明扬《嵇康集校注》指出："观此段之言，明是吕安欲澄清中原，翦除司马之恶势，故对中原而愤气哀悼，更有'艰''秽'之词。司马本秽，翦除诚亦甚艰也。张铣注云：'昆仑、泰山，喻权臣也。'"戴说是否中肯，当然可以商酌，但"荡""夷""蹴""蹋"，声气豪迈，文采十足，以磅礴气势，骈散间行，抒发了自己的平生志愿与济世的情怀。这样的辞气声口在同时代的文章中还看不到第二篇。

吕安不以文章著称，但是他还是有文才的。由于他对现实社会持严厉的批判态度，常将理性的哲学认识，以富有才情的文章宣泄。《隋书·经籍志》载《吕安集》二卷，今已佚，见存于《艺文类聚》卷十七的《髑髅赋》就是这样一篇奇特的文字。

文章开头说自己在路旁见到一副髑髅："踌躇增愁，言游旧乡。惟遇髑髅，在彼路旁。"于是作者"俯仰咤叹"，对苍天发出疑问："此独何人，命不永长？"并且准备为髑髅殡服安葬。这时髑髅居然"蠢如"，"精灵感应"回答说：

昔以无良，行违皇乾。来游此土，天夺我年。令我全肤消灭。白骨连翩。四支摧藏于草莽，孤魂悲悼乎黄泉。

借髑髅之口，控诉了"无良"社会的残酷、险恶。最后写道："余乃感其苦酸，晒其所说，念尔荼毒，形神断绝。"整篇文字嬉笑怒骂，淋漓尽致，余韵悠然。

嵇康与吕安是情谊甚笃的。概言之，吕安崇拜嵇康的学识人品，嵇康则报之以命，在"世人皆欲杀"的气氛下，敢于搭上自己的性命，为朋友出头。吕安起初随父吕昭居住山东，而山东距嵇康居住地河内山阳路途遥远，《世说新语·简傲》云："嵇康与吕安善，每一相思，千里命驾。"干宝《晋纪》则云："初，安之交康也，其相思则率尔命驾，千里从之。"只要是吕安心里一思念起嵇康，就立即驾车启程，不远千里去探视朋友。"率尔"，就是任性，不假思索，想去就去。十足的魏晋名士做派！十足的个性闪光！要知道，当时还是木轮车时代，"千里命驾"何其不易，因此，"千里命驾"，也就成了友朋情笃的一个典故。

吕安对嵇康之五体投地、一往情深，似乎又到了偏颇的程度。《世说新语·简傲》注引《晋纪》说，有一次吕安来看望嵇康，正碰上嵇康外出，嵇康的兄长嵇喜热情招待吕安，"拭席而待之"，吕安却不理不睬，独自坐在车中等嵇康。嵇母只得将酒食摆设到车内，要嵇康的儿子陪吕安说笑，坐一会儿，吕安才告辞。

《世说新语·简傲》还记载，有一次吕安拜访嵇康，又适逢嵇康不在家，康兄嵇喜高兴地出门接待他，吕安却不入门，只是在门上题写了一个"凤"字就回去了。嵇喜生性老实，还高兴，认为是赞美自己。其实繁体的"凤"（鳳）字拆开是凡鸟，吕安是嘲讽嵇喜平庸。"吕安题凤"的典故即是由此而来。当然，吕安所为已经口无遮拦，接近于人身攻击了。

我认为，嵇康与吕安的相契，正是由于政治立场相同，同声相应，同气相求。《通雅》卷七云："吕安谓嵇康：'我辈稍有菜色，反为肉食者所哂！'"我以为，这是嵇、吕间平常话题的宝贵记录，"肉食者"典出《左传》，是对当权者的鄙夷提法，吕安眼中，"我辈"与"肉食者"是清浊分明的。还有，吕安在《与嵇生书》中写道：

　　至若兰茝倾顿，桂林移植，根萌未树，牙浅弦急，常恐
风波潜骇，危机密发，斯所以怵惕于长衢，按辔而叹息者也。

　　"兰茝"两句，用楚辞手法，说贤士罹忧。"根萌未树"，是说自己
力量尚微。牙者弩牙，弦者琴弦。牙浅则易发，弦急则易断。这段话惊
心动魄，抒写了险恶的政治环境与自己危险的处境，应该也是吕、嵇间
平常交流的内容。

　　吕安与嵇康惺惺相惜，有着深厚的友情。试读吕安《与嵇生书》的
结尾："去矣嵇生，永离隔矣！茕茕飘寄，临沙漠矣！悠悠三千，跟艰
涉矣！携手之期，邈无日矣！思心弥结，谁云释矣！"一唱三叹，绕梁
三日，表露了朋友分别时难舍难离的感情。

　　既然吕安参与了初期的竹林之游，既然吕安亦行为放达，性格脱
俗，既然吕安与嵇康等情谊深厚，何以吕安又不能名列七贤呢？我认为
有两个原因。一是吕安有不孝的罪名。诚然吕巽是因为奸淫吕安的妻子
而陷害吕安，但所罗织的不孝恶行如"殴母"等应有事实根据。而不孝
是礼法社会为人的大忌。二是吕安缺乏艺术家气质，书法、音乐、酒量
均无所长。于是，世所艳称之七贤也就没有吕安了。

　　"结友集灵岳，弹琴登清歌。"山阳没有辜负嵇康的期待。山涛和向
秀就是在这个时候走进了他的生命。

　　山涛是嵇康生命中最重要的朋友。和嵇康、阮籍一样，山涛也是幼
年丧父，家境贫寒，从小就表现出不同寻常的见识和气度，酷爱学习，
博览群书，尤其喜欢《庄子》《老子》，为人低调而不喜张扬。在《世说
新语》里，至少有十二条关于他的直接记载，分散在《言语》《政事》《方
正》《识鉴》《赏誉》《容止》《贤媛》《任诞》《排调》诸篇中。

《晋书》本传说山涛"有集十卷，亡佚"，可知他是有文才的。不过他为世所推重的是气度和见识。《世说新语·赏誉》说，在王戎看来，山涛气度"如璞玉浑金"，大家都钦敬他的才干，认为他能成大器。有人问宰相王衍："山涛在义理方面怎么样？是哪类人？"王回答说："此人最初不愿意以清谈自居，可他没有读过《老子》《庄子》这些书，说起话来却往往和老、庄的宗旨相吻合。"山涛对政治军事局势有非常准确清醒的认识。《世说新语·识鉴》云：

> 晋宣武讲武于宣武场，帝欲偃武修文，亲自临幸，悉召群臣。山公谓不宜尔，因与诸尚书言孙、吴用兵本意。遂究论，举坐无不咨嗟，皆曰"山少傅乃天下名言"。后诸王骄汰，轻遘祸难。于是寇盗处处蚁合，郡国多以无备，不能制服，遂渐炽盛，皆如公言。时人以谓"山涛不学孙、吴，而暗与之理会"。王夷甫亦叹云："公暗与道合。"

山涛在晋武帝廷议上对郡国军备、寇情的预测，为后来的现实一一验证，诸人惊讶其暗通孙、吴兵法，可见山涛是有雄才大略的。

后来，随着曹爽与司马懿内斗加剧，尚在任上的山涛预感危险，心生退意。正始八年（247），司马懿称病不朝，山涛益感危机迫近。一天晚上，山涛和同寝石鉴共宿，夜里突然将石鉴踢醒，说："你知道太傅称病卧床是什么用意吗？你还睡得着！"石鉴回答说："宰相多次不上朝，给他诏书让他回家休息罢了，何劳你操心？"山涛无奈地提醒道："哎，你不要在马蹄之间往来奔走啊！"说完连夜辞官回乡隐居去了。可见山涛的远见卓识非常人所及。

《九歌·少司命》云："乐莫乐兮新相知。"真正的朋友休说一面之缘，真个相见如故。《世说新语·贤媛》说："山公与嵇、阮一面，契若金兰。"《晋书·嵇康传》说："（康）以高契难期，每思郢质，所与神交者，唯陈留阮籍、河内山涛。豫其流者，河内向秀、沛国刘伶、籍兄子咸、琅邪王戎，遂为竹林之游。"对于嵇康来说，其他六贤不是一个等级的，阮籍、山涛堪称神交，而其他则是"豫其流者"。山阳新知恰如一汪潺潺春水，溅起一个又一个惊喜的浪花，注入嵇康寂寞的心田。

《晋书·山涛传》说山涛"与嵇康、吕安善，后遇阮籍，便为竹林之契"。契者，契机也。正始五年（244），四十岁的山涛出任河内郡功曹，作为负责选拔人才的官员，结交了寓居本郡的嵇康、吕安、阮籍、向秀等青年才俊，开始了前期的竹林之游。前文介绍的山妻偷窥嵇、阮，应该就是前期竹林之游的一个花絮。因山涛介绍而嵇、阮相识。前期竹林之游表现了山涛的重要的纽带作用。向秀与山涛住处相近，"少为山涛所知"，自然由山涛介绍入林。

向秀，字子期，河内怀①人，魏太和元年（227）生，比嵇康年幼四岁。向秀是一位学者，在竹林名士中独树一帜，他生性淡泊，静然中和，以一种随遇而安的恬静和自得其乐的达观心态面对现实生活，这大概得益于他对庄子思想的深刻领悟。他精研《庄子》，著《庄子注》，嵇康、吕安开始以为很难于其中阐微拓义，劝向秀不要枉费功夫。但是书成之后，嵇、吕都为之叹服。《晋书·向秀传》云：

> 庄周著内外数十篇，历世才士虽有观者，莫适论其旨统也。秀乃为之隐解，发明奇趣，振起玄风，读之者超然心悟，莫不自足一时也。

---

① 今河南武陟。

这说明向秀于庄学史上开一代风气，对玄学的发展有承先启后的重大贡献。正始年间，名士们比较重视《老子》和《周易》。正是由于向秀的《庄子注》问世，使后世玄学家们对《庄子》的兴趣超过了《老子》，人们由习称老庄而变为庄老。

较之嵇山山居的交游，嵇康与山阳新知的初期的竹林之游无疑要鲜活得多，精彩得多。初期的竹林之游饮酒、作诗当然就在嵇康的山阳园宅，园宅中种植有一大片青翠摇曳的竹林。这也就是一百多年后东晋郭缘生《述征记》中记载的嵇公故宅之"遗竹"。

除了饮酒、作诗，他们还经常采药、服食，杖履所及就是云遮雾绕的苏门山。嵇康和阮籍穿行攀爬在苏门山崇山峻岭之间，仙风道骨，见者还以为是仙人下凡。

说到仙人，苏门山就隐居着一位世外高人孙登。据《魏氏春秋》和《嵇康集序》记载，此人是共国人，以苏门山上的土窟为屋，"云深不知处"，夏则编草为裳，冬则披发自覆，发长丈余，容色与一般人不一样。孙登精研《周易》，会弹琴，尤善长啸，有时他长啸生风，山鸣谷应。他性情温和，不会生气。乡人有时捉弄他，把他扔到水里，他爬上岸后，哈哈大笑，扬长而去。有时孙登也下山，走街串巷，人们送他一些食物，他转手又散给穷人。《太平广记》卷九引《神仙传》说，杨骏为太傅时，传孙登进府，问他什么，他也不回答。杨骏送给他一袭布袍，他接受了，可是出门就借人家的刀将布袍割为两段，挂在杨骏府门口，又乱刀斩烂。当时别人以为他发癫狂，后来才知道这是预示以后杨骏会遭到诛戮。后来杨骏将孙登关押囚死，又用棺木埋他于振桥。过了几天，有人却在董马坡见到他，他还托人寄书给洛下故人。嵇康弹得一手好琴，孙登却能用一弦之琴弹出乐曲，嵇康非常惊服。这当然是一位不同凡响的人物。

嵇康和阮籍都携带衣物干粮，不辞劳苦地入山寻访孙登，以求仙问道。

有一次，阮籍入苏门山寻访孙登，终于发现孙登披发蹲踞在一块大岩石上，阮籍上前再三请教上古之道以及导气的方法，孙登默不作声。

于是，阮籍无奈只得发出几声长啸，折身返归。啸，是在口中卷起舌尖，含住一指或二指，发出高音，类似现今的吹口哨，但自东汉以来，名士多用来表现风度。

讵料下山走到半路，忽然传来孙登的一声长啸。那声音犹如发自寰宇之间，又如鸾凤之音，从高天飘下，在幽谷回旋，忽觉天地混沌乍开，一片澄澈清明的晨曦在天边浮现。这是超凡出尘的天籁之音！

阮籍从苏门山回来，以这遭遇为原型，撰写了《大人先生传》。这篇千古奇文被选进各种选本，千余年来脍炙人口。

后来，吕安也将家搬迁到山阳，嵇康、阮籍、向秀、吕安几个意趣相投的朋友更是朝夕相聚，饮酒作诗，抚琴赏曲。吕安虽然出生于官宦之家，却绝无骄奢之态，坚持自食其力。搬到山阳后，他离开了父亲的镇北将军府，一担桶一顶笠，给人灌园来增加收入。向秀有时候也过来帮忙。

嵇康自幼在谯国铚县就学会了锻铁。那时的锻铁，就是将铁矿石熔化成铁水，再铸锻成铁器用品。这是一项比农耕劳动强度还要大的工作。铁矿石熔化成铁水，需要一千三百度以上的高温，向秀自愿拉风箱。铁锤很沉重，扬起锻击需要很大的气力，嵇康高大有力，扬锤锻击就当仁不让了。他深深爱上了这项劳作，筋肉与铁锤的搏击，烈火与冷水的交淬，还有那种钢铁的撞击声和劳动者的喘息声，使他感到无可言说的快感。于是，他在山阳开设了锻坊，乒乒乓乓，为人打造农具、刀具，他不收银两，并不以此为生，但也不拒绝人家送来的酒肉。毕竟酒肉是竹林相聚的重要内容。后来，随着嵇喜在京任职，他也在洛京居处开炉锻铁，那地方有一株大柳树，可以工余在柳荫下憩息。他又绕树开凿一条环形小沟，引来潭水，方便淬铁。《世说新语·简傲》注引《文士传》云："康性绝巧，能锻铁。家有盛柳树，乃激水以圜之，夏天甚清凉，恒居其下傲戏，乃身自锻。家虽贫，有人说锻者，康不受直。唯亲旧以鸡酒往，与共饮啖，清言而已。"这里提供了两个信息。一是嵇康锻铁已经是一种半职业性质的工作，可能有时不收钱，而收一点东西，以供酒食。二是当时社会风气崇尚奢华，不屑劳动，嵇康所为带有傲世的味道。后来唐代诗人王绩《嵇康坐锻赞》摹写了这种风神：

> 嵇康自逸，手锻为娱。曲池四绕，垂杨一株，铜烟寒灶，铁焰分炉。箕踞而坐，何以傲乎！

这样的劳动场面堪称空前绝后，嵇康当炉，大学问家向秀是甘当助手的。有时柳丝飘拂，嵇康挥臂扬锤，向秀则拉箱鼓风，配合默契，已入无人之境。有时向秀默默地来到菜园，扎脚勒袖，协助吕安灌溉。这是一种建立在共同情趣基础上的知己之情，这是一种彻底摆落虚伪权势的魏晋风情！他们都深切地感到，能享受此情，也不枉此生了。

第五章

挥麈河洛

一、入洛惊艳

1. 正始之音

嵇康在《幽愤诗》中曾回忆少年生活："爰及冠带，冯宠自放。抗心希古，任其所尚。托好老庄，贱物贵身。志在守朴，养素全真。"可能由于父亲的早逝，刺激了对生命的珍惜，嵇康从小就注重养生。接触老庄之学后，他的养生之志更笃了。

老子认为养生贵在自然无为，提出了养生的两个基本原则，即无为和虚静。庄子的养生之道包括"养形"与"养神"两个方面。嵇康因自己生性淡泊，敝屣名利，所以深以为然。他认为养生之道，主要在于"性命之理，因辅养以通"。他主张除清淡寡欲以外，适当地服食药物是颇有益于养生的。况且他从小就喜欢户外活动，喜欢青山绿水，喜欢阳光，喜欢清风明月，喜欢四季的花香和鸟鸣，无论是在铚县还是在山阳，他常常一个人短衫草履，腰别小铁锹，背着药筐到大山之中、水泽之畔采集养生的药材，回家配制丸剂或汤剂，然后服食。这当然也是一个科学实验的过程。采集药材虽然辛苦，但有山光水色相伴，鸟鸣啾啾相慰，嵇康如饮醇酒般地陶醉在恬静的微醺境界之中。在云雾缭绕的山中，嵇康气宇非凡，风姿俊朗，以致一些樵子农夫见到他，还以为遇到了神仙。这种愉快的采药、服食生活，他在《五言诗》中自述道：

沧水澡五藏，变化忽若神。姮娥进妙药，毛羽翕光新。
一纵发开阳，俯视当路人。

大约在迁居山阳不久，嵇康撰写了《养生论》。

在《养生论》中，嵇康参考了《神仙传》等典籍中关于彭祖等神仙的记载，以为"神仙禀之自然，非积学所得，至于导养得理，则安期、彭祖之伦可及"。

养生诚然是十分重要的，而嵇康认为，常人之所以能够通过养生来延年益寿，是因为养生得法。这也如同种地一样，田地大小相同，种子也相同，但种植、耕作方法不同，土地收成当然也相差悬殊。只要精心耕种，同样的田地可得普通耕种十倍的收成。同样的道理，人如果善于养生，也可以比常人活得更久。然而，俗人却不懂此道理："惟五谷是见，声色是耽。目惑玄黄，耳务淫哇。滋味煎其府藏，醴醪鬻其肠胃，香芳腐其骨髓，喜怒悖其正气，思虑销其精神，哀乐殃其平粹。"如果眼睛被五颜六色所惑，耳朵被淫荡音乐所迷，腑脏被美味煎熬，肠胃被美酒烹煮，骨髓被芳香腐蚀，正气被喜怒无常的情绪扰乱，人体非金石之坚，血肉之身躯又怎么能奢望长久呢？因此，嵇康提出养生先要养气：

　　善养生者则不然矣。清虚静泰，少私寡欲。知名位之伤

德，故忽而不营，非欲而强禁也。

　　意思是说，善于养生的人思想上要淡泊虚无，行为上要安静泰然，不断地减少直至去除私心和贪欲。嵇康的养生学说的核心是"清净之道"。他认为，只要"清虚静泰，少私寡欲"，修养性情来涵养精神，安定心灵来保全身体，再加上吐故纳新，适当服用药物调养身体，就能够"使形神相亲，表里俱济也"，从而达到养生的功效，进而实现长寿的目标。

　　《养生论》洋洋洒洒，1156 字，在当时可以算是长篇论文了。文章引譬生动，议论精辟，出入《庄子》，纵横恣肆。后来北宋的绝世才子苏轼对此文极为倾服，手书数本，又题跋云："东坡居士以桑榆之末景，忧患之余生，而后学道，虽为达者所笑，然犹贤乎已也。以嵇叔夜《养生论》颇中余病，故手写数本，其一赠罗浮邓道师。"无疑，养生也是处于战乱频仍的魏晋时人所乐于探索的问题。嵇康自己也没有想到，在山阳一隅的撰论竟一纸风行，不胫而走，在二百里外的洛京引起了巨大的反响。当然，这都是后话了。

　　正始初年，当嵇康与四五好友在风景秀丽的山阳论辩采药时，都城洛阳正兴起一阵清谈之风，铺天盖地、声势浩大、煊赫一时，成为魏晋思想文化史上乃至中国古代思想文化史上浓墨重彩的一笔。

　　关于魏晋清谈的热闹甚至疯狂，关于名士对清谈的投入，《世说新语》《颜氏家训》等典籍已有大量记述，其实，透过斑驳光影五色虹霓咳唾珠玉，清谈、玄学与名士三者是互为表里的。清谈是玄学的载体，是对玄学的阐述和表现；而名士又是清谈的载体，是这种新的论辩方式的外化；玄学则是魏晋名士的灵魂。正始名士的清谈前无古人之处就是

谈论玄学。

正始名士清谈所涉及的主要命题是以无为本、名教与自然的关系，还有圣人有情无情问题、言意关系问题、一多问题、体用问题、才性同异问题等等。这些问题中，有些是哲学旧题，他们以玄学而新解之。他们围绕这些命题，或争论，或辩难，或著论，援道入儒，创立了玄学的基本理论体系，使汉魏以来的学术至此进入了一个新的领域。

正始清谈的大小规模不一，少则二三人，如冀州刺史裴徽与管辂谈论《易》理，正值盛夏，两人谈了一整白天，晚上又把床搬到院子里继续谈，就这样一连谈了三天；多则可以达到数百人，如《世说新语·赏誉》注引《高逸沙门传》说王濛、支遁在祇洹寺的论辩"预坐百余人，皆结舌注耳"；至于西晋太尉、名士王衍为庆贺女儿的婚事，云集各界名流举行清谈，郭象、裴遐论战，"四座咨嗟称快"，听众应该达到了数百人之多。因规模大小不一，故地点也不同。十数人、二三十人的清谈可以在一些人如吏部尚书何晏的官邸或园舍举行，而大一点的清谈则可以在白马寺举行。

白马寺坐落在洛阳西雍门外三里御道北，东汉永平十年（67）汉明帝敕建，有中国佛教"祖庭""释源"之称。之所以大型清谈选择在白马寺举行，我认为原因有二。

一是白马寺虽在城郊，但车道宽阔，去来方便。此处风景幽美，庙宇雄伟，接引殿、清凉台等建筑是集众容人的好所在。二是白马寺文气十足，它是当之无愧的中国第一译经道场。当年摄摩腾和竺法兰在此译出《四十二章经》，这也是第一部汉译佛典。之后，又有多位西方高僧来到白马寺译经。在公元六八年以后的一百五十多年时间里，有一百九十二部合计三百九十五卷佛经在这里译出。曹魏嘉平二年（250），印度高僧昙柯迦罗来到白马寺，在此译出了第一部汉文佛教戒律《僧祇戒心》。此时佛教也从深宫走进了市井民间。正始时，清凉台两侧的藏经殿收藏了极为宏富的释典，供全国佛徒和士子阅读。正始名士在此清谈时，场座中也不时闪现翩翩僧影；名胜们为论辩的需要，也不时进入寺中查阅佛典。应该说，东晋以后清谈中儒、释、道合流，正始清谈实肇其端。而正始清谈之所以能肇其端，和有些清谈在寺庙举行有关。东晋南渡以后，清谈在祇洹寺、瓦官寺、永宁寺等寺庙举行就屡见不鲜了。

引领正始玄风的人物，首推何晏、王弼和夏侯玄。

何晏不仅聪慧俊美，就天资而言，他堪称正始第一才子。幼年时随侍曹操，有次曹操阅读兵书，某些地方不甚明了，就试着询问何晏，何晏一一为其详加解释，曹操恍然大悟。曹孟德精通兵法，眼空无物，何晏能让曹折服，其聪慧可见一斑。曹操很宠爱何晏，将自己的女儿金乡公主嫁给他。文帝时期，何晏备受排挤。明帝时得到一些闲散虚职，境遇稍有改善。不久又因与夏侯玄、诸葛诞、邓飏等人浮华交游、清谈名理而受到贬抑。齐王曹芳登基后，何晏终于时来运转。曹爽为了抑制司马懿，听从丁谧之计，一方面奏请升司马懿为太傅，明尊其位而暗削其权；另一方面，将一些王公贵族及自己的心腹纷纷委以要职，壮大自己的羽翼。就在这个当口，何晏被任为吏部尚书，封列侯，掌握朝廷人事大权，成为曹爽阵营的重要成员。

身居显要的何晏自然成为了玄谈领袖。他登高一呼，应者云集，主持过不少大型的玄谈活动。何晏的学术品质是颇值得称道的。其一，实事求是，不掠美。何晏给《老子》一书作注，还没有完成的时候，看到少年王弼的《老子注》，认为很多地方都胜过自己，于是自己掷笔不为了，并且到处称赞王弼。其二，在学术上不以权势压人。何晏主持的清谈宾朋满座，大家激烈争论，你来我往，经常面红耳赤，声色俱厉，此时所有的身份地位都悄然隐退，学识才华成为裁量一切的权威。这多少有一点现在提倡的"学术民主"的味道。其三，何晏爱才，肯提携后进。如王弼在清谈界崭露头角后，声名鹊起，何晏自叹不如，认为王弼可以谈论天人之际，于是推许王弼做玄谈领袖。

王弼当然是那和合当为学术而生、为学术而死的天才少年。何晏有意提拔王弼，但王弼长于理论而短于事功，故未能受到重用。据说王弼初次拜见大将军曹爽时，曹爽对这位名门之后的英才期望很大，特为摒退左右，想听他的治国高见。不料王弼三句话不离本行，只与曹爽阐述玄虚抽象的老庄之道，曹爽大失所望，因此对王弼不予重用。然而祸兮福所倚，福兮祸所代，后来在司马懿诛曹爽、杀何晏等人时，他也就没有受到株连。因为他仕途坎坷，又不懂人情世故，不善交际，没有什么朋友应酬，反而能够集中精力，潜心于学术研究。一代思想奇才王弼虽然只活了二十四年，但著述甚多，流传到现在的还有《老子注》《老子指略》《周易注》《周易略例》《论语释疑》等，他的玄理和辩才在魏晋首屈一指，是公认的玄谈领袖。

夏侯玄，字太初，沛国谯①人。夏侯玄的家族与曹魏皇室有着极为特殊的关系。东汉安帝永宁中，曹操的祖父曹腾当时是宦官，他从夏侯氏家抱养了一个儿子，取名曹嵩，他就是曹操的父亲。夏侯玄的母亲又是明帝曹叡的姑母。由于这样一种特殊关系，曹爽当权时，夏侯玄受到重用。世事难料，也正由于这样一种特殊关系，后来曹爽被杀，夏侯玄也被问斩，夷三族。在正始名士中，夏侯玄以注重品德修养、玄理深邃著称，他著有《本无论》，今已亡佚。

正始名士围绕着何晏、王弼和夏侯玄，以三玄——《周易》《老子》《庄子》为理论武器，掀起了前无古人的清谈狂飙。洛京就像一个巨大

---

① 今安徽亳州。

的磁场，形形色色的人物、光怪陆离的危言畸行都围着它旋转，构成了魏晋足以彪炳千秋的绚烂的时代文化！

2. 交锋

当洛京的玄谈之风越过黄河，吹绿了山阳的竿竿竹篁，渴望郢质的嵇康怦然心动。明月之夜，他拨动琴弦，音符荡漾，飘向远天，西南方的天宇星汉灿烂，何晏、王弼、夏侯玄这些如雷贯耳的大师，还有此刻已在洛京的好友阮籍、山涛、向秀……他们正像那一颗颗闪亮的星星，向他眨眼，向他召唤。嵇康虽然生性淡泊，更无意仕途，但惟其如此，他视学术如性命，视知音如性命，更何况他拜读了正始名士的宏论，觉得可商榷者甚多，他有话要说，他要和阮籍、山涛、向秀等好友一起向正始名士的学术堡垒冲锋。他隐隐约约地意识到，结束正始名士、掀起学术新思潮的使命正在降临。

于是，嵇康打点行装，决定南下洛阳。这一年，是正始七年（246）。

洛阳，坐落在洛水之南，曹魏的国都，也是举世闻名的都会，先此的夏、商、西周、东周、东汉五朝都定都于此，是十足的帝王之州。

周武王灭商后，为加强对东方的控制，选择了黄河以南伊洛一带筑建了洛邑，并定九鼎于此。成王五年（前1038），派周公、召公去勘察地形，进行城市规划。《尚书·洛诰》云："卜涧水东、瀍水西，惟洛食。""又卜瀍水东，亦惟洛食。"说明在涧水东、瀍水西和瀍水东、洛水之滨建城是吉利的。于是周公把营建洛邑的地图和卜兆呈送成王，得到成王的批准后才动工。当年年底，王城建成，称为成周，寓意周王朝社稷之成。公元前七七一年，周平王东迁，成周洛邑成为唯一的首都。此后五百余年，周王朝皆都洛阳。

秦在洛置三水郡，汉改为河南郡。东汉光武帝刘秀即位后，定都洛阳，并在洛阳城内广建宫殿。东汉末年，董卓胁迫献帝西迁，焚毁了洛阳城。到魏文帝曹丕代汉，才又重新迁都洛阳。北宋饱读经史的司马光曾在《过故洛阳城》中慨叹：

> 烟愁雨啸奈华生，宫阙簪裾旧帝京。若问古今兴废事，请君只看洛阳城。

的确，马寺钟声、龙门山色都让洛阳城写满了沧桑。不过，眼下是正始七年（246），正是洛阳城一段繁花似锦的岁月。

嵇康是沿着山阳至洛京宽阔的官道，一路春风，乘马车驰入魏都的。他意想不到的是，他的名字比他早到。因为他的杰作《养生论》早已传入洛阳，脍炙人口，可谓是未见其人，先闻其声。所以当嵇康踏入魏都时，迎接他的是一片赞叹。这是因为先有文章作为铺垫，加上嵇康美男子的天生伟质，再加上他与王弼同样年轻有为，更使河洛士林倾倒、风靡，大呼"神人"！孙绰《嵇中散传》云："嵇康作《养生论》，入洛，京师谓之神人。向子期难之，不得屈。"也就是说，嵇康入洛即投入了激烈的论战，论战的对象是老友向秀。论战地点应该是何晏府第、白马寺这样一些玄谈领袖主持、士人经常聚晤的社交场所。

关于嵇康参与的清谈，当时没有论辩实录，我们只能根据论辩双方的文章、《晋书》《世说新语》《颜氏家训》及《文选》注引等典籍，尽可能勾画论战轮廓，以飨读者。

养生问题是当时社会的关注热点，嵇康《养生论》是针对当时上层贵族的淫靡之风而发，具体观点我们在前文已有介绍。

对此，向秀的驳论是十分有力的。嵇康不是要修仙吗？向秀说，神仙如果确实存在，一定会有人亲见，现在并没有人见过，可见这不过是虚而不实的言论罢了。人的寿命是有限的，百余岁已经是寿命的极限了。

　　至于嵇康强调抑欲而养生，向秀认为更荒谬。人是万物之灵，如果要摒弃心智，抑止私欲，这样的人生寡淡乏味，与花木鸟兽何异，"何贵于有生哉"！即便这样养生果真能延年益寿，可是放逐了人自然天生的情欲，生命就只剩下忧愁而没有欢乐，更何况生命还是那么短暂呢？

　　向秀对于知己好友的论点，毫不客气，针锋相对，他的"顺欲"的论调当然博得了正始名士的一片赞叹。

　　殊不知，这一切演绎都正中嵇康下怀。嵇康仿佛登上了更高的山峰，不无鄙夷地说，如果有千岁人站在你面前，你能识别得出来吗？要比较外形，他可是与普通人一样；要检验他是否活了千年，你自己又只有短短一生！嵇康继而针对向秀的诱惑提出"大和"：向子期以为人生的快乐就在于能够满足天生的欲望，然而，这不过是世俗之乐罢了！我们要追求的至乐是"大和"！"以大和为至乐，则荣华不足顾也。以恬澹为至味，则酒色不足钦也。苟得意有地，俗之所乐，皆粪土耳，何足恋哉？"如果以与自然和谐无间作为最高的快乐，那么荣华富贵就不值一顾；如果以恬澹作为最美的滋味，那么酒色就不值得歆羡了。

　　接着嵇康从四个大的方面对向秀的论点逐一进行驳斥，最后正面提出养生五难，即追逐名利、喜怒无常、贪恋声色、沉湎滋味、情志不稳。只要排除了这五难，就能够"不祈喜而有福，不求寿而自延"，自然而然就得到福气和长寿。

　　缜密的推理，加上富有磁性的雄厚的声音、恰到好处的挥麈，于是正始名士拜服了，爱才的何晏亦手舞足蹈欣欣然。后来，颜延之在《五君咏》中赞叹道：

　　　　中散不偶世，本自餐霞人。形解验默仙，吐论知凝神。
　　立俗迕流议，寻山洽隐沦。鸾翮有时铩，龙性谁能驯。

平心而论，嵇康的论点虽然唯心色彩深厚，但就老、庄的道义而言，其学理深邃，论点更加鲜明全面，立论更加高峻坚固，奉"三玄"为至理的正始名士当然对这位来自山阳的青年才俊五体投地。通过这次"亮相"式的往复论辩，嵇康当之无愧地成为了魏晋养生论题的重要代表。《世说新语·文学》云："旧云王丞相过江左，止道声无哀乐、养生、言尽意三理而已。"六十年后王导渡江所谈论的三理中，养生是重要的一理。足见嵇康在魏晋清谈界的地位。

这场养生之辩堪称经典，有人以为如果没有向秀的往复论辩，便没有嵇康系统的养生理论，嵇康在魏晋清谈中的地位可能也会因此略有逊色。我认为，正是嵇康、向秀的往复深入的论辩，使竹林名士开始登上魏晋清谈的讲坛，并且开始取代正始名士统治清谈讲坛。"江山代有才人出"，一点都不奇怪。《晋书·向秀传》更认为向秀所言，包括其《难养生论》并非完全是他自己的看法，而是故意将当时一般人的观点写出来，"盖欲发康高致也"。也就是说，嵇、向之辩是竹林名士演出的"双簧"，为的就是借此让嵇康把自己的养生观点淋漓尽致地发挥出来。我以为是很有道理的。

嵇康在洛京清谈界的主要论辩还有声无哀乐论和"名教"与"自然"之辩。

先谈声无哀乐的辩论，这也是王导过江"止道"三论之一，也是奠定嵇康清谈地位的经典论辩。

音乐源起久远，儒家音乐思想的主题亦很早就确立了。《礼记·乐记》和《荀子·乐论》都认为"人不能无乐，乐则必发于声音"，而声音都是发自人的内心，内心思想情感的变化可以通过音乐表现出来，"乐者，音之所由生也，其本在人心之感于物也"，不同的音乐能使人产生悲、淫、壮等不同的心理反应。儒家充分肯定了音乐的教化作用，音乐被更多地定位在和人心、善风俗、平天下上。

曹魏时期，乐论依然是士林的热门话题，围绕音乐与政治的关系，使得这一时期的讨论不仅具有一定的学术意义，更是士人试图干预政治的积极尝试。正始二年（241），竹林七贤的代表人物阮籍撰写了《乐论》，主张以礼乐来教化天下，联系明帝曹叡沉迷声色，大权旁落以及由此引发的乐政之辨，阮籍《乐论》颇富批判色彩。对此，正始名士不甘寂寞，亦投入论辩。何晏撰写《乐悬》，提出了"圣人无喜怒哀乐"的论点，试图沟通儒与道，用道家的理论诠释圣人，结果却不太圆满。王弼则针对何晏的理论加以修正，认为圣人也跟常人一样有喜、怒、哀、乐、怨五情，但五情又受制于圣人超出常人的神明智慧，"应物而不累于物"，因而不受外界干扰，精神境界平和稳定。正始名士的另一领袖人物夏侯玄则作《辨乐论》，主要针对阮籍《乐论》中的"天下无乐而欲阴阳和调，灾害不生亦已难矣"等言论，提出反驳，认为音乐跟阴阳、自然并没有关系。

竹林名士要登上清谈讲坛，正始名士则要顽强地踞守阵地，而统治集团中的不同派系对名士或打压或利用或分化，一时，音乐与性情之辨的争论呈甚嚣尘上之势。

正始名士创造了一种玄谈方式，即自己作为主客辩论双方，反复诘解辩论，最后得出正解。当年，年未弱冠的王弼就是运用这个方法，在何晏的尚书府让四座惊叹连连，最后何晏折服，承认"后生可畏"。这种玄谈方式我们姑且名之曰自辩法。当然，运用自辩法最讲究盾坚矛利，攻守互换，要求学术功力扎实，而且能言善辩。

嵇康的学养天分都不比王弼差，尤其是他与音乐结缘甚早，"少好音声，长而玩之"[1]，眼下何晏等一班名士还不知道，登坛讲演的谯国人实际是这个时代第一流的音乐家。他虽有洛北口音，但口齿伶俐，挥麈送目，气场极强，而且，和王弼一样，他也是青年才俊！

在音乐之本及其功用上，嵇康认为音乐来自自然，哀乐则是人被触动以后产生的感情，两者并无因果关系，所谓"心之与声，明为二物"是也，而且音乐本身也没有什么教化之功。先王们作乐的目的在于言辞发于诚心，和声发于性情，以形成美好的世风，无涉喜怒，也不关教化。因此，嵇康是坚持"声无哀乐"的。

在白马寺宽敞的客堂，面对阵容强盛的正始名士，在阮籍、山涛、向秀等三五好友陪伴下，嵇康头顶玄纱帻巾，一袭青衫，登坛讲玄，他假设主客双方，进行了七难七答。开始是客问主答，揭橥主旨。接下来反方质疑，正方合辩，以反难正答的方式，反复辩难，层层剖析，步步批驳"声有哀乐"论，从中逐步提出"声无哀乐"的命题。全场情绪由嵇康牢牢把控，一时丛疑蜂起，一时恍然大悟，一时会心莞尔，一时叫好雷鸣。嵇康概念清晰，逻辑缜密，不仅讲清了"声音"与"哀乐"不同的名实关系，深入到了音乐之本，也打破了《礼记·乐记》以来儒家过分注重音乐教化之功的传统观念，否定了音乐与情感的直接关系，使音乐之功能重新回归其本位。讲毕，四座咸呼："如醍醐灌顶！""名胜！名胜！"于是嵇康在士林中声誉鹊起。

后来，嵇康采用"七"体的形式，借"东野主人"和"秦客"之口七难七答，写成了一篇洋洋七千言的《声无哀乐论》，此文编入《嵇中散集》卷五。今天看来，还是一篇重要的音乐史论文。

再谈"名教"与"自然"之辨。

---

[1] 出自嵇康《琴赋序》。

俗语云，孔子贵名教，老庄名自然。名教、自然作为哲学观念很早就被提出，但最初并没有将二者联系并探讨其关系。到了汉代，这两种观念的内含都有了新的发展。自汉武帝罢黜百家、独尊儒术后，以"六经"为主要内容的儒学成为统治思想。董仲舒倡导审查名号，把儒家的一套思想道德和行为规范立为名分，定为名目[①]，号为名节，制为功名，用以教化万民，称"以名为教"。这当然是无可厚非的统治集团的统治术。但随着儒学大厦风雨飘摇，名教之内在本质不存，世间浮华相尚，人才名不副实，名教之治便日渐式微，近乎破产。到了魏晋时，名教亦称之为"有"，指官职、名分、名目、名节、礼乐等人事，主要是儒家的纲常礼教。而自然亦称之为"无"，指先于物质世界而存在的宇宙本源和根本规律，所谓"人法地，地法天，天法道，道法自然"[②]。

嵇康生性对声称奉行六经却歪曲六经的行为非常鄙夷，对已沦落为虚伪之人用来干求利禄的名教甚为失望，还是在山阳的时候，他就偶尔涉及过名教与自然之辨。

正始名士张邈认为人之好学出于自然天性，"六经为太阳，不学为长夜耳"，为此他写了一篇《自然好学论》。嵇康读后，颇不以为然，就写了《难自然好学论》加以反驳。嵇康认为，因为儒家六经以抑制引导为主，人性则是以从欲为欢。抑引则违其愿，从欲则得自然。因而自然天性的获得，不是靠抑制引导人性的六经；保全人性的根本，不需要违背性情的礼律。因此，仁义致力于营治虚伪，非养真之要术。人之天性崇尚无为，不应当自然沉迷礼法之学。不学习未必就是长夜，六经未必就是太阳。

当然，在山阳所写的文章只是关于这个问题极短浅的涉入；现在到

---

① 指对人物的评论。
② 引自《老子·二十五章》。

了洛京，嵇康发现名教自然之辨竟是热度极高的论题，尚书府、白马寺的谈玄一场接一场，朝廷亦似乎对此显示了足够的关注。

正始年间，何晏与王弼首先提出了"名教出于自然"这个命题，拉开了"名教"与"自然"论战的帷幕。按三玄——《老子》《庄子》《周易》之本是"无"，"无"是万物之始基，宇宙万物皆以自然为本，一切法则，包括精神，同样以合乎自然为出发点，所谓圣人有则天之德，"则天成化，道同自然"。何、王以"贵无"发端，世间既以"无"为"有"，无即自然，有为名教，有生于无，故名教出于自然，也必须顺应自然。

应该说，何晏与王弼之所以提出"贵无论"，是基于现实的需要。创业雄主曹孟德豪气销尽，自魏明帝起即日渐萎靡。至正始时，曹爽擅权，与政敌司马氏集团明争暗斗，矛盾日趋尖锐。面对危机四伏的混乱政局，正始名士认为如何避免分裂，重建统一，是当务之急。为此，何晏、王弼在构建玄学体系时，以"老"解"经"，以"道"释"儒"，把时代主题抽象为"名教"与"自然"之关系，企图用理想的政治来纠正现实，为统治者提供一种调和各种关系以维持长治久安的指导思想。

然而，无情的现实将何、王的辛苦建构撞击得粉碎。嘉平元年（249）高平陵事件，司马懿诛杀曹爽包括何晏诸人，并夷其三族。朝政大权都归司马父子掌握。王弼虽然没有被殃及，但不久却遇疬疾而亡。

这以后，司马氏高祭名教，提倡礼法，整肃异己，加紧了魏晋禅代的步伐。

当何晏以《易》、王弼以《老子》为宗旨的"贵无论"玄学在实践中临入危机的时候，嵇康勇敢地站了出来，与阮籍等竹林名士在洛阳、山阳等地展开了热烈的讨论。如果说，何、王立足于社会秩序调整的话，那么，以嵇、阮为代表的竹林玄学在庄子的旗帜下，则侧重于人格的关怀，标志着玄学已进入了第二个阶段，即玄学思潮由老学转向了庄学。应该说，此前汉人从总体上对庄子是持有漠视态度的。从严灵峰引辑的汉代《庄子》注疏看，也仅有刘安的《庄子略要》《庄子后解》二书，且作者同为刘安，也有可能是同书异名。而竹林名士高举庄子的旗帜，重视齐物、逍遥、自然、任情，批判"名教"的火力更为猛烈，面对大道凌迟、世风衰败、政治险恶的社会现实，竹林玄学家们不可能再平心静气地玄谈思辨，沉醉"无为而治"的社会理想，也不可能对司马氏利用"名教"篡权的行径袖手旁观。于是，由王、何"名教而自然"的调和论转向了对"名教"的彻底否定。嵇康提出"非汤武而薄周孔"①，将"名教"与它的老祖宗一起清算；他以对现实的不满和愤慨，打出了"越名教而任自然"的大旗：

> 夫称君子者，心无措乎是非，而行不违乎道者也。何以言之？夫气静神虚者，心不存乎矜尚；体亮心达者，情不系于所欲。矜尚不存乎心，故能越名教而任自然；情不系于所欲，故能审贵贱而通物情。物情顺通，故大道无违；越名任心，故是非无措也。是故言君子则以无措为主，以通物为美；言小人则以匿情为非，以违道为阙。何者？匿情矜吝，小人之至恶；虚心无措，君子之笃行也。

后来，嵇康将自己的见解和言论，写入一系列玄学论文如《释私论》《难自然好学论》《与山巨源绝交书》中，将庄子人生哲学人间化、实有化，体现了他的人格理想以及对生命的珍爱。

魏晋玄学尽管内容体系博大宏深，论辩风起云涌，但自始至终贯穿

---

① 出自嵇康《与山巨源绝交书》。

着一条主线，即"名教与自然之辨"。从夏侯玄"自然为本，名教为用"，到王弼"名教出于自然"，再到嵇康"越名教而任自然"，最后以郭象"名教即自然"终结。竹林名士在继承正始玄学的基础上，从理论和行为两个方面发展了玄学，形成竹林玄学，成为魏晋玄学的一个重要发展阶段，"名教"与"自然"之辨这个问题的论辩是一个重要的标志。

二、皇室东床

1. 结亲皇室

正始八年（247），对于二十五岁的嵇康来说，是一个重要的时间节点。从山阳小城来到车马云集、高第连云的洛京，他收获了爱情和家庭。他娶了沛王曹林之女长乐亭主为妻。旋依惯例迁郎中，又拜为中散大夫。次年生下一女。

曹操一生妻妾成群，有名分的十三人，共计生子二十五位。其中与杜夫人生曹林、曹衮。曹林的生平见于《三国志·魏书·武文世王公传》：

> 沛穆王林，建安十六年封饶阳侯。二十二年，徙封谯。黄初二年，进爵为公。三年，为谯王。五年，改封谯县。七年，徙封鄄城。太和六年，改封沛。景初、正元、景元中，累增邑，并前四千七百户。林薨，子纬嗣。

关于嵇康娶妇事，《文选·恨赋·注》引王隐《晋书》："嵇康妻，魏武帝孙，穆王林女也。"而《嵇氏谱》云："嵇康妻，沛穆王子之女也。"

则一为曹林之婿，一为曹林之孙婿，两个记载矛盾。戴明扬《嵇康集校注》[1]云："扬案：以叔夜之年计之，当以娶林之女为合。又案南北朝时百家谱、诸姓谱之类颇多，此《嵇氏谱》当即其中之一也。"我认为戴说义长，从之。嵇康应该是沛穆王曹林之女婿，魏武帝曹操之孙女婿。

很多文章（包括近年出版的嵇康的传记）记有，嵇康妻子叫曹璺。我遍查《三国志》《世说新语》《晋书》《文选》及汉魏碑志等现存典籍，找不到任何记载。"曹璺"一名应是近几十年好事者的杜撰。我以为，严肃的负责的传记不应采信。

至于长乐亭主，则是此女的封号。古代皇室女儿通称公主，按照地位、待遇，公主的封号通常有三种：

一种以国名，如宁国公主、陈国公主等。

一种以郡名，如新城公主、长乐公主、平原公主等，其中新城、长乐、平原是郡名。

一种以名种褒义词加封而构成美称，如文成公主、安乐公主、太平公主等。

东汉皇女则多以县名为封号，称县公主。诸王之女以乡、亭之名为封号，称乡公主或亭公主。此外，诸公主中有特殊尊宠者，可加号为长公主。这种加"长"的封号，多封于皇帝的姐妹。曹魏也套用东汉的方法，如沛穆王曹林的女儿就被封为长乐亭主，其中长乐是亭名。

嵇康为皇室贵婿，但不得授为驸马。驸马是俗称，按西汉时，有驸马都尉之职，负责皇帝出游时的车马仪仗，俸禄两千石，一般由皇室、外戚及王公子弟担任。自魏晋以来，此官职通常为皇帝的女婿来担任，简称驸马。也就是从这个时候起，皇帝的女婿就简称为驸马了。如曹操

---

[1] 中华书局 2014 年版。

将自己的女儿金乡公主嫁给何晏，何晏才得以帝婿的身份授官驸马都尉。以后如晋代杜预娶晋宣帝之女安陆公主、王济娶文帝司马昭之女常山公主，都授驸马都尉。魏晋以后，帝婿依例都授加驸马都尉之称，封号而已，有俸禄但并非实职。

嵇康与何晏不同，他并非帝婿，所以不得授驸马都尉。《世说新语·德行》注引《文章叙录》："康以魏长乐亭主婿迁郎中，拜中散大夫。"按照惯例，与亭公主结婚的人，朝廷要赐予官爵。嵇康先是被授予郎中一职，为八品官，主要负责宫廷守卫。中散大夫为七品官，俸禄六百石，参与议论政事，充当朝廷顾问。依照历史上称谓的惯例，中散大夫是嵇康一生中担任的最高官职，因此，后人也称其为嵇中散。

曹魏官分九品，中散大夫虽是闲散的中下级官吏，但没有冗务缠身，又可接触更多的上层风雅之士，对于淡泊名利的嵇康来说，当然是顺心的了。他有《太师箴》一文，少见地一反老庄淡泊之态，对朝政发表了自己的看法，集中体现了他的政治态度和观点，应该就是担任中散大夫的初期所作。

箴是一种专门用以规谏劝诫的文体。太师一职，古代位列三公，主要是辅佑天子，帮助天子知晓为君治国之道、熟悉国家典章制度、旁及研习诗书礼乐。《太师箴》便是假想以太师的身份对国君进行规诫。此文述古论今，言辞庄重质朴，提出了无我无为、顺应天道的政治主张。曹魏之际，官箴之作极少，而嵇康此作传世，东晋"书圣"王羲之曾手书此作，以寄隔代之思慕。《晋书·嵇康传》亦赞誉此文"亦足以明帝王之道焉"。

婚后，嵇康与长乐亭主育有一子一女，虽然嵇康没有在诗文中留下关于妻子的片言只字，但是夫妇的感情应该是很好的。从他写给子女的《家诫》中，分明传达了深沉的父爱；在《与山巨源绝交书》中，他也对尚未成年的一双儿女表达了恋恋的舐犊之情。这正体现了嵇康儿女情长的一面。而他的子女都是长乐亭主所生，对儿女的爱投射到其母身上，便是嵇康对妻子深厚的感情。而嵇康日后辞官避难山阳，家境清贫，有时甚至以锻铁来补贴家用，长乐亭主也都左右相随，无怨无悔，表现出一个贵族上层女子难得的坚贞品质。

2. 谁助良姻

曹魏时期，官吏的选拔采用"九品中正制"，其标准是"家世、道德、才能"三者，而家世指被评者的族望和父祖官爵。嵇康的出身并不高贵，也没有什么了不起的背景。虽然说魏晋时人自身的学识才华得到了前所未有的肯定和褒扬，名利富贵变得黯然失色；虽然说嵇康学问经天纬地，又有天人之姿，但以一介布衣能跻身上层社会，与皇室缔结良缘，从而唾手功名，这中间应该还有"贵人相助"。

综合各方面考虑，我认为此"贵人"就是何晏。其一，嵇康入洛，时当正始年间，正是何晏官拜尚书、春风得意之时，作为玄谈领袖，他必然会对青年才俊嵇康倍加赞赏。其二，何晏虽位居高位，但乐于提携后进。当年，他注释了《老子》，但当见到天才少年王弼的注释比自己好时，毫无嫉贤妒能之意，主动放弃了自己的《老子注》说："后生可畏，若斯人者，可与言天人之际矣！"[1]并对王弼大力推荐提携。其三，何晏的妻子是金乡公主，与沛穆王曹林是同胞兄妹，同为杜夫人所生。何晏有条件将自己中意的才俊介绍给曹林的女儿长乐亭主，最终促成了这桩良缘。姻亲关系如图所示：

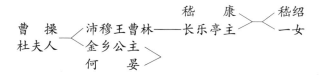

---

[1] 《世说新语·文学》注引《王弼别传》。

另外，也有人以为沛穆王曹林于建安二十二年（217）被封于谯，甘露元年（256）去世。嵇康的父亲嵇昭当过曹魏的治书侍御史，约在嵇康一岁时亦即魏文帝曹丕黄初五年（224）去世。因同居谯郡，曹林与嵇昭结交相识是极有可能的。因世谊旧交，后代联姻也有可能。

嵇康雄姿英发，挥麈入洛，马上就收获了美满的婚姻。然而，《老子》云："祸兮，福之所倚；福兮，祸之所伏。"联姻皇室虽堪称美满，但同时不可避免地卷入统治者政治纷争的旋涡，这又会给嵇康带来什么样的命运呢？

第六章

交游种种

正始九年（248）前后，洛京政局空前紧张而诡异，"山雨欲来风满楼"，阮籍、山涛等一些有识见的名士纷纷退隐山林，远离政治。敏感的嵇康于是辞去了中散大夫一职，挈妇将雏，一路北上，回到阔别数年的山阳旧居。他在诗歌中如是说："详观凌世务，屯险多忧虞""鸾凤避罻罗，远托昆仑墟"，以后，他如同候鸟，不时地往来洛京山阳，两地栖息。

果然，第二年亦即正始十年（249），司马懿发动高平陵政变，诛杀曹爽、何晏、邓飏、丁谧等人，并夷其三族，朝政大权完全由司马氏集团掌握。司马氏集团高祭名教，以杀戮来维持统治，一时有"名士减半"之叹。

嵇康的交游就折射出政局的白衣苍狗。

一、竹林七贤

竹林七贤一词极具风流浪漫色彩，几乎成了清谈、隐居、避世、饮酒、放达等的代名词。竹林名士高举"越名教而任自然"的大旗，在理论上和行为上两方面弄潮时代，砥柱中流。其中嵇康以其反对司马氏集团的鲜明立场，反对儒家学说的坚决态度，长于辩难的才干，成了竹林七贤的当然领袖。而阮籍以其才学、声望成为竹林七贤的又一面旗帜。阮咸、王戎因阮籍而入竹林之游，向秀、山涛因嵇康而入竹林之游，刘伶则与嵇、阮二人相遇，欣然神会，携手入林。因此，阮、山、向、刘、咸、王六人是嵇康的重要交游。

1. 七贤众生相

有人打过一个比喻：竹林七贤就像在悬崖隙缝里生长的瘦弱青松，躯干虬曲，高高依偎，在寒风严霜里显得低了头，弯了腰，然而坚强地生存下来，岁寒心不改，依然是株株青松。

阮籍，字嗣宗，陈留尉氏①人。其父阮瑀是"建安七子"之一，曹操的很多文告书檄都出其手，所以曹丕称他"书记翩翩"。可惜阮瑀去世时，阮籍才三岁。他幼习六经，有济世志。因政治黑暗，于是寄情山水，纵酒昏酣，不与世事。他著有《大人先生传》《达庄论》，对名教礼法进行了辛辣的讽刺和猛烈的批判。阮籍大嵇康十三岁。《世说新语·简傲》注引《晋百官名》云："嵇喜字公穆，历扬州刺史，康兄也。阮籍遭丧，往吊之。籍能为青白眼，见凡俗之士，以白眼对之。及喜往，籍

---

① 今河南尉氏。

不哭，见其白眼，喜不怿而退。康闻之，乃赍酒挟琴而造之，遂相与善。"据此，可知嵇康是主动去认识阮籍的。阮籍晚年抑郁寡欢，在好友嵇康遇害的第二年，也怏怏抱病而殁。

山涛，字巨源，河内怀人。他性好老庄，与嵇康、阮籍结识较早，相交甚深。由于他兼具名士声望和从政能力，仕途顺达，位至三公。他和司马懿的妻子有中表之亲，虽很受司马氏的信任，但又不失为一正派人物。后来做到吏部尚书，对所举荐的人物"各为题目"①，再为上奏。他的评语精彩中肯，时称"山公启事"。这一点主要得力于他有远见卓识。《世说新语·方正》注引《魏志·王粲传》注说，毌丘俭谋反，嵇康原打算响应，就征询山涛，山涛坚决表示："不可。"后来毌丘俭兵败，嵇康幸免于难。山涛的生活以节俭著称。后来谢安曾以此为题问大家：以前晋武帝每次赏赐东西给山涛，量总是很少。这是为什么呢？谢玄回答得很妙："这应是由于受赐的人要求不多，才使得赏赐的人不觉得给少了。"山涛能够全身以终，就是得益于小心谨慎。山涛除吏部郎，举嵇康代己，嵇康写信与他绝交。据《白氏六帖事类集》卷六，后来嵇康罹难临刑时，却对儿子嵇绍说："山公尚在，汝不孤矣。"郑重向老朋友托孤，可见嵇康对于山涛的人品是肯定的。

刘伶，字伯伦，沛国②人。他虽容貌陋，但深通老、庄之道。一生以酒为命，不以生死为念。阮籍借酒发泄内心的愤懑，刘伶则更多地考虑如何以酒来逃避黑暗的现实。所以，阮籍醉酒是佯狂，刘伶却是真醉。在醉乡，他可以放纵任怀，可以忘却人世间的一切利害和烦恼。他的传世之作是《酒德颂》，这是他超然万物，独立乱世个性的自我表白。他所塑造的那位"惟酒是务""幕天席地，纵意所如"的大人先生，正

---

① 即分别作出品评。

② 今安徽沛县。

是竹林诸友行为玄学的代表。南朝诗人颜延之《刘参军》云：

> 刘伶善闭关，怀情灭闻见。鼓钟不足欢，荣色岂能眩？
> 韬精日沉饮，谁知非荒宴？颂酒虽短章，深衷自此见。

揭示了这种如癫似狂的醉酒行为的玄学本质。

　　阮咸，字仲容，阮籍的侄儿。他当然是通过阮籍认识嵇康并入林的。他精通音律，妙解丝竹，不拘礼法，曾与姑母家一鲜卑族婢女私下相好，生下一胡儿。虽官至散骑侍郎，却全然不理政事，尸位素餐而已。他是用饮酒和音乐两大支柱来支撑人生的。他饮酒大醉时，甚至"人猪共饮"。嵇康擅抚琴，阮咸则善弹琵琶，都是魏晋第一流的演奏家。他弹的是一种长颈琵琶，后来人们就叫这种长颈琵琶为阮咸，亦简称为阮。

　　向秀，字子期，河内怀人。他与吕安是嵇康最早的朋友，三人性格却不相同。《向秀别传》说："嵇康傲世不羁，安放逸迈俗，而秀雅好读书。"嵇康会打铁，向秀常手拉风箱，做嵇的助手。有时他也帮助吕安灌园种菜。向秀在竹林名士中独树一帜，他甘于淡泊，中和平静，以一种随遇而安的恬静和自娱自乐的达观心态面对黑暗龌龊的现实。嵇康死后，向秀到洛阳做了个闲官。司马昭看到他冷言问道："听说足下有高隐之志，怎么会屈身此地呢？"向秀只得说："以为巢父、许由等对尧不够了解，不值得去效仿。"这是把司马昭捧作尧，司马昭听了自然满意。向秀这种向权奸屈节的话，嵇康是绝对不肯说的。向秀的保身大概得益于他对庄子思想的深刻领悟。《晋书·向秀传》说："庄周著内外数十篇，历世才士虽有观者，莫适论其旨统也。秀乃为之隐解，发明奇趣，振起玄风。读之者超然心悟，莫不自足一时也。"由于向秀精研《庄子》，著有《庄子注》，嵇康、吕安读后惊叹道："庄周不死矣！"向秀开创了一代研读《庄子》的风气，其"生化之本"及"无心任自然"等重要的玄学观点，对后世影响很大，使《老子》《周易》和《庄子》并列"三玄"，对玄学的发展有承先启后的重大贡献。

王戎，字濬仲，琅玡临沂①人，出身世族。他虽然身材矮小，但神采清秀，英气逼人，颇具名士魅力。据说他六七岁时，在宣武场上观戏，猛兽忽然在槛中惊起，吼声震天。众人皆惊惧奔跑，唯王戎独立不动，神色自若。还有一次，他与同伴在路边玩耍时，见一李树结满了果实。同伴都奔去抢摘，只有他不为所动，说："树在路边，结了果实却没有被人摘光，那一定是苦李。"后来一尝，果然如此。阮籍认识王戎的父亲王浑，从而结识了比他小二十四岁的王戎。王戎十五岁时，阮籍发觉他谈吐不凡，见识远在其父王浑之上，就与其结为忘年交。《世说新语·简傲》注引《竹林七贤论》说，阮籍与王浑同为尚书郎时，阮籍每次拜访王浑，刚坐下便说："与你说话，不如与阿戎清谈。"于是进去找王戎，每次都谈到傍晚日落才回。大概是因为阮籍的介绍，王戎得以跻身于竹林名士之列。他是清谈名胜，擅长挥麈论辩，往往机锋潜伏，颇多隽语，深得玄学言约旨远之要义。但他在生活中却孳孳为利，将钱财看得很重。到处购置田园、水碓，还常执牙筹，亲自算账。王戎仕途数经坎坷，后虽位至三公，仍追念竹林之游。

2. 生命的长度和密度

竹林名士相聚的地点在山阳，时间在魏末正始嘉平之间，相聚后主要的事情便是肆意畅饮。当时司马昭权势益盛，阴谋篡窃，剪除异己。《晋书·阮籍传》说："魏晋之际，天下多故，名士少有全者。"嘉平之

---

① 今山东临沂。

后，竹林名士各奔前程，结局非常不一样。嵇康龙性难驯，反抗司马氏而被杀；阮籍韬精酣饮，委蛇自晦；向秀逊辞屈迹，以求避祸；山涛、王戎依附司马氏，坐致通显；刘伶、阮咸与政治关系较疏，而心绪接近阮籍。尽管他们的政治态度及以后应付环境的方法不同，但在山阳聚饮时，都我行我素，坚持自己的行为方式，且都以谈玄酣饮相友好，这当然是一段美好的人生岁月。

山涛酒量很大，"饮酒至八斗方醉"①；阮籍听说步兵营有人善酿酒，就求为校尉，"纵酒昏酣，遗落世事"②；阮籍邻家有美妇人"当垆酤酒"，他与王戎便常到妇家饮酒。阮籍喝醉之后，就在美妇人身边睡觉，以致引起她丈夫的怀疑；有人责备他不合礼教，他反而说："礼岂为我辈所设也！"刘伶喝酒更加狂放，喝至高兴处，衣服裤子全脱光。有人忍不住好笑。刘伶说："你们笑什么？我是把天地当作房屋，把居室当作衣裤，你们怎么都钻到我的裤中来了？"③刘伶喝酒太多以致病了，其妻哭着劝他不要再饮酒，刘伶要妻子准备酒肉，他要敬祝鬼神，自誓断酒。然后他跪着说："天生刘伶，以酒为名。一饮一斛，五斗解酲。妇人之言，慎不可听。"说完又饮酒吃肉酩酊大醉；阮咸与酒友们以大瓮盛酒，围坐畅饮，有时群猪上来争饮，人猪共食，阮咸也不在乎④；向秀与吕安在山阳以灌园所得，供酒食之资；嵇康是竹林派中唯一服药而又饮酒较少者，但他醉时，也"傀俄若玉山之将崩"⑤，高大白皙的身躯摇摇晃晃，煽情得很！

---

① 见《晋书·山涛传》。
② 见《魏书·王粲传》注引《魏氏春秋》。
③ 见《世说新语·任诞》。
④ 同上。
⑤ 见《世说新语·容止》。

在这以前，人们虽然也饮酒，但由于文学尚未独立，酒也没有被当作手段似的大量醉酣，所以酒与文人并没有特别的因缘。汉末，随着文学逐渐独立，名士纵酒者日多。如孔融经常感叹："坐上客常满，尊中酒不空，吾无忧矣！"甚至写有《难曹公制酒禁二表》为饮酒辩护，措辞激昂，终致弃市。八俊之一的刘表，专为饮酒做了三种酒爵，大号七升，中号六升，小号五升；客如醉酒卧地，就用带针的棒子去刺，看其是否真醉①，如果是伪醉，则拉起来罚饮。但在程度上，酒还没有成为他们生活的全部，还没有成为他们的最主要的特征。只有在竹林七贤的酣饮论道之后，酒才成为文学"永恒的主题"，酒也才成为封建文人的标志。

因为竹林名士的文辞谈笑、举手投足都带有浓郁的酒香，我们尽可以对他们追谥为"饮酒派"；然而，"痛饮狂歌空度日，飞扬跋扈为谁雄"，竹林名士纵酒的目的何在呢？

如果说，正始名士服药的目的是追求生命的长度，是为了长寿；那么，竹林名士饮酒的目的则是追求生命的密度，是为了享乐。在人类社会发展史上，饮酒与宴乐从来都是联系在一起的，商纣造酒池肉林，就是一个说明，曹植《与吴季重书》更直率地宣称饮宴弦乐为"大丈夫之乐"：

> 愿举太山以为肉，倾东海以为酒，伐云梦之竹以为笛，斩泗滨之梓以为筝。食若填巨壑，饮若灌漏卮；其乐固难量，岂非大丈夫之乐哉！

但是，考察竹林名士的酣饮，透过一派觥筹交错、长啸高谈，我们

---

① 见《全三国文》卷八魏文帝《典论·酒诲》。

见到的只是一种巨大的悲哀。魏晋时儒学独尊的地位已经崩溃，儒教礼制逐渐解体，这种思想的解放的局面带来了人的觉醒。人们意识到自身的存在价值，就愈益热恋宝贵的生命，而愈益感受死亡的悲哀。死到底是什么？至今仍还是一个千古之谜。因为任何其他的人生难题，都可以通过科学的不断进步获得解决，而我们却无法让死者复生，回答人类关于死的疑问。六朝知识分子对此亦陷入深深的思虑之中。魏晋六朝名士们是深情与智慧兼具的。他们的深情偏重于悲哀，嵇康《琴赋》说："称其材干，则以危苦为上；赋其声音，则以悲哀为主；美其感化，则以垂涕为贵。"而这种悲哀总是与人生、生死的思考相交织，从而达到哲理的高层。这种对生死问题的思虑，在正始名士则体现为服散修炼，祈求生命的长度上。然而道教的服食求仙，并不能使所有的名士都接受。曹操说："痛哉世人，见欺神仙。"[1]曹植说："苦辛何虑思，天命信可疑。虚无求列仙，松子久吾欺。"[2]又作《辩道论》，大骂方士。向秀就对嵇康说过，人说导养得理，可以活到几百岁到几千岁；这种说法如果可信的话，应该就有这样的人，但"此人何在？目未之见"[3]。对服食求仙的怀疑，促使人们转换思考的角度。《列子》是晋人所伪托，《杨朱篇》中有段话，可视为时人对生死问题的反思：

> 杨朱曰：百年，寿之大齐，得百年者，千无一焉。设有一者，孩抱以逮昏老，几居其半矣；夜眠之所弭，昼觉之所遗，又几居其半矣；痛疾哀苦，亡失忧惧，又几居其半矣；量十数年之中，逌然而自得亡介焉之虑者，亦亡一时之中尔。则人

---

① 见曹操《善哉行》。
② 见曹植《赠白马三彪》。
③ 见向秀《难嵇叔夜养生论》。

之生也，奚为哉？奚乐哉？为美厚尔，为声色尔。

显然，这种反思是成熟而痛苦的。这时，佛教已在中土传播，佛理也逐渐与玄学相融合。竺佛图澄的高足释道安《二教论》云："寿夭由因，修短在业。佛法以有生为空幻，故忘身以济物；道法以吾我为真实，故服饵以养生。"佛教承认人的肉体是迟早会死亡的，但学佛可使灵魂超度，从而给自己提出了一个"必聚必合"的希望和信仰，减轻了对死亡的恐惧感。这一套神不灭的报应说，给予当时的世人对于生命的无常以一种心理上的解脱，迎合了他们的需要。前已叙说，"富贵菩萨"维摩诘那智慧的神情、绝妙的辩才、飘逸的风姿、鲜美的服饰、珍贵的酒食使魏晋以来无数士人为之倾倒。我以为，这种倾倒就自竹林名士始。

在"服食学神仙，多为药所误"的教训面前，在佛学思想的影响下，竹林名士采取了"不如饮美酒，被服纨与素"的态度。他们诅咒服食求仙，"春酿煎松叶，秋杯浸菊花。相逢宁可醉，定不学丹砂"①！他们放弃了对生命长度的追求，转而追求生命的密度。需要指出的是，这种追求的悲观情绪大大超过了服药派。张翰放荡不羁，有人问他，你难道不为身后的名声着想？张答道："使我有身后名，不如即时一杯酒。"②刘伶常常乘着鹿车，携着一壶酒，使人荷锸跟随，说："死便掘地以埋，土木形骸，遨游一世。"③毕卓说："一手持蟹螯，一手持酒杯，拍浮酒池中，便足了一生！"④既然无论贤愚善恶、无论贵贱美丑都难免一死，那么还有什么必要计较事业声名呢？还有什么理由来控制、压抑血

---

① 范云《赠学仙者诗》。
② 《世说新语·任诞》。
③ 《世说新语·文学》注引。
④ 《世说新语·任诞》。

肉之躯的欲望呢？因此，竹林名士饮酒是为了享乐，其享乐观又由惨痛的教训和悲哀的理论积淀而成。

3. 远祸全身

饮酒的目的之二是远祸全身。这也是竹林之游的政治背景。曹魏王朝末期，统治阶级内部由尖锐的争夺权力的斗争，演绎成恐怖的大屠杀。魏明帝曹叡死时年仅三十六岁，承继帝位的曹芳年仅九岁；于是，曹叡不得不将政权委托给曹爽和司马懿共同掌管。曹爽是曹魏的宗室，而司马懿是干练于军事的重臣，二人间即展开明争暗斗。嘉平元年（249），司马懿终于以阴谋狡诈战胜曹爽，把曹爽兄弟和其统治集团的诸名士何晏、丁谧、李胜、毕轨、桓范等诛灭三族。造就名士辉煌的第一个峥嵘绚烂的清谈高峰转眼间成为了历史陈迹。后来司马懿的儿子司马师继续掌权。在曹爽事件中幸免于难的夏侯玄从此"不交人事，不畜笔研"①，尽量避免触犯司马氏；但司马师心狠手辣，于嘉平六年（254）又诛灭了在政治上和他对立的名士夏侯玄、李丰、许允等。这一系列的事件造成了名士的厄运，时有"名士减半"之叹。司马氏一方面大肆屠杀在政治上异己的名士，另一方面又高祭名教来作为其政治号召。对此，竹林名士极力发挥道家崇尚自然的学说，以抗击司马氏集团所提倡的虚伪的名教；同时，在政治上各以不同的方式拒绝与司马氏合作，当然，这种抵抗并不是企图从根本上动摇封建制度。所谓"各以不同的方式"，主要根源于七贤的性格差异。如嵇康最富于儒者之刚，所谓"龙性谁能驯"。他本来就与曹魏有姻亲关系，在感情上偏向魏室，对司马氏集团嫉恶如仇，断然不与之合作。他在许多论文中，以精炼名理的精神，阐发自然的意义，从理论上对虚伪以致命摧击。他在《难自然好学

① 见《三国志·魏书·夏侯玄传》。

论》中十分大胆地说，古代天子宣明政教的地方是停放灵柩的房屋，背诵诗文的话语像鬼叫的声音，"六经"圣典是一些荒秽之物，仁义道德臭不可闻。读经念书会使人变成歪斜眼，学习揖让之礼会使人变成驼背，穿上礼服会使人腿肚子抽筋，议论礼仪典章会使人长蛀牙，所以应该把这一切统统扔掉。在《与山巨源绝交书》中更是公开地宣告和司马氏政权决裂。时任选曹郎的好友山涛调任散骑常侍，想把自己腾出来的官缺给嵇康，试图以此缓和嵇康与司马氏集团的关系。但与邪恶势力水火不相容的嵇康感觉受到了莫大的侮辱，他把禄位看作腐臭的死鼠，借以表示对当时政权的对立的态度。他以放任自然的情调，数举"七不堪"，对照地描绘出官场生活之龌龊而不可忍耐，这实际上是对司马氏政权的嘲讽奚落。他所谓"二不可"，则是公开承认自己"非汤武而薄周孔"，对司马氏政权进行无情的正面攻击。本来，嵇康并不在乎为这样一桩小事便大张旗鼓地宣称与好友决绝，他是要借此表明自己的志趣和政治见解，刚烈地宣示与司马氏政权对立的立场。而且用对好友的恶骂来为好友"撇清"，使之不至于受自己连累。而后来嵇康临刑托孤山涛，可见对山涛的人品还是肯定的。比较而言，阮籍则处事委婉、含蓄得多。

说到阮籍与嵇康性格的差异，最能体现这种差异的是如何应付钟会。钟会是什么人呢？钟会是一个惯于惹是生非的人。他是魏太尉钟繇之子，从司马懿父子征讨毌丘俭、诸葛诞等有功，视为心腹，少年得志，趾高气扬。罗贯中《三国演义》描写他与邓艾"二士争功"，应该还是有一些性格根据的。他想找阮籍的岔子，多次就当时的政治形势等问题询问阮籍的意见，阮籍总是烂醉如泥，不能回答他的问题，使得他无从下手，最后只得作罢，两不相犯。就像《杂阿含经》中那只乌龟，将头尾四肢缩藏于壳内，野狗只好又饿又乏地嗔恚而去。

嵇康则不同。有一天，钟会又带着几个人来到嵇康住的地方，嵇康正在一棵大柳树下打铁。嵇康既不停下手中的活计，又不与钟会打招呼，完全不理睬钟会。过了一会儿，钟会怏怏离去。嵇康才开口问道："何所闻而来？何所见而去。"钟会回答说："闻所闻而来，见所见而去。"于是，他对嵇康怀恨在心，多次在司马昭面前说嵇康的坏话。不久，碰上嵇康好友吕安的哥哥吕巽奸淫吕安的妻子，吕巽恶人先告状，反诬吕安不孝。书生气十足的嵇康却为吕安辩诬。吕巽与钟会相互勾结，沆瀣一气，极力撺掇司马昭把吕安与嵇康双双杀害。

当时的形势确实如《晋书》所言"天下多故，名士少有全者"，所以竹林名士常常深切地怀抱着忧生念乱之情，并时刻警惕着如何周密地隐蔽自己。阮籍《咏怀》其十一就反映了作者意识到自己生活在一个危机四伏的环境里的极端苦闷和压抑的情绪：

一日复一夕，一夕复一朝，颜色改平常，精神自损消。
胸中怀汤火，变化故相招。万事无穷极，知谋苦不饶。但恐
须臾间，魂气随风飘。终身履薄冰，谁知我心焦！

末两句说，我一生如同在薄冰上行走，时时有丧命的危险，谁知道我心中的焦虑呢？远祸全身的企望，溢于言表。

竹林名士认为，要远祸全身，办法有两个。一是慎言。王戎说，与嵇康一块居住山阳二十年，从没有见过嵇康对事对人有喜怒之色。嵇康可说够谨慎了。而嵇康却说："阮嗣宗口不论人过，吾每师之而未能及。"[①]则阮籍的小心可想而知。当时有人甚至写了一篇《不用舌论》，

---

① 见嵇康《与山巨源绝交书》。

说一则道理玄妙，不可言传；二则"祸言相寻"，只缘开口，所以只好卷舌不用了。①二是纵酒。用酒作慢形之具，借酒装糊涂，来躲避政治上的迫害和人事上的纠纷。对于竹林名士饮酒的心理，梁沈约《七贤论》有极精审的分析。他逐一考察了嵇康、阮籍、刘伶等在司马氏暴政下进退两难的状况，指出："故毁形废礼，以秽其德；崎岖人世，仅然后全。……慢形之具，非酒莫可。故引满终日，陶瓦尽年。"

借酒远祸最成功的莫过于阮籍。

阮籍青年时应该是个踌躇满志的英俊人物，本传说"籍本有济世志"，"容貌瑰杰"，"志气宏放，傲然独得"，但言之不详。

阮籍曾登上广武山。这里属河南河阴，东连荣泽，西接汜水，有两个小山头，东面的叫东广武，西面的叫西广武，两山相距约两百米，其间隔一涧。汉高祖四年（前203），刘邦与项羽各据一山，两军对峙。当时项羽做了一个高腿的俎②，把刘邦的父亲刘太公绑在俎上，放置高处，让汉军可以望见。项羽告诉刘邦说："你现在如果不快快投降，我就烹杀太公！"打不赢人家，就要杀人家父亲，凶神恶煞，真是一派"霸王"腔！而刘邦又痞又赖，不吃他那套，当下笑嘻嘻地回答："我与你都是楚怀王的臣子，当年怀王说：'你们约为兄弟。'所以我的父亲就是你的父亲。你如果一定要烹杀你的父亲，则请你分给我一杯羹！"有匹夫之勇，同时又兼有妇人之仁的项羽又气又恼，无计可施，只得作罢。

阮籍登临楚汉相争时的古战场，凭吊刘项对语处，喟然长叹："时无英雄，使竖子成名！"

这是一句千古名言。这里先解释一下，所谓竖子，就是小子，对人

① 见《全晋文》卷一百零七张韩《不用舌论》。
② 放祭品的器物。

轻蔑的称呼。当年范增帮助项羽设下鸿门宴，请刘邦赴会，要杀刘邦。项羽却迟迟不忍下手，让刘邦走脱，气得范增恨恨地骂道："竖子不足与谋！"细加推究，对阮籍的话可以有三种解释。

一、项羽虽然"力拔山兮气盖世"，但匹夫之勇，妇人之仁，算不得英雄；而刘邦这个竖子，却靠无赖成就声名。

二、刘邦、项羽之流都是竖子，当时根本没有真正的英雄，因此让刘、项浪得虚名。

三、刘、项都是英雄，可惜俱往矣，现在自己周围却都是些竖子。

不管哪种解释在文义上都通，都能见出阮籍以孤高自许，宏图壮志，眼空无物！我以为，揆之以当时的语境，慷慨生悲，阮籍表达的应该是第三种解释。

晋王朝是靠不光彩的手段夺取天下的，司马氏集团是极其残暴黑暗的政权。当年司马懿处置曹爽一党，手段极其残忍。《晋书》卷一《宣帝纪》云："诛曹爽之际，支党皆夷及三族，男女无少长、姑姊妹女子之适人者，皆杀之。""高平陵事件"实则是一场大屠杀。魏元帝咸熙二年（265）八月，司马昭病死，其子司马炎嗣为相国、晋王。但只过了四个月，还等不及过年，司马炎就逼使魏元帝曹奂"禅"位，然后他又废曹做陈留王，自己登基称帝，立国为晋。又追尊司马懿为宣皇帝，司马师为景皇帝，司马昭为文皇帝，从此，魏国告亡，晋朝开始了。这是司马祖孙三代四人欺人孤儿寡母的结果，胜之不武，丝毫不值得夸耀。在阮籍的年代，司马氏集团高祭名教，以杀戮来维持统治，因此，阮籍发出"时无英雄，使竖子成名"的叹喟是一点也不奇怪的。

作为目空一世的英雄人物，阮籍可以说是有胆有识的。《晋书·阮籍传》说："籍又能为青白眼。"所谓青眼，就是眼睛正视，眼珠在中间，表示对人尊重或喜爱。所谓白眼，就是眼睛向上或向旁边看，现出眼白，表示轻视或憎恶。鲁迅在《魏晋风度及文章与药及酒之关系》中说："白眼大概是看不到眸子，恐怕练习很久才能够。青眼我会装，白眼我却装不好。"阮籍平生最憎恶礼俗之士，对那些标榜名教的司马氏集团的走狗是不屑正眼视之的。他嘲名士，愚礼法，白眼向人斜，尤其鄙视那些假仁假义之徒，将他们比喻成"处裈中，逃乎深缝，匿乎坏絮"，"行不敢离缝际，动不敢出裈裆"的虱子，发出了"炎丘火流，焦邑灭都，群虱死于裈中而不能出"的诅咒①。有一次嵇喜来访，阮籍看不起这种俗人，当然白眼应对，嵇喜自觉没趣，于是告退。他的弟弟嵇康闻知后，就带上古琴与酒造访。阮籍与嵇康一见如故，觉得挺投缘的，"乃见青眼"。试想一个人如果对周围龌龊的人事一概以白眼蔑之，以真我面对现实，这该需要多大的勇气啊！顺便说一下，由于阮籍的"青白眼"，从此中国词典里也有了"垂青""青盼"等词，也就产生了"途穷反遭俗眼白，世上未有如公贫"②"马氏识君眉最白，阮公留我眼长青"③等参透世情、脍炙人口的诗句。

阮籍的胆识从下面的一桩事情也可看出。他年轻时曾担任尚书郎一类小吏，后因病退养。等到大将军曹爽辅政，召阮籍为参军，阮借口生病而婉辞，隐居到乡下。这时，曹魏与司马氏的斗争日趋激烈，曹爽哪里是阴谋家司马懿的对手？一年后，司马懿和他两个儿子趁魏帝和大将军曹爽到洛阳城南高平陵祭祀魏明帝陵墓之机，突然关闭城门，发动政变，迫使曹爽交出兵权，然后杀掉曹爽及其党羽。从此，魏国政权落到司马氏手中。阮籍当然是厌憎司马氏的，但如果这之前他给曹爽当参军的话，这场屠杀是在劫难逃的。因此，大家都佩服他的远见卓识。他

① 见《大人先生传》。
② 引自杜甫《丹青引赠曹将军霸》。
③ 引自许浑《下第贻友人》。

就像一个围棋高手，在黑白棋势难分高下时，算计出对方的几步、十几步，甚至几十步应对，从而给自己投下赌注。后来，为应付险恶的政治环境，他变得"发言玄妙，口不臧否人物"，与世事保持一种若即若离的状态。他原本就喜欢饮酒，这时更是将饮酒作为逃避政治斗争、远祸全身的手段。司马昭的亲信钟会多次找阮籍谈论时事，企图借机陷害，也都被阮籍用长醉的办法应付过去。即使万一说错了话，也可以借醉求得谅解。司马昭为儿子司马炎求婚于阮籍，阮籍不愿，又不能明拒，于是就接连沉醉六十日不醒，使求婚者没有机会提出，只好作罢。司马昭要进爵晋王，加九锡之礼，他的亲信让阮籍写劝进文章。阮籍也借醉拖延，等到使者为取表章把他叫醒，他才写了一篇文辞清丽的空话敷衍了事。当然，像这样的空话，嵇康是宁死而不为的。诚如胡仔《苕溪渔隐丛话》引《石林诗话》云：

> 晋人多言饮酒有至沉醉者。此未必意真在于酒。盖时方艰难，人各惧祸，惟托于醉，可以粗远世故。盖陈平、曹参以来，已用此策。《汉书》记陈平于刘、吕未判之际，日饮醇酒戏妇人，是岂真好饮邪？曹参虽与此异，然方欲解秦之烦苛，付之清净，以酒杜人，是亦一术。不然，如蒯通辈无事而献说者，且将日走其门矣。流传至嵇、阮、刘伶之徒，遂全欲用此为保身之计。此意惟颜延年知之，故《五君咏》云："刘伶善闭关，怀情灭闻见。韬精日沉饮，谁知非荒宴。"如是，饮者未必剧饮，醉者未必真醉也。

以酒避祸确实是有些效果的，运用成功者除上面述及的阮籍外，见诸史籍的六朝名士还有阮裕、顾荣、谢朏等。不过，纵酒的竹林名士的内心是极其痛苦的。阮籍常常随意驾车出游，前面没有路了，就痛哭而返①。刘伶触怒了别人，那个人揎衣捋袖想斗殴，刘伶却和颜悦色地说："鸡肋岂足以当尊拳。"②这种行为，应该都视为正直而聪明的知识分子在险恶的处境下委曲求全的悲凉心理的流露。然而，纵酒并未能帮助竹林七贤逃脱礼法的大网。嵇康弃首，广陵曲散，向秀遂应本郡计入洛，王戎、山涛等人也俯首入仕，那酩酊后的自由境界也就灰飞烟灭，只剩下当年聚饮的黄公酒垆独对斜阳。

4. 酩酊中的超越

饮酒的第三个目的是自我超越，取得一个物我两忘的自然境界。王忱曾感叹说："三日不饮酒，觉形神不复相亲。"③王荟说："酒自引人著胜地。"王蕴说："酒正使人自远。"④这就透露了此中消息。什么是形神相亲、人人自远的胜地呢？

我以为，魏晋以后，特别是正始以后，思想文化形态上发生了诸家思想的多元融会和每家思想的多向演化。儒、释、道三家思想在彼此的击撞冲突中寻找契合点，以道化儒，出儒入道，援道入佛。庄子以为，"古之真人，不知说生，不知恶死，其出不诉，其入不距，翛然而往，翛然而来而已矣。"佛说以为："若能空虚其怀，冥心真境。"道家的本无之义与佛家超越感觉的真实而去把握永恒虚寂的涅槃境界原来就存在某种微妙的联系。同时，士林中的高蹈之风助长了人们超尘脱俗的精神追求，援道入佛使"无为"之说与般若精义妙相契合，从理论上将人们，特别是从事文学创作的知识分子导向一种永恒的宁静和无所滞碍的空灵

---

① 见《晋书·阮籍传》。
② 见《世说新语·文学》注。
③ 见于《世说新语·任诞》。
④ 同上。

境界。竹林名士大多是文学之士，他们对"真"境的追求是必然的。然而，这种境界平时却不易达到；因为一个人无论怎样避世，到底免不了世情的牵累，很难真正做到"空虚其怀"。只有在饮酒中，在酩酊大醉中，在酒精的兴奋作用下，才能醺醺然于冥想中产生一种超脱现实的幻觉，做出惊世骇俗的举动，达到"真"的境界。从这个意义上说，酒是竹林名士追求超越的意境美的渡舟。刘伶曾写有《酒德颂》，文中虚拟了一位嗜酒怪诞的大人先生，实则是作者的自我写照，称酒后的妙处是"兀然而醉，豁尔而醒，静听不闻雷霆之声，熟视不睹泰山之形，不觉寒暑之切肌、利欲之感情，俯视万物，扰扰焉，如江汉之载浮萍"。无疑，这种物我两忘的境界正是文学创作所需要的心境。从竹林名士起，酒就与文学结下了不解之缘。酒徒非名士，有之；名士非酒徒，似颇罕见。以后，"李白斗酒诗百篇""一曲新词酒一杯"等等，也就不足为奇了。

5. 嵇康的领袖地位

竹林七贤之所以能够"组合成军"，竹林之游之所以能够出现在山阳，嵇康是精神领袖是其重要原因。我们试看以下几条较早的"七贤"记载：

> 康寓居河内之山阳县，与之游者，未尝见其有喜愠之色。与陈留阮籍、河内山涛、河内向秀、籍兄子咸、琅邪王戎、沛人刘伶相与友善，游于竹林，号为七贤。[①]
>
> 康寓居河内之山阳，与河内向秀相友善，游于竹林。[②]
>
> 谯郡嵇康，与阮籍、阮咸、山涛、向秀、王戎、刘伶友

---

① 引自《魏氏春秋》。
② 同上。

善，号竹林七贤。①

这些叙述皆是以嵇康领起，再叙"与之游"者，主次地位十分分明。后世的典籍如唐房玄龄等撰《晋书》、宋司马光撰《资治通鉴》在叙及竹林七贤时都接受了以嵇康领起，再叙其余这样一种叙述方式。这些，都明白无误地说明了嵇康在竹林名士中的领袖地位。

然而，嵇康在七贤中年龄非最长、官职非最高，为什么会公认其为七贤之领袖呢？我以为原因之荦荦大者有二。

其一，嵇康既讲究服食，又引入庄学开拓了谈玄，特别是他在山阳竹林聚饮，在继承正始玄学的基础上，从理论和行为两个方面发展了玄学，形成竹林玄学。他的玄学成就高出侪辈，而且"龙章凤质"，相貌伟丽，具有感召力。诚如刘宋颜延之《五君咏》所咏叹："中散不偶世，本自餐霞人。形解验默仙，吐论知凝神。立俗忤流议，寻山洽隐沦。鸾翮有时铩，龙性谁能驯？"

其二，嵇康再明白不过地打出"越名教而任自然"的旗号，公开蔑视礼教，鄙薄世俗，毫无顾忌，别人没有这个胆量！于是，竹林名士都热切地向往与他同游，以与他同游为幸，都视山阳聚饮为记载着他们生命的欢乐和意义的难忘岁月。嵇康是他们的领袖人物，嵇被杀害后，阮籍于次年即抑郁而亡。向秀被迫入仕前，特地探望了嵇康的山阳旧居。当时正值寒冬，林林萧瑟，斜阳惨淡，忽然传来邻人吹笛的声音，若断若续，如泣如诉，于是勾起了他对昔日朋友们欢乐游宴的似水流年的美好追忆。在百感交集下，写下了著名的《思旧赋》。赋的结尾云：

---

① 引自《魏纪》。

> 悼嵇生之永辞兮，顾日影而弹琴。托运遇于领会兮，寄余命于寸阴。听鸣笛之慷慨兮，妙声绝而复寻。停驾言其将迈兮，遂援翰而写心。

后来"山阳闻笛"成为了追思好友的著名典故，如"纵有邻人解吹笛，山阳旧侣更谁过"①"掩泪山阳宅，生涯此路穷"②"何须更赋山阳笛，寒月沉西水向东"③之类皆是。《世说新语·伤逝》记载了王戎当了尚书令后，"着公服，乘轺车，经黄公酒垆下过"，回忆往事，睹物思人，对后车的人感叹说："吾昔与嵇叔夜、阮嗣宗共酣饮于此垆，竹林之游，亦预其末。自嵇生夭、阮公亡以来，便为时所羁绁。今日视此虽近，邈若山河！""视此虽近，邈若山河"八字的力度是极度深沉的，对领袖人物的凭吊，对近况的凄伤，对往事的依恋，都寄寓在这深深的叹息之中。

二、孙登、王烈

《晋书》卷九十四有《孙登传》，卷四十九《嵇康传》中记载有王烈事迹。孙登和王烈都是嵇康仰慕、追寻的世外高人。

第四章《迁居山阳》简叙过孙登，《晋书》本传介绍很精到，兹转录如次：

> 孙登，字公和，汲郡共人也。无家属，于郡北山为土窟

①　刘禹锡《伤愚溪》。
② 武元衡《经严秘校维故宅》。
③ 许浑《同年少尹伤故卫尉李少卿》。

居之。夏则编草为裳，冬则被发自覆。好读《易》，抚一弦琴，见者皆亲乐之。性无愠怒，人或投诸水中，欲观其怒，登既出，便大笑。时时游人间，所经家或设衣食者，一无所辞，去皆舍弃。尝住宜阳山，有作炭人见之，知非常人，与语，登亦不应。文帝闻之，使阮籍往观，既见，与语，亦不应。嵇康又从之游三年，问其所图，终不答，康每叹息。将别，谓曰："先生竟无言乎？"登乃曰："子识火乎？火生而有光，而不用其光，果在于用光。人生而有才，而不用其才，而果在于用才。故用光在乎得薪，所以保其耀；用才在乎识真，所以全其年。今子才多识寡，难乎免于今之世矣！子无求乎？"康不能用，果遭非命。乃作《幽愤诗》曰："昔惭柳下，今愧孙登。"或谓登以魏晋去就，易生嫌疑，故或嘿者也。竟不知所终。

此外，《水经·清水》注引袁宏《竹林名士传》、《世说新语·简傲》注引《文士传》、《魏志·王粲传》注引《嵇康别传》、《魏志·王粲传》注引《晋阳秋》都有类似的记载。综观上引，我以为有三点值得注意：

其一，嵇康追随孙登三年，而孙登三年不发一言。这一点诸典籍记载无异。从心高气傲的嵇康来说，豪掷三年春秋，孙氏肯定有值得付出之处。从不吭一声的孙登来说，他就是在观察，在反复斟酌自己的结论。

其二，嵇康辞去，孙登赠言，语言虽少而嵇康终生铭记，故《幽愤诗》有"昔惭柳下，今愧孙登"之语，临终犹忆，当然刻骨铭心。这一点诸典籍亦无异。

其三，孙登赠言记载长短不一，长者见上引《晋书》有近百字，短者如《晋阳秋》，仅"惜哉"二字。我认为《魏志·王粲传》注引《嵇康别传》所载最精彩：

> 君性烈而才隽，其能免乎？

对照《晋书·阮籍传》，阮籍曾受命寻访孙登，"籍尝于苏门山遇孙登，与商略终古及栖神导气之术，登皆不应。籍因长啸而退，至半岭，闻有声若鸾凤之音，响乎岩谷，乃登之啸也"。孙登对嵇、阮态度不同。对阮籍自始至终不发一言，而对嵇康却有以上劝诫。正是由于嵇的"才隽"引孙氏深爱，而嵇氏的"性烈"，又让孙氏预见而为之隐忧。

王烈是嵇康在苏门山遇到的另一位世外高人。据东晋葛洪《神仙传》，王烈字长休，邯郸人，年轻时曾做过太学生，博学多才。后隐居太行山，采药服食，与嵇康交往时据说已经三百三十八岁了，仍然容光焕发，身手矫健。王烈常常与人谈论经典，十分中肯。嵇康一见，当然欣然随他入山修行：

> 康又遇王烈，共入山。烈尝得石髓如饴，即自服半，余半与康，皆凝而为石。又于石室中见一卷素书，遽呼康往取，辄不复见。烈乃叹曰："叔夜志趣非常，而辄不遇，命也！"[1]

王烈发现了石髓，他自己能服之如饴，等嵇康品尝时，又全部变成了坚硬的岩石。还有，王烈发现有一石室，内藏一卷绢书，带嵇康去找却又寻不着石室了。他归结为嵇康与成仙无缘。

---

[1] 引自《晋书·嵇康传》。

对此，北宋才子苏东坡信以为真，他在《志林》中慨叹："神仙要有定分，不可力求。退之有言：我宁诘曲自世间，安能从汝巢神仙？"我却认为，以上两事都极不靠谱，多半是王烈装神弄鬼，故弄玄虚；后世以嵇康遭遇证之，推波助澜，遂成悬疑了。

《嵇中散集》卷一有《游仙诗》一首，发自赤诚，寄托了对于神仙的殷切渴慕，应该是与孙登、王烈交游期间的作品。

三、赵至

如果用现代语汇来描述，赵至应该算是嵇康的"粉丝"——"嵇粉"。

赵至在《晋书》第九十二卷有传。赵至，字景真，代郡[①]人，寓居在河内缑氏县[②]。赵家原本是代郡望族，后来战乱流离，到缑氏后已沦落为士家了。

所谓士家，亦即兵户。依魏晋兵制，士家地位低下，子弟世代为兵，不能转行改业，女儿也只能与士家婚配，如士丁逃亡，家属要受到严酷的惩罚。士家未征召入伍时，从事屯田，称为田兵。士只有建立军功，得到朝廷特殊允许，才能改变身份。

赵至虽然处境恶劣低下，但他未坠青云之志。在他十三岁时，新任缑氏县令到县上任，鸣锣开道，场面威严。当时赵母带他看罢热闹回家，感慨家道中落，于是问赵至将来能不能像那个县令一样光宗耀祖，改换门庭。母亲的话给了赵至很大的刺激，他立志发愤读书，摆脱卑贱的士家身份。有一天，他在私塾上学，听到窗外老父亲叱牛耕田，难过

---

① 今山西阳高。
② 今河南偃师市。

得大哭起来。老师很奇怪，询问原因。赵至说："我年纪尚幼，不能奉养双亲，还让父亲劳苦不已！"

赵至十四岁的时候，离家到洛阳的太学游学，学习内容之一是观读或摹写石经。

所谓石经，乃经书的权威版本。古代儒家典籍在传抄过程中，产生了不少异文，有的还以讹传讹。为了便于士子研习儒典，朝廷命人将认可的定本刻在石板上，放置在太学中，供来自全国各地的士子传抄学习或以之校订各地的抄本。这种刻在古板上的经文便称为"石经"。最早的石经为熹平年间所刻，由当时最负盛名的书法家蔡邕书丹，这就是史所艳称的熹平石经。魏正始年间，朝廷再次主持开刻石经，史称正始石经。正始石经正文用古文、隶书、篆书等三种字体刻成，故又称"三体石经"。石经是朝廷钦定的版本，具有权威性，同时经文由书法家书写再镌刻，观赏性颇高，因此前来洛京太学摹写石经的人络绎不绝。十四岁的赵至正是在这里邂逅了著名学者嵇康，拉开了他千里寻师的帷幕。

关于这一段翰墨姻缘，《世说新语·言语》注引有嵇康的儿子嵇绍所写《赵至叙》，这是可信度极高的材料：

（赵至）年十四，入太学观。时先君在学，写石经古文，事讫，去，遂随车问先君姓名。先君曰："年少何以问我？"至曰："观君风器非常，故问耳。"先君具告之。至年十五，佯病，数数狂走五里三里，为家追得，又炙身体十数处。年十六，遂亡命，径至洛阳求索先君，不得。至邺，先君到邺，至具道太学中事，便逐先君归山阳经年。

嵇绍的文章真实地再现了当日情景。嵇康正在太学里专心致志地摹写石经，稚嫩的赵至在旁边观看，如醉如痴。等到嵇康写完了最后一个字，赵至终于忍不住，小心翼翼地上前去请问姓名。嵇康见他年纪幼小，饶有兴致地反问道："你这么小的年龄，为什么要询问我的姓名呢？"赵至回答道："我看公器宇非凡，所以动问。"于是，两人结识了。

赵至得知眼前这位写经人就是如雷贯耳的嵇康，暗暗下定决心要拜嵇康为师。他听说嵇康的故居在山阳，小小年纪历尽辛苦，一路寻到山阳，可惜嵇康又离乡远游。赵至回到家后，母亲见征丁年龄迫近，害怕他涉嫌逃亡，就禁止他的外出。不得已，赵至只得装疯出走，可是每次刚离家几里地，又被追了回来。

为了摆脱士家的桎梏，赵至不断寻机外出求学。功夫不负有心人，赵至十六岁时，在邺城终于又与嵇康相遇。当时，嵇康正准备返回山阳旧居，赵至岂肯放过机会，竟一路追随到山阳。从此，赵至在嵇康身边学习，他改名赵浚，字允元，表示新生活的开始。在嵇康的指教下，赵至学业精进，文名日著。

嵇康被害后，赵至几经辗转，到辽西上报户籍定居，终于摆脱士家桎梏。太康年间，他被举为良吏推荐到洛阳任职，这时才得知母亲早已亡故。想到奉养母亲的愿望再也不能实现了，赵至悲痛欲绝，呕血而亡。这年他才三十七岁。

嵇康曾经对赵至作过一"品目"："卿头小而锐，瞳子黑白分明，视瞻停谛，有白起风。"按《北堂书钞》一百十五引曹植《相人论》云："平原君曰：'渑池之会，臣察武安君，小头而锐，瞳子白黑分明，视瞻不转。'"魏晋时人喜欢互相品目，嵇康认为赵至像秦国的大将白起，有异相，也表示预料他会有出息。

四、吕巽与吕安

吕巽、吕安兄弟是镇北将军吕昭的儿子，兄弟都是嵇康结识较早的好友。

吕安系庶出。《隋书·经籍志》云："又有魏征士《吕安集》二卷，录一卷，亡。"现只存其《髑髅赋》与《与嵇茂齐书》。

吕巽是吕昭长子，字长悌，司马昭很宠信他，任他为相国掾。吕巽当然是一个小人，干宝《晋纪》云：

> 嵇康，谯人，吕安，东平人，与阮籍、山涛及兄巽友善。康有潜遁之志，不能被褐怀宝，矜才而上人。安，巽庶弟，俊才，妻美，巽使妇人醉而幸之，丑恶发露，巽病之，告安谤己。巽于钟会有宠，太祖遂徙安边郡，遗书与康："昔李叟入秦，及关而叹"云云。太祖恶之，追收下狱，康理之，俱死。

身为兄长的吕巽诱奸弟媳，吕安当然大怒，对嵇康表示要告到官府。嵇康为了维护吕安的声誉，努力从中斡旋。

吕巽为了不被告到官府，对嵇康信誓旦旦地表示一定痛改前非。吕安亦听从嵇康的建议，决定不再追究。本以为一场家庭纠纷就此可以平息，孰料此时已投靠司马昭的吕巽出尔反尔，恶人先告状，向官府诬告吕安"不孝"，殴打母亲，于是，酿成惊天惨祸。

嵇康为吕巽的卑鄙行径所激怒，写了一篇《与吕长悌绝交书》。嵇康说："今都获罪，吾为负之。吾之负都，由足下之负吾也。"阿都是吕安的小名。嵇康说：现在阿都竟然被判罪流放，这是我辜负了他。我之所以辜负阿都，是因为你背信弃义，辜负了我的缘故。现在我满怀惆怅，还有何话说？既然事情已经到了这种地步，我也无心再和你做朋友了！古代的君子，即便绝交，也不出恶言。从此我们一刀两断，再不往来。

嵇康因吕巽失信的错愕、震惊、失望，自己有负吕安的内疚、自责、悔恨，都在这篇三百言的短文中全盘托出，斩钉截铁。嵇康一生中写过两篇绝交书，都是千古名篇。然而写给山涛的信长篇宏论，洋洋洒洒。此篇却三言两语，"复何言哉"。对于嵇康，无话可说，才是真真正正的绝交。

五、钟会

钟会是个名人，《晋书》有传，而且只要读过《三国演义》的人，都知道第一百十八回《哭祖庙一王死孝　入西川二士争功》的"二士"之一就是钟会。

钟会是个世家子弟，其父钟繇是东汉著名大书法家，字元常，颍川长社①人，魏文帝曹丕时官至太尉，转封平阳乡侯，与华歆、王朗并为三公，明帝继位后，又迁官太傅，进封定陵侯。钟繇是楷书的创始人，被后世称为"楷书鼻祖"，影响深远。钟会，字士季，黄初六年（225）出生，比嵇康年幼两岁。

钟会事功甚伟，他在魏国官居要职，是三国后期魏国重要的策臣和谋士，制定伐蜀计划并参与灭蜀之战的儒将。当然，他也继承家学，是

---

① 今河南许昌长葛。

魏晋第一流的书法家。

钟会自幼才华横溢，上至皇帝，下至群臣都对他非常赏识。五岁时，蒋济就赞叹他"非常人也"。在随司马师征讨毌丘俭期间，钟会典知密事。又为司马昭献策阻止了魏帝曹髦的夺权企图。平定诸葛诞叛乱时，钟会屡出奇谋，被人比作西汉谋士张良。后迁司隶校尉，朝廷大小事钟会无不插手。

景元年间，钟会独力支持司马昭的伐蜀计划，从而被任命为镇西将军，假节都督关中诸军事，主持伐蜀事宜。景元四年（263），钟会与邓艾参与灭蜀之战。此后钟会与蜀汉降将姜维共谋，图谋反叛，因部下兵变而死，时年四十岁。

在钟会身上，有很多优秀出众的资质，也有阴暗、卑劣的品质。不幸的是，在和嵇康的交集中，阴暗、卑劣的品质主导了钟会的行为。

钟会从小就善于揣摩上面的心理，善于伪装以迎合上意。他十三岁时，钟繇带钟毓、钟会弟兄去见魏文帝曹丕，钟毓紧张得全身流汗，钟会却神色轻松。文帝问钟毓："你怎么出了那么多汗啊？"钟毓说："陛下天威，臣战战兢兢，汗如雨下。"曹丕转头又问钟会："你怎么不出汗呢？"钟会学着他大哥的口气说："陛下天威，臣战战兢兢，汗不敢出。"曹丕听了，哈哈大笑。钟会就是这样善于伪装，善于表演。

钟会与嵇康一生中只有两次交集，面对面的交集则只有一次。

第一次是钟会投书。

《世说新语·文学》云："钟会撰《四本论》，始毕，甚欲使嵇公一见。置怀中，既定，畏其难，怀不敢出，于户外遥掷，便回急走。"事情发生在正始后期，嵇康挥麈河洛，才名倾动朝野，其时钟会刚刚脱稿《四本论》，颇为自得，怀揣书稿去见嵇康，临门却隔墙掷书而归。钟会这样做，我以为有三个原因。

其一当然是请教。其时嵇康已然是学术界的"大佬"，钟会不过是新锐。登门礼敬，亦是常理。

其二表示钟会胆怯。汉末以来，才性问题一直是士林比较关注的问题。才主要是指人的才华能力，性主要指人的道德品行。所谓四本，是指才和性的四种关系，即才性同、才性异、才性合、才性离。钟会是主张才性合的代表人物，他总结当时的各家观点，又在此基础上引申发挥，撰就《四本论》。这篇文章现已亡佚，但钟会持才性合的观点则是确然无疑的。而嵇康虽然没有直接关于才性之辩的论著，但他写了《明胆论》，论述智慧和胆量之间相互制约的关系，从中可以推测，在才性之辩的论题上，嵇康应当是才性离一派。钟会可能是担心自己的文章会遭到嵇康的当面驳斥而"掷书而归"。这种逃避，反映了钟会对嵇康心存忌惮。

其三，钟会生性争强好胜，将自己的新著送给嵇康看，也有一点示强、挑战的意味。

对于这本隔墙掷落的著作，嵇康是否读过、读后看法如何，没有历史记载，我们不得而知。

对比前所叙赵至千里寻师，我们可以得出这样的结论：对于钟会来说，这次拜访是不愉快的，由于意识到自己的忌惮以及弱势，甚至本能地产生了敌意。当然，对于钟会的敌意，嵇康是一无所知的。

嵇康与钟会的第二次交集颇富戏剧色彩，时当甘露三年（258）诸葛诞叛乱被司马昭镇压不久。嵇康已辞去中散大夫，身为曹魏姻亲的嵇康虽不热衷仕进，但眼见司马氏一次次用鲜血铺就篡权之路，又一次次用礼法来欺瞒天下，他那嫉恶如仇的儒者之刚，只能宣泄在锻铁扬锤之中。而钟会却彻底投靠了司马氏。典午之变后，钟会获赐爵关内侯，此后又在司马氏剪除异己的征伐中屡出奇谋，人称张良再世。由于在平定诸葛诞叛乱中立功最大，迁任司隶校尉，其得司马昭宠信，但凡朝廷大小事，官吏任免，钟会多有插手。然而，时代崇尚玄学清谈，钟会既要当朝臣大将，也要成为清谈名士，所以他不耻到牢狱，想与身陷缧绁的名士领袖夏侯玄套近乎，实现多年来与夏侯玄结交的夙愿。所以他在志得意满之际，也突然造访嵇康。

这次的钟会当然不是当年在嵇康家围墙外徘徊良久而不敢叩门、最后掷书而去的小青年了。他在十余骑衣着鲜丽的随从侍拥下，马蹄嘚嘚来到了嵇康的锻铁工坊。这是一次居高临下的造访，准确地说是驾临。

当钟会一行趾高气扬地在大柳树下拴好马踱到工坊时，衣衫破旧的向秀正蹲在地上拉风箱，嵇康旁若无人，挥汗如雨地叮叮当当扬锤打铁，好像没有看到有贵客来临一样。

钟会本以为嵇康会诚惶诚恐，热情接待的，如此冷遇，让他在众人面前丢尽了颜面。他勉强在旁边站了一会儿，没趣地转身离去。

这时，一直沉默不语的嵇康瞟了一眼，突然发话了："何所闻而来，何所见而去？"

这句话没头没脑，但又蕴含机锋。嵇康指出，其一，你来是衔命而来，去则有所覆命。其二，自己不惮公开"何"，你去向主子禀报好了，我不怕！明朝的李贽读懂了嵇康的机锋："方其扬槌不顾之时，目中无钟久矣，其爱恶喜怒，为如何者？"[①]

钟会是何等聪明之人，对此难堪尴尬的场面，他抛下一句冷冰冰的回答："闻所闻而来，见所见而去。"扭头跨身上马，愤愤而去。

钟会的回答也藏有机锋。其一，我坐实了"何"的内容。其二，我将向上面有所覆命，你等着吧！

这就是嵇、钟一生中仅仅交谈的两句话，都记载在《世说新语·简

---

① 见李贽《初潭集》。

傲》和《晋书》本传等典籍中。

嘉平以后，为了进一步受到司马氏的宠信，钟会常常想方设法地打探士人尤其是名士领袖对时政的看法，然后密报，对于那些对司马氏心怀不满的士人，便寻找机会加以陷害。他几次试探阮籍，阮籍都有意将自己灌得酩酊大醉，从而避免在钟会面前留下把柄。嵇康那两句看似没头没脑的质问，正是对钟氏构害士人、告密献宠的丑恶品行的嘲讽。

第二次交集对心胸狭窄的钟会来说，让他深深记住了嵇康这个曹魏旧臣、没落姻亲。自己的欲望是以后如何抓住他的把柄，让他低下名士高傲的头颅，为今天给自己的冷遇付出代价。

对于嵇康来说，他始终是坦坦荡荡、自自然然的。诚如明代思想家李贽《初潭集》所说的那样。

然而，嵇康一定想不到，当年那个隔墙掷书的士子，今日这个观看锻铁的官吏，就这么两句话得罪，日后竟然会加倍残忍地报复，成为自己走向生命终点的重要推手。

六、阮侃

阮侃，字德如，又号东野子。据《世说新语·贤媛》注引《陈留志名》："阮共，尉氏人，仕魏至卫尉卿。少子侃，字德如，有俊才，而饬以名理，风仪雅润，与嵇康为友，仕至河内太守。"故知其为尉氏人，阮共的儿子，曾做过河内太守。他撰有《毛诗音》，《经典释文·叙录》有记载。

嵇康与阮侃交游应在居住山阳时，时间不长，阮侃就去东野了。从《嵇中散集》看，嵇、阮有两个交集点。

一是与阮侃就宅与养生关系的论辩。阮侃平时颇好养生、本草之学，他撰写了《宅无吉凶摄生论》，认为养生和住宅之间并无必然联系，各种疾病是侵扰人的健康的主要原因，养生首在少私寡欲，防患疾病，而不应求之于毫不相关的宅。作为好友同时又堪称养生专家的嵇康对此却不认同，随即撰写了《难宅无吉凶摄生论》与其论战。

二是阮侃要离开山阳远去东野，嵇康送别后"含哀还旧庐，感切伤心肝"，深感知音难得，"郢人忽已逝，匠石寝不言"，依依惜别，写了《与阮德如一首》。此诗语言质朴，情真意切，对友谊的珍视，对离别的哀伤，对好友的牵挂融为一体，读来悱恻动人。诗的结尾说：

> 生生在豫积，勿以怵自宽。南土旱不凉，衿计宜早完。
> 君其爱德素，行路慎风寒。自力致所怀，临交情辛酸。

嵇康提醒好友，养生贵在防范祸患，不要自我放纵。你要去的南方气候干燥又不凉爽，如果有所打算，应该早下决断。希望你爱惜修炼得来的德行，一路小心风寒。我只有把自己的牵挂思念都倾注在这首诗中，掷笔怅望去路，满腹苦涩与辛酸无法排遣！

阮侃读到这首赠别诗后十分感动，写了两首长诗答嵇康，诗存于《嵇中散集》卷一。对于嵇康的劝勉，阮侃表示"庶保吾子言，养贞以全生。东野多所患，暂住不久停"。足见两人相知之深、相慰之切。

《嵇中散集》中还有一首《酒会诗》，写朋友相聚，弦歌交作，开怀畅饮。诗末云：

> 斯会岂不乐，恨无东野子。酒中念幽人，守故弥终始。
> 但当体七弦，寄心在知己。

写自己饮乐之际，想到了远在东野的好友阮侃，相思陡生，只能寄情于琴弦了。

七、袁准

袁准，字孝尼，陈郡扶乐①人。其父袁涣，曾任魏郎中令。孝尼为人正直，有隽才，以儒学知名，尝注《仪礼丧服经》一卷、《袁子正论》十九卷、《正书》二十五卷、《集》二卷。他"不耻下问，唯恐人之不胜己。以世事多险，故常恬退而不敢求进"。孝尼性情恬淡，所以与嵇康、阮籍都是好朋友。阮籍常常在他家中作竟夕之饮。司马昭要阮籍写劝进文，派人找阮，结果前一天阮在袁孝尼家酗饮，沉醉未醒。被人唤醒后，就在袁家的木札上草撰劝进文。

袁孝尼也擅弹古琴。他曾请求嵇康传授《广陵散》而嵇康吝惜，没有传授给他。后来嵇康临刑时，还以此为憾事。

① 今河南省太康县。

第
七
章

玄海探骊

一、思想成就

竹林玄学是继正始玄学而代雄的哲学思潮，嵇康是竹林玄学的领袖人物。嵇康的玄学思想主要表现在对自然的体认和对人生的珍爱两个方面。

1. 嵇康对自然的体认，其内核是唯物主义思想

首先，嵇康继承了东汉王充为代表的元气论，认为天地万物都是由元气组成的。他在《明胆论》中说："元气陶铄，众生禀焉。"意思是说，世间万物都是由气化而来，禀赋的多少也和气化有关系。又在《太师箴》中说："浩浩太素，阳曜阴凝。二仪陶化，人伦肇兴。""太素"亦即元素，是构成宇宙万物最初的物质形态。"二仪"是指天和地。嵇康认为，由于阴阳相互作用，于是便产生了自然和人间生活。他在《声无哀乐论》中更清楚地说明："夫天地合德，万物资生，寒暑代往，五行以成。章

为五色，发为五音。"由于阴阳二气的交互作用，春去秋来，万物滋生，形成了金、木、水、火、土五种物质，于是又产生了五色和五音。在嵇康看来，世上万事万物，既不是神灵的有意安排，也不是像王弼说的那样"以无为本"，而是阴阳二气交互变化的结果。可见嵇康的哲学思想中虽然混含唯物主义思想和唯心主义思想成分，但是其"元气"说与王充的元气一元论一脉相承，显然是属于唯物主义哲学宇宙论的。

中国古代唯物主义宇宙论的提出，是以传统气论为理论基础的。"气"在甲骨文、金文中就已经出现，在以后历代典籍中，又不断加以应用，是魏晋之前解释宇宙生成论的重要哲学范畴。汉代思想家又在诠释宇宙论图式时糅以阴阳、五行等思想，逐渐发展成一套以元气为本源的具有严密体系的宇宙生成论模式。到了汉魏时期，刘劭的《人物志》秉承气化思想，把气作为一种动力活源，决定人的静、躁等特质。虽然从正始玄学开始，玄学家逐步抛弃了宇宙生成论的思想，而去探寻事物存在根据的本体论问题，但是嵇康似乎仍坚持以气化论解释宇宙生成。这也是竹林玄学不同于正始玄学的地方。

其次，在认识论上，与贵无哲学家不同，嵇康认为事物是可以辨认的。在辨认事物的方法上，他提出了一些有价值的论点。他说：

> 夫推类辨物，当先求之自然之理。理已足，然后借古义以明之耳。今未得之于心，而多恃前言以为谈证。长此以往，恐巧历不能纪耳。[①]

这就是说，如要认识某类事物，必须先求得这类事物的自然之理，

---

① 引自嵇康《声无哀乐论》。

亦即事物自然的规律性，然后再从书本上的古义来加以印证。如果不去求得事物的实际道理，只一味从书本上找印证，那是不能得到正确的认识的。不仅如此，嵇康还反对"以己为度"的主观臆断，认为一个善于认识的人，要随时掌握事物的细微变化，不要主观武断。这种认识论显然具有唯物主义因素。

最后，联系到现实中最大的"事物"——名教，嵇康勇敢地提出了"越名教而任自然"的主张。

从嘉平到景元年间，随着司马氏集团的兴起与专权，曹魏势力逐渐衰落，政治力量进行了重新的分化与组合。大量名士被屠杀，政治局势的动荡不已，道德规范的失序，名教的社会调节功能遭到严重的破坏。面对这种从政治社会制度到伦理道德全方位的失范，嵇康、阮籍等竹林玄学家在恐惧、不安、彷徨中勇敢地回应时代提出的种种问题，对名教与自然的关系作出新的诠释，更多地是批判现实中虚伪的名教违背自然的现象。

嵇康在政治上倾向于曹魏集团，与司马氏集团格格不入。嵇康生在曹丕执政期间，他的成长也是在曹魏比较清平的时期，在嵇康的心里认为曹魏才是正统，司马氏从曹家夺走政权理属谋逆，司马氏在掌权后所推行的种种政策，特别是所采用的专制手段，也让嵇康觉得非明主所为，所以他对司马氏父子是非常不满的。由于他具有儒者之刚的"龙性"，特别是对司马氏所鼓吹的儒家名教之治和利用礼教剪除异己篡夺政权的行为深恶痛绝，因而在自然和名教的关系上，他直抒己见，勇猛无畏，他认为虚伪的"名教"是违背人的自然本性的，必须抛弃。他不像何晏那样只讲"自然"是"名教"的基础，也不像阮籍那样只赞颂"自然"高于"名教"，而是要超过"名教"，纯任"自然"：

> 夫气静神虚者，心不存乎矜尚；体亮心达者，情不系于所
> 欲。矜尚不存乎心，故能越名教而任自然；情不系于所欲，故
> 能审贵贱而通物情。①

这也就是说，应该超越名教的束缚，不尚虚荣，摆脱物质享受等欲望，不去为了追求富贵而胡作非为。这种主张是对"名教"的彻底否定，也是对司马氏集团假借"名教"之名，行巧取豪夺之实的一种软弱的抗争。

2. 嵇康宣扬珍爱人生，体现了他的人格理想

竹林七贤的聚会以饮酒为中心内容，以醉态狂歌而闻名于世、垂名于后。借鉴于"行为艺术"的称谓，竹林名士之所为似可谥之曰"行为玄学"。他们在当时和后世都主要不仅是以学问、功业、操行，而是以大胆地、无顾忌地追求一种与虚伪、刻板、僵硬的"名教"相对立的自由的人格理想而闻名的。

竹林诸友的理论基础主要来自嵇康与阮籍，而嵇康的批判的武器则来自道家，特别是庄子。嵇康认为：

> 心无所矜，而情无所系。体清神正，而是非允当。忠感
> 明天子，而信笃乎万民；寄胸怀于八荒，垂坦荡以永日。斯非
> 贤人君子高行之美异者乎！②

顺应自然的本性行事，光明磊落，不管居朝在野，处顺遇逆，始终保持纯真本性，这就是嵇康所标榜的人格模式。他的一系列玄学论文如《释私论》《难自然好学论》《养生论》等，均体现了他的人格理想以

---

① 引自嵇康《释私论》。
② 同上。

及对生命的珍爱。嵇康将庄子人生哲学人间化、实有化。他在《养生论》中说："是以君子知形恃神以立，神须形以存，悟生理之易失，知一过之害生，故修性以保神，安心以全身。爱憎不栖于情，忧喜不留于意，泊然无感，而体气平和。"嵇康将庄子倡导的"无物忘我"的精神境界演绎为一种"清虚静泰、少私寡欲"，优游自适的现实人生，他认为自然是和谐的整体，是不可侵害的原生态，人们只能顺应，不可强力改变，为世人养生怡性寻找了新的理论依据，并提供了可操作的充满情调的人间生活方式。在《难自然好学论》中，嵇康甚至公开宣称："六经以抑引为主，人性以纵欲为欢。"于是，在这种玄学人生观的支配下，竹林诸友遗落世事，携手入林，饮酒弹琴，逍遥永日，以这种方式体验着短促的人生。

总之，汉之名士讲"名教"与"自然"，其精神是儒家的；竹林名士讲"名教"与"自然"，其精神是道家的。正如汤用彤先生有云："嵇康、阮籍与何晏、王弼不同。王何较严肃，有精密之思想系统；而嵇阮则表现了玄学的浪漫方面，其思想并不精密，却将玄学用文章与行为表达出来，故在社会上之影响，嵇阮反出王何之上，而常被认为是名士之楷模。"

二、宏论举隅

嵇康是竹林七贤的领袖，也是竹林玄学的代表性的理论家。在他短短一生中，《嵇中散集》留下了十几篇议论文字。《世说新语·文学》云："王丞相（导）过江左，止道声无哀乐、养生、言尽意三理而已。然宛转关生，无所不入。"其中"三理"有其二是由嵇康提出并主要由他的论文（《养生论》《声无哀乐论》）所筑建，可见其玄学造诣及在魏晋玄学的地位。现将其论文择其要者介绍如下：

1.《养生论》

据孙绰《嵇中散传》："嵇康作《养生论》，入洛，京师谓之神人。"可以推断《养生论》作于嵇康二十岁入洛以前，是其早期论著。

嵇康养生源于庄子。《庄子·逍遥游》云："至人无己，神人无功，圣人无名。"无己、无功、无名，意为忘掉一切外物，连自己的形骸也忘掉。庄子认为能达到这样的境界，才算逍遥。嵇康的《养生论》在"寡欲"这一点上是与《逍遥游》相通的。嵇康说：

> 善养生者则不然矣。清虚静泰，少私寡欲。知名位之伤德，故忽而不营，非欲而强禁也。

意为善于养生的人思想上要淡泊虚无，行为上要安静泰然，不断地减少直至去除私心和贪欲。

《养生论》文风奇丽超逸。王世贞《艺苑卮言》云："嵇叔夜土木形骸，不事雕饰，想于文亦尔，如《养生论》《绝交书》，类信笔成者，或遂重犯，或不相续。然独造之语，自是奇丽超逸，览之跃然而醒。"可见此论历来为人激赏。

2.《答难养生论》

向秀针对嵇康的《养生论》，撰写驳论《难养生论》。《晋书》记载，向秀与嵇康论养生，"辞难往复，盖欲发康高致也"。向秀扮演了"诘难者"的角色，起了"抛砖引玉"的作用，嵇康又撰此论，从四个大的方面对向秀的论点逐一进行驳斥，最后正面提出养生五难，整篇行文犹如抽丝剥茧，环环相扣，淋漓尽致地宣传了自己的养生观点，使养生问题成为了魏晋玄学的重要理论。

此文亦是嵇康的早期论文。

3.《难自然好学论》

此文系为批驳好友张邈的《自然好学论》而撰。朋友之间互相驳难，穷究真理，亦可见当时学风。嵇康在文中对当时日渐虚伪的名教予以猛烈的嘲讽和抨击。他十分大胆地嘲弄了古代礼教与儒经圣典，说古代天子宣明政教的殿堂实则是停放灵柩的房屋，背诵诗文的话语像鬼叫的声音，"六经"圣典尽是一些荒秽之物，仁义道德臭不可闻。读经念书会使人变成歪斜眼，学习揖让之礼会使人变成驼背，穿上礼服会使人腿肚子抽筋，议论礼仪典章则会使人长蛀牙。因此，应该把这一切统统扔掉。

在批判现实社会的前提下，嵇康也勾画了一个理想社会的蓝图："君无文于上，民无竞于下，物全理顺，莫不自得。饱则安寝，饥则求食，怡然鼓腹。"

嵇康在政治上情感上倾向于曹魏集团，与司马氏集团格格不入。此文短小精悍，气势凌厉，宣泄了嵇康的满腹不合时宜。

4.《声无哀乐论》

嵇康认为"声音"和"哀乐"是两种不同的事物，名实有别，"声音"为客观事物，"哀乐"为主观情感，"哀乐自当以情感而发，则无关于声音"。此文洋洋洒洒，八问八答，反复设喻，层层推理，所主张的声无哀乐论与传统的儒家乐论形成了尖锐对立，体现出嵇康卓越的论辩才华。对于嵇康来说，音乐不是附属于政治、推行教化的工具，而是能启人美感的独立的艺术形式。

嵇康的《声无哀乐论》奠定了他在魏晋乐论中的重要地位，王导渡江之后所谈论的三理中，"声无哀乐"便是由嵇康首先全面阐述的，可见其玄学造诣之精深。另外，冯友兰先生称许此文为"中国美学史上讲音乐的第一篇文章"①，肯定了此文在中国音乐史、中国美学史上的地位和价值。

5.《难宅无吉凶摄生论》

此文是对好友阮侃《宅无吉凶摄生论》的辩驳。写作时间应在入洛以后。

阮侃本人精于医术，他注意到各种疾病是侵扰人健康的主要原因，主张养生首在少私寡欲，防患疾病，而不应求之于毫不相关的房宅。

嵇康《难宅无吉凶摄生论》首先针对阮侃的"性命自然"说加以反驳，"性命自然"说否定外在因素对寿命的影响，但太平之世和战乱之世人的寿命长短却有明显不同，如何解释这一历史事实呢？由此看来，阮侃"性命自然"说是一个悖论。接下来，嵇康又从六个方面对阮文进行了反驳，逐条揭示阮侃具体论证上的自相矛盾之处，以子之矛，攻子之盾，层层说理，丝丝入扣，从而使阮文的论点显得软弱无力，漏洞百出。

对于养生之法，嵇康一向主张形神兼养、内外兼济，认为阮侃重养神的观点固然不错，但不应该局限于此。在此基础上，嵇康提出卜宅安居这一外在因素也是养生的必要条件："不谓吉宅能独成福，但谓君子既有贤才，又卜其居，顺履积德，乃享元吉。"君子既有贤才，又能卜得良居，顺承天意，积善行德，就能享有大吉大利。相较于阮侃，嵇康对宅的吉凶问题持相对宽容的态度，而不是像阮侃那样断然否定。

阮侃读了此文，没有折服，又写了篇《释难宅无吉凶摄生论》，以作为对嵇康驳难的回应。对此，嵇康又进一步申述自己的观点，酣畅淋

---

① 引自冯友兰《中国哲学史》。

漓地回复了一篇《答释难宅无吉凶摄生论》。

6.《明胆论》

《明胆论》是嵇康的一篇重要的玄学论文，明即人的智慧与认知，胆即人的勇气和胆量。此文探讨两者的关系，实际所探讨的是魏晋时期才性论题的重要范畴。

此文是针对好友吕安的论辩而发。吕安主张"人有胆可无明，有明便有胆矣"。意即人有胆量不一定就有高深的智慧，但是有高深智慧的人一定是有胆量的。对此，嵇康不以为然。

嵇康认为，人类禀受天地元气而生，禀受的有多有少，人的才性也因此而有愚笨与聪慧的区分，"或明于见物，或勇于决断"，有的人善于观察和明辨事物，有的人敢于对事物做出决断。

> 明胆异气，不能相生。明以见物，胆以决断；专明无胆，则虽见不断；专胆无明，则违理失机。故子家软弱，陷于弑君；左师不断，见逼华臣，皆智及之，而决不行也。

明禀受阳气而生，胆禀受阴气而生，两者禀受的元气不同，所以相互独立，不能相互生成。

明胆不能相生，但并不意味着明、胆二者决然无关。嵇康认为，智慧与胆量所禀受之气同时存在于一个人的身体中，"明以阳曜，胆以阴凝"，阳气照耀生成智慧，阴气凝结生成胆略，阳气占据主导地位，阴气顺承阳气，"明能运胆"，"进退相扶"，智慧能够调动胆略，二者相互激发，相辅相成。

所谓明胆关系问题，实际也是才性论题。从嵇康有关明、胆关系的论述可以推测，在才性之辩论问题上，嵇康应当是才性离一派。

7.《管蔡论》

这是一篇史论。唐宋以后的很多做翻案文章的史论都以此为圭臬。

管、蔡即管叔、蔡叔，此二人与周武王发及周公旦同为周文王之子。管叔名鲜，封于管①，故称管叔。蔡叔名度，封于蔡②，故称蔡叔。武王平定天下，将二人封于管、蔡，意在使二人监视纣王之子武庚禄父及殷商遗民。《史记·管蔡世家》云："武王既崩，成王少，周公旦专王室。管叔、蔡叔疑周公之为不利于成王，乃挟武庚以作乱。周公旦承成王命伐诛武庚，杀管叔，而放蔡叔。"在历史上，管蔡叛乱而为"顽凶"，众口一词，几为定论。

嵇康此文篇幅短小，语言精练，立论新颖。嵇康不是简单、武断地翻历史旧案，而是从"三圣之用明"的角度提出问题，充分考虑双方的动机，对事件的原委加以详尽分析，然后一反旧说，独持异议，认为"管蔡皆服教殉义，忠诚自然"，乃是"愚诚愤发，所以徼祸"。管、蔡自不是邪恶、顽凶之人，不会去图谋不轨，发动叛乱。同样，"见任必以忠良"，三位圣人根据实际任用管叔和蔡叔，他们的本心也必定忠良、淑善。因此可以说，管、蔡面对周公摄政，心怀疑惑，但不能说他们不忠贤。三位圣人并不是任用恶人，而周公又不得不诛伐邪恶亲人。只有这样理解，三位圣人的任人和周公的诛伐才都正确，管、蔡反叛的本意在事理上才能讲得通。这样的结论与前人迥然不同，充分体现了嵇康见识的独特和论辩的缜密，较好地化解了传统观点中无法避免的悖论与矛盾。

有论者认为，嵇康此文应是有为而发。正元二年（255）的毌丘俭、文钦叛乱不正像管叔、蔡叔之乱吗？毌丘俭、文钦被摄政的司马氏认定

① 今河南郑州市。
② 今河南上蔡县西南。

为叛逆之臣，加以残酷诛杀，可是正如管叔、蔡叔蒙屈一样，毌丘俭、文钦也可能事实上并非叛臣。无疑，嵇康理性的剖析背后，也是巧妙地为毌丘俭等人的谋反进行辩护，暗含着他对淮南二叛惨烈结局的深切同情。明代张采说："周公摄政，管蔡流言；司马执政，淮南三叛。其事正对。叔夜盛称管蔡，所以讥切司马也，安得不被祸耶？"应该说，这些推论都是很有见地的。

8.《太师箴》

《太师箴》是以假想的太师身份对国君进行规诫的文章。正始八年（247），嵇康娶沛王曹林之女长乐亭主，旋拜中散大夫，参与议论朝政。此文应该作于担任中散大夫以后。

文章开篇对于上古时代的社会、政治进行了论述。宇宙洪荒，混混沌沌，阳气显耀阴气凝结，天地由此产生，人类开始兴起。起初，人类蒙昧无知，后来慢慢才知道尊崇长者，归心仁义，"故君道自然，必托贤明"。

然而，上古时期君王一心为民的质朴时代没能持续下来，现在的君王只为了个人的冠冕，朝臣怨恨自己的国君，君王则猜忌自己的臣民，于是丧乱越来越多，最终"国乃陨颠"，整个国家必将覆灭。

鉴于古今历史，嵇康对君王治国之道，提出了自己的主张：君王不要唯我独尊，懈怠忠言，也不要自以为强大，骄奢荒淫，横行无忌。居君王之位，就应摒弃佞幸，多接受对自己的批评与指责，那些谄媚的话听着顺耳，但会玷污德行，带来祸患。只要是贤明之士，就委以重任，而非一定是亲戚。只有遵循这些美德，明白这些治世之道，百姓才能安居乐业。"治乱之原，岂无昌教？穆穆天子，思闻其愆。虚心导人，允求谠言。师臣司训，敢告在前。"

《晋书·嵇康传》就曾赞誉此文"亦足以明帝王之道焉"，历来也评价此文为魏晋有名的官箴之作。

9.《释私论》

《释私论》立意新颖，析理绵密，是嵇康玄学论著的代表作。

嵇康从形名学的角度进行"释私"，不仅非常精辟地阐述了公与私、是与非的问题，也十分大胆地提出了以"任自然"来"越名教"，并超越名利，任心而行：

> 夫气静神虚者，心不存乎矜尚；体亮心达者，情不系于所欲。矜尚不存乎心，故能越名教而任自然；情不系于所欲，故能审贵贱而通物情。物情顺通，故大道无违；越名任心，故是非无措也。

本论的"越名教而任自然"，既然超越了《难自然好学论》中对"六经"的指责，以及对人之自然好学论调的批判，更是对何晏、王弼"名教出于自然"之说的一次极大超越，使得"名教"与"自然"之辨更加尖锐、激烈。

嵇康在《释私论》中，还从人心出发，认为公、私是人们对待自己情感的两种不同态度："公"是内心真情实感的展示，坦荡明达；"私"是隐匿内心的真情实感、伪诈虚情。君子德性清贞，心胸豪宕，性情不受嗜好、欲望的支配，具有"公"之品质；而小人心藏私情，贪婪吝啬，其品质则为"私"。论文中还认为，"公私"问题比"是非"问题更重要，公私系成败之途、吉凶之门，"然事亦有似非而非非，类是而非是者，不可不察也"。

嵇康的"越名教"，亦即清除现行名教的污垢和黑暗，守住内心的质朴，达到清净自由。他在《释私论》中所提出的"越名教而任自然"

之说，确实是惊世骇俗、振聋发聩的。

10.《卜疑》

典午之变以后，嵇康虽然隐居山林，但紧张奥妙的政治氛围依然让他感到无形的巨大压力，于是，他模仿屈原的《卜居》，作了一篇《卜疑》以一吐积愫。

文中虚构了一位包含着自己身影的宏达先生，此人恢廓大度，寂寥疏阔，为人方正，虽有棱角但不伤万物，超世独立步，内心高洁，交际中不逢迎苟合，为官不求腾达，常忠信笃敬，直道而行之，可以居九夷，游八蛮，浮沧海，践河源，甲兵不足忌，猛兽不为患，没有巧诈之心，淡泊淳朴，从容放任，遗忘好恶，以天道为一，不识品物之细。然而，治世之道已经隐没，投机巧诈滋生，世风悖谬，人欲横流，世人好像群鸟追逐凤凰一样追逐利益，富有反而积累祸患，尊贵反而招致仇怨。宏达先生因此请太史贞父为自己占卜一下，帮助解答所遇到的困惑和矛盾。当然，太史贞父亦为嵇康所虚拟。

面对太史贞父，宏达先生一口气提出了十二个问题：

> 吾宁发愤陈诚，谠言帝庭，不屈王公乎？将卑懦委随，承旨倚靡，为面从乎？宁恺悌弘覆，施而不德乎？将进趋世利，苟容偷合乎？宁隐居行义，推至诚乎？将崇饰矫诬，养虚名乎？宁斥逐凶佞，守正不倾，明否臧乎？将傲倪滑稽，挟智任术，为智囊乎？宁与王乔、赤松为侣乎？将追伊挚而友尚父乎？宁隐鳞藏彩，若渊中之龙乎？将舒翼扬声，若云间之鸿乎？

对于宏达先生的疑问，太史贞父以"至人不相，达人不卜"为由，没有一一作出解答，只是笼而统之地说：只要宏达先生内不愧心，外不负俗，交不为利，仕不谋禄，鉴乎古今，涤情荡欲，则吕梁可以游，汤谷可以浴，方将观大鹏于南溟，又何忧于人间之委曲！无疑，这正是嵇康奢望的理想圆满的处世之道。

第八章

艺文考槃

　　嵇康是中国历史上为数不多的多面性天才之一，其哲学思想方面的成就前已叙及，这里分叙其在散文、诗歌、音乐及书画方面的成就。

一、散文

　　嵇康是魏晋之际最著名的论说文作家。魏晋是散文进一步骈化的时代，嵇康的论说文也喜用铺排之笔，骈散相间，整齐中见变化。《三国志》注引《魏氏春秋》云："康所著文论六七万言，皆为世所玩咏。"近代刘师培《中古文学史讲义》从汉魏文章整体考察，认为嵇康的论说文其中卓出者是汉代所没有的，而"长于辩难"也是阮籍所不能及的。所以刘师培用"文辞壮丽"来评论嵇康的文章之美。可见其散文成就是很高的，为当时及后世所推重。

嵇康的散文特点之荦荦大者有二。

其一是思想新颖，好标异说，不墨守成规，对传统儒家思想富于批判精神。鲁迅《魏晋风度及文章与药及酒之关系》对此有中肯的论述：

> 嵇康的论文，比阮籍更好，思想新颖，往往与古时旧说反对。孔子说："学而时习之，不亦说乎？"嵇康做的《难自然好学论》却道，人是并不好学的，假如一个人可以不做事而又有饭吃，就随便闲游不喜欢读书了。所以现在人之好学，是由于习惯和不得已，还有管叔蔡叔，是疑心周公，率殷民叛，因而被诛，一向公认为坏人的。而嵇康做的《管蔡论》，就也反对历代传下来的意思，说这两个人是忠臣，他们的怀疑周公，是因为地方相距太远，消息不灵通。

除鲁迅所举以外，嵇康文章中这样闪光的新论俯拾皆是。如《释私论》中阐释公和私的区别就是真和伪的区别，如果为善而有隐情仍不能不谓之为私，有不善之情而显于外仍不能谓之为不公。只有"越名教而任自然"，是非不容于心，而行不违乎大道，才可称为君子。《养生论》认为"导养得理，以尽性命"可以长寿，但"谓神仙可以学得，不死可以力致"，或者说"上寿百二十"，过此而为"妖妄"，则是"两失其情"。《声无哀乐论》论证"哀乐"属情感，而"音声之作"无常情，是因人因地因风俗而变的，"或闻哭而欢，或听歌而戚"。这些议论都有新意，以精练名理的精神，阐发自然的意义，驳斥当时司马氏集团一些虚伪的说教。这些都是在理论根本上对统治集团给予的致命摧击。

嵇康的散文特点其二是说理缜密而透彻。这种文风在他的传世之作《与山巨源绝交书》中表现得尤为突出。

　　嵇康此信表示自己决不屈节妥协，然而他又不能公然从政治上表示对立，于是就用曲笔、反笔以泄愤。信中陈述自己不能就职的理由，是推崇老庄，任真放纵，无法忍受礼法的羁勒和俗务的纠缠。借这种表白，显示出桀骜不驯的态度。他要求对方尊重自己的个性和志趣，提出"人之相知，贵识其天性，因而济之"。又譬喻说："此犹禽鹿，少见驯育，则服从教制；长而见羁，则狂顾顿缨，赴蹈汤火；虽饰以金镳，飨以嘉肴，愈思长林而志在丰草也。"这种鲜明的个人意识和追求个性自由的精神，历千载而读之，仍能感受其独特的光芒。

　　在自我表白的同时，作者还辛辣地讽刺挖苦山涛和官场。他说山涛："足下傍通，多可而少怪。"又描摹官场景象："或宾客盈坐，鸣声聒耳，嚣尘臭处，千变百伎。"尖锐地斥责了当时上流社会的人们毫无操守、投机多变。更有甚者，他还宣称自己"非汤武而薄周孔"，击中了司马氏标举虚伪礼教的要害。

　　总之，嵇康散文说理缜密而透彻，使得其文章格外犀利潇洒，刘勰所谓"师心以遣论"，心里怎么想就怎么写，在中国古代散文写作中是独树一帜的。

二、诗歌

　　据戴明扬《嵇康集校注》[①]，嵇康存诗五十四首，主要内容为述志、哲理和酬答，形式则有四言、五言、六言、杂言、骚体诗。一般认为其擅长四言，以《赠兄秀才从军》为代表，胡应麟《诗薮》认为：

---

① 人民文学出版社 1962 年版。

"叔夜送人从军至十九首，已开晋、宋四言门户，然雄辞彩语，错互其间，未令人厌。"因为四言诗句式字数少而且由二个双音节构成，未免板滞，必须用充沛的感情驱动它。嵇康正有激情，所谓"叔夜俊侠，故兴高而采烈"[1]，以激情驱动词句，所以其四言较为流畅。嵇康的五言则历来评价不高，王夫之《古诗评选》卷二称："中散五言颓唐不成音理，而四言居胜。"陈祚明《采菽堂古诗选》就以为，嵇康五言"时代所限，不能为汉音之古朴，而复少魏响之群妍，所缘渐沦而下也"。这当然是实事求是之论。

至于嵇康之诗风，钟嵘在《诗品》中说："（嵇诗）颇似魏文，过为峻切，讦直露才，伤渊雅之致。然托谕清远，良有鉴裁，亦未失高流矣。"提出"峻切""清远"等概念。《文心雕龙·明诗》云："正始明道，诗杂仙心，何晏之徒，率多浮浅，唯嵇志清峻，阮旨遥深，故能摽焉。"一千多年来，学术界都认为"清峻"一词精确地概括了嵇康的诗风。

在最早的文献中，清峻一词用于人物的德操品格的评价，如《三国志·魏书·常林传》："时论以林节操清峻，欲致之公辅。"清峻表现人物之清白、高峻。后刘勰将其用于文论，亦即上引之"嵇志清峻"。通过新的运用不仅保留了原意，而且有所发挥和拓展。《文心雕龙·风骨》云："若能确乎正式，使文明以健，则风清骨峻，篇体光华。"清对于风而言，峻对于骨而言。根据本人《文心雕龙释名》"风骨"条[2]，清峻可解释成风情激宕，文骨刚劲。亦即既有能感染人的激情，又有事义扎实的内容。

嵇康诗风的清峻，表现在三个方面。

其一是充满热情与向往地描写理想境界。这种理想境界是虚幻的

---

[1] 引自《文心雕龙·体性》。

[2] 见《文心雕龙》，作家出版社 2017 年版。

神仙世界，或是理想与现实相结合的隐居生活，或是上古三世的清平之世。如《四言诗十首》其十：

> 羽化华岳，超游清霄。云盖习习，六龙飘飘。左配椒桂，右缀兰苕。凌阳赞路，王子奉辂。婉娈名山，真人是要。齐物养生，与道逍遥。

与此前三曹描绘神仙世界不同，嵇康是相信神仙是真实存在的，在他的笔下，神仙世界是一个无欲无求、没有智慧和自我，万物齐同，大家一起或轻车出游，或弹琴吟诗唱歌，调养精神，在那里能够修身养性，逍遥自在。神仙世界固然极具魅力，但嵇康也意识到阻力是很大的：

> 遥望山上松，隆谷郁青葱。自遇一何高，独立迥无双。愿想游其下，蹊路绝不通。王乔异我去，乘云驾六龙……

诗人以豪迈隽逸的浪漫笔法，驰骋想象，超越时空，描写了自己在仙境中遇到的困厄，倾注着诗人对人生的感悟，又表现了对现实的厌恶和鞭挞。再如《赠兄秀才从军》其十二，嵇康向我们描绘了理想与现实相结合的隐居生活，而这种生活是切实可行的，是神仙世界的人间翻版：

> 轻车迅迈，息彼长林。春木载荣，布叶垂阴。习习谷风，吹我素琴。交交黄鸟，顾俦弄音。感悟驰情，思我所钦。心之忧矣，永啸长吟。

在嵇康的笔下，有飞翔时肃肃有声的鸳鸯，有轻轻扇起灰尘的清风，有在水波里翻腾畅游的鱼儿，有满枝绿叶垂落浓荫的树林，有应和着琴声鸣叫的黄莺，等等。而这些实实在在的事物构成了嵇康的隐居环境，形成了一个梦幻摇曳而又带有世情风味的世界。方廷珪《文选集成》说："读叔夜诗，能消去胸中一切宿物，由天资高妙，故出口如脱，在魏晋间，另是一种手笔。"这样的诗歌风情激宕，文骨刚劲，亦即带有清峻的特征。

其二是对于黑暗现实的揭露和批判，对于压迫的谴责，用笔如刀，坦率而直接，锋芒毕露，表达了嵇康不甘屈服的抗争之心和不共世俗的高洁志向。这类诗歌的代表作则是《幽愤诗》和《述志诗》。

《幽愤诗》是因吕安事件被牵连诬陷而被拘捕狱中时所作。所谓"幽愤"，即被幽囚而发的愤慨。他在这首诗中所表现的主要是追咎自己不善于处世，以致遭受幽囚的摧辱，而叹慕人生自由生活之难重得。诗中坦诚地叙说了他生活中的诸多矛盾：

> 爰及冠带，冯宠自放，抗心希古，任其所尚。托好老庄，贱物贵身，志在守朴，养素全真。……民之多僻，政不由己，惟此褊心，显明臧否。

他爱好自然的个性使他极力想超脱现实，但现实社会又是非难辨。他虽力图避免人世祸患，而仍不免招怨上身："欲寡其过，谤议沸腾。性不伤物，频致怨憎。"甚至使得一个爱好自由的人，终于陷身囹圄，遭受"鄙讯"。而诗的后面说：

> 古人有言，善莫近名。奉时恭默，咎悔不生。

这乃是他痛苦的人生经验的总结。他之所以招致咎悔，即因享有高名而不能"奉时恭默"。因此，从这首诗中所反映的他的性格与现实生活的矛盾，表明了他的人生命运的悲剧性质。而从他的悲剧性的人生命运，正显示了当时现实的黑暗。生活在黑暗的现实中的正直的人，其人生结局必然是悲剧性的。《悲愤诗》就典型地反映了这一规律。何焯《文选评》云："不为《风》《雅》所羁，直写胸中之语。"方廷珪《文选集成》云："哀而不伤，怨而不乱，性情品格，高出魏晋几许。"这些都是对此诗表现的清峻诗风的赞赏。

嵇康的《述志诗》也给人"风清骨峻"的感觉：

> 潜龙育神躯，跃鳞戏兰池。延颈慕大庭，寝足俟皇羲。庆云未垂降，盘桓朝阳陂。悠悠非我俦，圭步应俗宜。殊类难遍周，鄙议纷流离。轗轲丁悔吝，雅志不得施。耕耨感宁越，马席激张仪。逝将离群侣，杖策追洪崖。焦明振六翮，罗者安所羁？浮游太清中，更求新相知。比翼翔云汉，饮露食琼枝。多谢世间人，凤驾咸驰驱。冲静得自然，荣华安足为！

表明自己不再受世事的羁绊，将远走高飞，去追随自己仰慕已久的高士。其中"潜龙"两句将自己比喻为潜龙，典出《周易·乾卦》，借龙来比喻君子之德。指有大德的君子在没有受到重用的时候，就像潜伏着的龙。"兰池"是指长满兰草的清水池，写"潜龙"在"兰池"中嬉戏玩耍，说明只有清净如兰池的环境才能培育出有德行的君子，当然也表明了对于自己目前处境的不满。"延颈"两句写要么翘首以待，要么停下脚步等待，就是希望像神农氏、伏羲氏那样的社会局面能够再度出现。嵇康对于那个民风纯朴，没有机诈，自然和谐的至德之世是非常向往的。但是却是"庆云未垂降，盘桓朝阳陂"，治世的局面并没有出现，"潜龙"也就只能在池沼中徘徊游弋，始终无法得到重用。诗中用对于过去治世的怀念和对于游仙的向往，来表达对于现实的不满，也使作品呈现一种"清峻"的特点。

其三是在人物形象的塑造上呈现"清峻"的特征。

嵇康在诗中塑造了两种人物形象。其一如《赠兄秀才从军》其九：

> 良马既闲，丽服有晖。左揽繁弱，右接忘归。风驰电逝，
> 蹑影追飞。凌厉中原，顾盼生姿。

这种形象积极入世，激昂进取，与曹植《白马篇》中的游侠儿形象较为接近，峻则峻矣，清则一般。第二种人物形象如《赠兄秀才从军》其十四：

> 息徒兰圃，秣马华山。流磻平皋，垂纶长川。目送归鸿，
> 手挥五弦。俯仰自得，游心太玄。嘉彼钓叟，得鱼忘筌。郢
> 人逝矣，谁可尽言。

大家在兰草飘香的田园里休息，让马在铺满花草的山上放养，在平坦的草地上射箭击鸟，在长河中尽情垂钓，这是一个可以"悟道"的环境。那么，一旦获得大道以后，"嘉彼钓叟，得鱼忘筌"，只要得到本质，任何一种具体手段都可以忘记。此诗中人物那种超迈玄远的风神，那种淡然自得、不为物拘的风韵，表示其精神上已经进入了一种与自然之道融为一体的绝对自由的境界。诗中另外两句"目送归鸿，手挥五弦"

也是千古名句，王士祯说，这两句是"妙在象外"。其中的高远情致，疏淡自然，蕴含无尽的意味。大画家顾恺之在给嵇康的四言诗作画时就饱含创作甘苦地说："手挥五弦易，目送归鸿难。"表现具体的承载物是容易的，同时也是局限的，而无形的东西则是比较难以表述的，同时也是无限的。而这种在和谐安宁的自然里，叙述清闲散淡的高清远韵，并且其中还包含坚实的美学义理，在诗风上也就是呈现出一种"清峻"的特征。

嵇康诗歌之所以形成"清峻"的特征，主要是由其性格决定的。《神仙传》谓"嵇叔夜有迈世之志"；刘熙载《艺概》说："嵇叔夜、郭景纯皆亮节之士，虽《秋胡行》贵玄默之致，《游仙诗》假栖遁之言，而激烈悲愤，自在言外，乃知识曲宜听其真也。"嵇康性格高傲刚直，他因娶魏宗室之女，与曹魏政权关系密切，对司马氏的阴谋，他的反对非常激烈。他又不能像阮籍那样，借哲学的观照与思考，隔远现实中的矛盾与痛苦。在这样的情势下，发为诗歌，当然就形成了"清峻"的诗风。这正是魏晋文学最显著的特色，在中国古代文学中闪耀着独特的光辉。

三、音乐

嵇康是魏晋时期第一流的音乐家。

嵇康的音乐成就分为演奏、理论和创作三部分，而都与琴密切相关。嵇琴所弄的琴又叫古琴，五弦或七弦，历史上俞伯牙、钟子期高山流水觅知音，就是指的这种琴。唐代诗人刘长卿所谓"泠泠七弦上，静听松风寒"也。抚琴被列为古代士君子"四艺"之首，是古代文人雅士的必习之技，也是竹林七贤日常生活的重要内容。在南京郊外发现的

《竹林七贤及荣启期》砖刻壁画，嵇康头梳双髻，赤足，坐于豹皮褥上，正怡然自得地弹琴。就是抚弄这种古琴。

嘉平六年（254），亦即嵇绍出生的第二年，嵇康生活安定，他还亲手制作了一张瑶琴。那琴为伏羲式，其琴面、琴底、琴腹、琴首所选用的木材，系生长于崇山峻岭，"含天地之醇和兮，吸日月之休光"的梧桐。它"郁纷纭以独茂兮，飞英蕤于昊苍"，"夕纳景于虞渊兮，旦晞干于九阳"，历经千载，而有幸被嵇康采伐。其琴弦是用收养神蛾的园客所缲之丝，琴徽则选用的是钟山美玉。待琴制成之后，嵇康调试了一下音调，角羽齐发，宫徵相应，音色美妙动听，简直是"太古之音""天地之音"，一直被嵇康视为至爱。

从古琴演奏方面来说，嵇康堪称一代国手。向秀《思旧赋》云："嵇博综伎艺，于丝竹特妙。"他自幼酷爱音乐，通晓各种乐器，最擅长的则是古琴。据传说，嵇康的琴技曾得到神灵高手的点化。《晋书》本传说，嵇康曾到洛阳西郊野游，晚上在华阳亭住宿，夜深人静之际独自月下抚琴。突然有位客人来到面前，自称是古人。他先与嵇康谈论乐理，后索琴弹《广陵散》一曲，美妙绝伦。于是，他传教嵇康，并要求嵇康不再传授给别人。问他姓名字号，他竟不答，忽然之间，客人就不见了。《语林》又说，嵇康所见神灵高手，是已故汉末名士蔡邕。蔡邕听到嵇康的琴声中一根弦的声音不准时，"调之，声更清婉"。

《灵异志》的描绘则更加荒诞不经：嵇康夜宿华阳亭，对月弹琴，悠悠琴声在夜空中慢慢飘散开去，忽听空中有赞美之声。他抚琴而呼，空中声音自称幽灵，在此地沉寂了几千年之久，生前就爱好琴音，今天被优美的琴声感动了。数曲终了，嵇康问道："夜已深，你怎么还不出来见我，又何必计较是活人还是幽魂呢？"幽灵现形后，手提断头与嵇康谈论琴技，头头是道，又从嵇康手中接过琴来弹奏，琴音时而幽眇悲戚，时而慷慨激昂，曰其曲名《广陵散》，最后反复叮咛嵇康，决不再授别人，连姓名也没留下就不见了。这个教授《广陵散》的人，有的书上说是黄帝时的乐工，有的书上说是尧时的乐官伶伦。不管这些传说如何荒诞，至少从一个侧面反映嵇康的琴技不同凡响，并曾得到名家指点和不断与高明琴师交流。

《晋书·嵇康传》说嵇康"弹琴咏诗，自足于怀"。他在《与山巨源绝交书》中自述："浊酒一杯，弹琴一曲，此愿毕矣。"后来嵇康临刑时，还"顾视日影"——看看还有多久时间就要离开人世了，"索琴弹之"。他所弹奏的，就是那富有神妙意味的《广陵散》。他还长叹说："昔袁孝尼尝从吾学《广陵散》，吾每靳固之，《广陵散》于今绝矣！"这是关于嵇康琴技的最后的记载，确实是"神乎其技也"。

除了弹琴以外，如同阮籍等名士一样，嵇康也善啸。亦即卷起舌尖，口含一指或两指，发出高声。他的诗文中常常出现诸如"微啸清风""永啸长吟""啸侣长鸣"等诗句。古代的"啸"虽随口而出，却也有一定之规，含五音之阶。《诗经国风·召南·江有汜》云："不我过，其啸也歌。"《礼记·内则》云："男子入内，不啸不指。"孙登之啸，将群山之和、松竹之应、百鸟之鸣融入啸中，使啸俨然成了大雅之音。嵇康之啸，应该也是孙登一路。

在理论上嵇康是颇有建树的。他对音乐有深厚的修养，写出了极为重要的音乐美学论文《琴赋》《声无哀乐论》。《琴赋》被后人誉为"音乐诸赋之冠"[①]，此赋结构精严，辞采华丽，对与古琴相关的诸多理论问题作了深入探究，从琴器的选材、制作、装饰到古琴的弹奏、音乐的欣赏，论述精当，细致入微，文学价值之外更具有较高的音乐学术价

---

① 出自清何焯《文选评》。

值。《声无哀乐论》被冯友兰先生在《中国哲学史》中许以"中国美学史上讲音乐的第一篇文章",在这篇论文中,嵇康用象征正统音乐美学的虚设秦客和暗喻作者自己的东野主人之间一问一答的形式,对整个儒学音乐美学给予驳难和清算。

关于音乐本体。嵇康认为音乐产生于天地自然,它只是一种"自然之和","和"亦即音乐的本质。只要人心得"和",即使没有音乐,人民也能安乐地生活。这就是说,人间的治乱兴衰、人情的悲欢哀乐都与音乐无关。总之,音乐本身作为"自然之和",独立于任何伦理认知的内容和道德教化的价值之外,它是纯粹的声音之美、自然之美。

关于音乐与个人情感的关系。音乐毕竟会引起人们的哀乐情感,这又作何解释呢?嵇康认为,这种哀乐之情并非音乐本身含有,而是人们在生活中积累了许多悲欢情感经验,一旦受到音乐的诱发,就会不由自主地表现出来。这就好比人喝酒之后,会出现喜怒情绪一样,不能说酒本身带有喜怒之情,而只能说积郁在人心中的喜怒之情被酒引发出来而已。这就可以说明,听了同样的乐曲,为什么有的人会"惨然而泣",而有的人却"忻然而欢"。嵇康所论否定了音乐与情感之间的联系,当然存在片面性。但是却破除了人们心中将音乐附属于情感,情感附属于政治的"联想链",给音乐以独立的地位,使音乐作为一种自由的艺术而获得了永恒的意义。

关于音乐的教化作用。嵇康虽然否定了儒家音乐从属于伦理政治的狭隘观点,但并不反对音乐的教化作用。他也看到了"移风易俗,莫善于乐"。

关于民间音乐。长期以来,儒家蔑视民间音乐。孔子把郑、卫之音叫作"淫声",儒家乐论斥之以"乱世之音""亡国之音"。而嵇康则认为郑、卫之音不仅不是淫声,而且是音乐中最美妙的。妙音感人就像美色惑志那样，关键在于听者能否克制自己。如果本来就不是道德高尚的人，听到美妙的音乐后就难免不陷溺其中，以至于纵情逸乐，荒于酒色。

嵇康的音乐理论特别是《声无哀乐论》奠定了他在魏晋乐论中的重要地位，王导渡江后所谈论的三理中，"声无哀乐"便是由嵇康首先全面阐述的，可见其乐论影响之大。

嵇康姿质高妙，在音乐创作方面造诣极高。他精通音律，作有琴曲《风入松》，又创作有《长清》《短清》《长侧》《短侧》琴曲四首，被称作"嵇氏四弄"，与东汉著名音乐家蔡襄的"蔡氏五弄"合称"九弄"。后来，隋炀帝还曾将弹奏"九弄"作为取仕条件。不过，最值得一提的恐怕就是琴曲《广陵散》了。因为《广陵散》是和嵇康的名字紧紧联系在一起的，临刑顾影抚琴的慷慨之士嵇康，用自己最后的生命弹奏了自己最得意的琴曲。

《广陵散》又名《广陵止息》，广陵是扬州的古称，散是操、引等乐曲的意思。从曲名来看，这大概是一首原来流行于广陵地区的琴曲。后经嵇康改造加工，创作成一部带有政治色彩的琴曲。不过，也有人认为"扬州者，广陵故地，魏氏之季，毌丘俭辈皆都督扬州，为司马懿父子所杀。叔夜痛愤之怀，写之于琴，以名其曲，言魏之忠臣，散殄于广陵也"①。

琴曲主要讲述了战国时期聂政替父报仇的故事②。聂政的父亲为韩王铸剑，延误了铸剑的期限，结果惨遭韩王杀害。为了替父报仇，聂政自毁容貌，还吞食炭火改变自己的声音，然后潜入深山，用十年时间练就了一手高妙的琴艺，从而被韩王召进宫中弹琴取乐。琴音袅袅，就在

---

① 冯水《广陵散谱序》。
② 聂政刺韩有两个版本，一是《战国策》所载聂政刺韩王，二是《史记》所载聂政刺韩相侠累。本文采用前一版本。

韩王陶醉在琴音中的时候，聂政从琴腹中取出匕首将韩王刺死，终于报了杀父之仇，而随后聂政也自杀身亡。嵇康假托这一抗暴的历史故事，以韩王喻司马昭，寄托自己的满腔激愤。此曲有《井里》《别姊》《亡身》《冲冠》《投剑》《呼幽》《长虹》《发怒》等数十拍，又分开指、小序、大序、正声、乱声、后序六个部分。正声之前的部分主要是表现聂政的不幸命运，正声之后则表现对聂政壮烈事迹的歌颂与赞扬。作为乐曲主体部分的正声则着重表现聂政从怨恨到愤慨的感情发展过程，展示聂政杀身抗暴的不屈精神。全曲悲壮，旋律激昂，气势磅礴，是我国现存唯一具有戈矛杀伐战斗气氛的古琴曲。这样的琴曲也就令一向胸怀宽广磊落坦荡的嵇康不得不多了一层顾忌，不得不假托神仙鬼怪之名，说是客居荒野旅店之夜，无头鬼神所授，使之蒙上一层神秘的色彩，以避世人耳目。这是他不肯传授给袁孝尼，直到死才向世人宣示的真正原因。

四、书画

嵇康还是当时深负盛名的书画家。唐张怀瓘《书断》说："叔夜善书，妙于草制，观其体势，得之自然，意不在乎笔墨，若高逸之士，虽在布衣，有傲然之色。故知临不测之水，使人神清；登万仞之岩，自然意远。"唐韦续也在《墨薮》中说："嵇康书，如抱琴半醉，醄歌高眠。又若众鸟时翔，群乌乍散。"嵇康善书，尤其是草书，唐代张彦远编撰的《法书要录》里，嵇康被评为天下草书第二。试观其传世《想雨帖》，其体势肇于自然，起笔多用方笔，天然健美，点画纷披，狂放潇洒。

嵇康之画，可惜现在已失传了。据张彦远《历代名画记》记载，至唐时尚有《狮子击象图》和《巢由洗耳图》两幅传于世。

第九章

避难河东

一、征辟令

诚如庾肩吾《赋得嵇叔夜》所云："山林重明灭，风月临嚣尘。著书惟隐士，谈玄止谷神。"七贤的竹林之游当时即为世所推重，他们饮酒任性，嘲风弄月，"永结无情游，相期邈云汉"，他们希望携手同游，与子同老，地老天荒。然而嘉平、正元之际，竹林七贤或出仕，或避难，或从贾，风流云散。那么，竹林之游究竟是如何解体的呢？

魏正始十年（249）的高平陵事件是中国历史的一个重要节点。高平陵事件又称典午之变。典，司也。午，对应十二生肖之马。典午之变，就是司马氏主导的政变。也就是说，从此以后司马氏掌握了曹魏的朝政大权，开始了魏晋禅代的进程。

专制者最害怕的当然是激浊扬清的知识分子。他们认为这些人不利于愚民，不利于专制的实行。对此，司马氏采取了坚决有力的两手措施。

其一是杀戮。

司马氏心狠手辣，不出手则已，一旦出手，迅雷不及掩耳，毫不留情。高平陵事变开始，为了说服手中尚有兵力的曹爽放弃抵抗，司马懿曾指洛水为誓，保证他及曹氏兄弟性命无虞。而等到曹爽集团都成了瓮中之鳖以后，司马懿则斩草除根，不留后患。不久，在严刑逼供之下，与曹爽关系密切的朝中侍从张当供称曹爽等人试图谋反。司马懿拿到口供，随即大开杀戒，以大逆不道的罪名，将曹爽、曹羲、曹训、何晏、邓飏、丁谧、毕轨、李胜、桓范诸人斩首，并夷其三族。典午之变蓄谋已久，又突如其来，一时血流成河，"天下名士减半"。嵇康其时已辞去中散大夫，又屏居山阳，故得以幸免。从此，司马氏集团权倾朝野，曹氏皇室则日薄西山了。

嘉平三年（251），王凌奉楚王曹彪，欲举兵诛司马懿，事泄被杀。司马懿将曹彪赐死，所有参与拥曹的人全部处死，并夷三族。

嘉平六年（254），李丰策划以夏侯玄取代司马师，事败。司马师废帝为齐王，立高贵乡公曹髦，改元正元，杀李丰、夏侯玄、张缉诸人，并夷其三族。李丰、夏侯玄、张缉都是正始名士，其中夏侯玄是曹爽姑姑的儿子，还是玄谈领袖。他精玄理，善清谈，风姿雅俊，时人视其"朗朗如日月之入怀"，"肃肃如入廊庙中，不修敬而人自敬"。他的德性修养、才识风度深得士人的景仰，在正始名士中最具有人格魅力。据《晋书·夏侯玄传》载，一次，他去参加司空赵俨的葬礼，因去得较迟，先到的宾客三百多人见他到来，均越席前去迎接。这次夏侯玄被捕下狱后，廷尉钟毓亲自审问他。夏侯玄拒绝回答任何问题，并斥责钟毓说："我有什么罪，让你屈身来审讯我？如果一定要口供，你替我写好了。"钟毓深知夏侯玄节操高尚，凛然正气，不会屈服，只好代夏侯玄写了一份口供。在送给夏侯玄过目时，钟毓忍不住泪流满面。夏侯玄看后，微微点头。临刑东市，夏侯玄也面不改色。一时，名士噤若寒蝉。

再接下来，正元二年（255），毌丘俭、文钦起兵讨伐司马师。嵇康打算借助自己的威望，招募军队，作为内应。就此事他与以识见著称的山涛商量，山涛对当时双方政治、军事力量的悬殊有清醒的认识，急忙劝止了他的冲动。后来，毌丘俭果然兵败被杀，文钦亡命逃奔吴国。是年，又一批与毌丘俭关系密切的名士倒在了司马氏的屠刀之下。

可以说，高平陵事变之后，司马氏奉行的杀戮政策，刀光剑影，文士惊魂，就连绿影婆娑的竹林也安放不下一张平静的酒几了。

其二是征辟。

所谓征辟，是汉代擢用人才的一种制度，皇帝征召称征，官府征召称辟。征辟的对象是优秀卓出的布衣知识分子。这当然是一桩大好事。不过，中国历来有所谓魏阙与江湖，有人依恋魏阙之尊，有人则向往江湖之远，这应该是完全自由的，就算官职在身，也可以弃官归隐，甘愿"红颜弃轩冕，白首卧松云"。这种自由，远的不说，在曹爽当权的时期，阮籍就拒绝过征辟而安然无事。

然而，这是司马氏！

为了巩固自己的地位和威望，保证禅代的顺利进行，血屠天下名士之后，狡黠狠毒的司马懿父子趁热打铁，不断向名士发出征辟令。司马氏非常清楚，名士们在社会中享有崇高的声誉，关系着政局和社会的稳定。拉拢名士，征辟名士于朝廷，既可利用名士为自己造势，又便于监控与镇压。据《晋书·景帝纪》记载，司马师暗地培养了三千为其卖命的特务人员，分散潜伏在社会各处，需要时可以立即集中起来。可以说，司马氏的耳目遍布各个政治敏感的地方，七贤所啸聚的河内山阳，自然也在其中。于是，司马氏将隐居还是出仕的选择再明确无误地摆到了布衣名士的面前，任何拒绝或逃避都将被视为对统治集团的敌视。如上党李喜，少有高行，博学精研。当初与管宁同被朝廷以贤良征召，不就。司马懿为太傅时，屡次征召，均不就职。等到司马师当政，又下令征召李喜。李喜很快就赶来赴任了。司马师问他："昔先公辟君，不就，今我召君，为什么就来了呢？"李喜回答说："先公以礼见待，故得以以礼进退；明公以法见绳，喜畏法而至耳。"在这样严峻的局势面前，布衣名士们惊惶地发觉，他们已没有了选择的自由。在竹林中把酒言欢、论学辩难的嵇康和他的朋友终于意识到，该到酒阑人散的时候了。

阮籍就收到了司马懿发来的寒气逼人的征辟令：司马懿要阮籍做从事中郎。当然表面上是征召阮籍为官，实际则是试探阮籍对自己的态度和立场。

阮籍的父亲阮瑀曾在曹操幕下任职，与曹氏集团有着门生故吏的关系。更重要的是，阮籍是竹林名士的一面旗帜，他的去留态度对士人有着不小的影响。如果不识相，不就范，则将考虑采取另一种措施。这是司马懿的内心算计。

阮籍则除了痛苦，就是害怕。他已经习惯了竹林的绿荫和日影，习惯了朋友们斗酒的狂乱和醉卧竹旁的闲适，习惯了为阮咸的琵琶伴唱，为嵇康的抚琴叫好……而这一切，都将被这一纸闪烁着剑光的征辟令砍斫得粉碎！他清楚这一次，自己的对手不再是见识平庸优柔寡断的曹爽，而是心狠手辣的司马懿。自己再委婉的谢辞都会招致最严厉的打击，甚至会像素所敬佩的学术前辈何晏那样身首异处。想到这里，阮籍透骨冰凉，懦怯和谨慎占据了上风，他接受了征辟令，痛苦地走出了竹林。

"痛饮狂歌空度日，飞扬跋扈为谁雄？"竹林诸友的生活情趣大致相同，而人生抱负则不尽相同。阮籍的应征出走，如同在浑浊的水缸中放进了澄清剂，不同的液体层加速了离析。中国传统的所谓用、舍、行、藏，对于一些有心仕途的士人来说，以前的曹马争斗，朝局混沌不清，他们不妨以麋鹿为友，以白云清风为侣，醉卧在竹荫岩畔。而现在局势清晰地向三国归晋的方向演变，竹林当然是美好的，而人生却是短暂的，他们当然也就要重新规划人生了。

山涛和司马懿的妻子有中表之亲，阮籍离开后不久，山涛就以亲戚的身份拜见了大权在握的司马师。其时司马懿已病故，司马师接过了大将军兼侍中的权杖，他在心机狠毒方面较之司马懿有过之而无不及。面对着山涛这位比自己年长三岁，也已快五十的大表哥，志得意满的司马师试探地调侃道："吕望欲仕邪？"吕望就是姜子牙，年过八十尚没有得到重用，于是垂钓渭水之滨。他用的鱼钩是直的，也不用鱼饵。一天，周文王路过，十分赏识吕望。后来吕望果然辅佐周文王和武王推翻了商纣，建立了周朝。司马师这一句问话隐然以文王自居，既肯定了山涛的才干，又对于他的高龄求仕不无揶揄。

山涛如何回答史无记载。他从此步入官场，历任要职并位至三公。不过，山涛为官后选贤任能，治理有方，位列三公却清贫而终。他是一个好官，出仕为官于他而言，主要恐怕是为了实现自己的政治抱负。

接着，七贤中年龄最小的王戎也同样接受了司马氏的任官。开始是做吏部郎，却不选拔寒门素族的人才；后来拜了司徒，更把事务都交给属员经办，自己不管不问。宦海浮沉，他所求的只是自己的性命和家庭的财产。

向秀是个优秀的学者，竹林之交解体时，他压抑住内心的痛苦，走进书斋，企图使自己埋首于学术研究之中。然而，嵇康被害后，他退缩了，到洛阳做了个闲官。司马昭看到他，冷笑了一声说："足下不是有高蹈之志吗？怎么会来到此地呢？"

向秀只得低着头说："现在才知道，巢父、许由等对尧不够了解，不值得去效仿。"

这是把司马昭吹捧成帝尧，司马昭听了满意，但内心对向秀是鄙夷的。这种话，嵇康是宁死也不会说的！竹林依旧，物是人非！"视此虽近，邈若山河"！这就是王戎"黄垆之痛"的深刻内涵。

面对着被寒风凌虐之后，在夕阳的残照下兀自摇曳的竹林，嵇康非常痛苦，也非常愤怒。他是一个正直的有良心的学者，当然很痛恨司马氏的倒行逆施；他又是魏室的姻亲，当然在感情上同情日受欺凌的曹魏皇室。当时紧张微妙的政治氛围让嵇康感到无形的巨大的压力，在痛苦彷徨、思绪纷乱之际，他模仿屈原《卜居》，写了一篇《卜疑》。

文中说，有位宏达先生，他器宇恢宏，恬淡旷达，为人方正而不拘泥，超类拔俗，独一无二。然而困惑于大道隐没，智巧滋生，世俗之气纠缠不清，人情变幻无常，于是就到太史贞父家里拜访，倾诉了自己心中的很多疑惑，希望太史贞父能占卜一下。他问道：我是宁可竭尽忠诚在朝廷秉正执言，绝不屈服于王公权贵呢？还是小心翼翼地秉承旨意、胆怯地顺从呢？是宁可平易近人、胸怀宽容、施与恩惠而不声张呢？还是争名逐利，与小人苟合呢？是宁可隐居而行义事、将一片至诚推而广之呢？还是文过饰非、保有虚名呢？是宁可斥责驱逐凶恶邪曲之人、始终刚正不阿、是非分明呢？还是欺世玩世、用尽心机、为他人出歪主意呢？是宁可以王子乔、赤松子这样的仙人为伴？还是与伊尹、吕尚为友呢？是宁可隐藏鳞片的光彩，像蛟龙潜于深渊一样？还是高飞长鸣、像云中的鸿鹄那样呢？……宏达先生一共向太史贞父提出了十二对疑问，其核心之一便是人生出处也就是仕与隐的问题。对此，太史贞父回答说：

> 吾闻至人不相，达人不卜。若先生者，文明在中，见素抱朴；内不愧心，外不负俗；交不为利，仕不谋禄；鉴乎古今，涤情荡欲。夫如是，吕梁可以游，汤谷可以浴。方将观大鹏

于南溟，又何忧于人间之委曲！

文中"吕梁"用的是《庄子·达生》的典故。孔子在吕梁游览，见瀑布高悬，激流奔腾，鱼鳖绝迹，却有一男子在水中自由沉浮，孔子问其游泳的奥秘，回答说，只是顺着水势、任其自然而已。太史贞父的回答最后两句话是，你既然已经决定去浩瀚无边的南海仰观大鹏展翅翱翔，又为何要忧患人间的波折变故呢？

无疑，《卜疑》中的这位宏达先生就是嵇康自己的化身，在涉及忠与佞、诚与伪、义与利等问题上，他是决不顺流从俗的。

就在嵇康备感煎熬、进退两难的当口，司马昭向他发出了征辟令，征辟他为博士。

对于忠魏势力，司马昭祭出镇压和征辟两手。凡有声名的士人，司马昭都发出征辟，许以官职爵禄。一旦他们不接受征辟，就以种种借口予以打击。嵇康是曹魏姻亲，又是竹林领袖，当然是司马昭要笼络的首要人物。

高贵乡公正元二年（255），嵇康接到征辟令，百味杂陈，痛苦、厌恶、惶惑，还有一点恐惧。他是一个"内不愧心，外不负俗"的奇男子，是绝对不会像阮籍他们那样去应征的。如果硬碰硬地坚决拒绝，又会招致不虞之灾。"方将观大鹏于南溟，又何忧于人间之委曲！"出走避祸是唯一可行的不违心志、保全名节的方法。

然而，毫无理由地一走了之与断然拒绝是没有什么不同的，还得有个合情合进的理由。据《魏氏春秋》云："大将军尝欲辟康，康既有绝世之言，又从子不善，避之河东，或云避世。"嵇康给出的理由有两点，一是绝世之言，亦即他关于志在隐居的屡屡申诉。二是从子不善，亦即与侄子相处不好。所谓从子，古代侄儿之谓，大概是指嵇康长兄之子，此前长兄已逝，其子当然与叔叔嵇康住在一起。至于他们是否相处不好，史籍记载阙如，现在无从查考。这样的推托之词，司马昭当然也不会相信的。

离开了洛阳和山阳，离开了承载了太多欢乐与情谊的竹林，茫茫天地欲何之呢？嵇康鞭指河东。

河东郡是秦朝所置，治所安邑，在今山西夏县北。河东郡与河内郡相邻，嵇康从洛阳出发，到山阳旧居与老母及家人告别，马蹄嗒嗒，一路向西，山峦越来越雄伟，林木也越来越葱郁，大自然以勃勃的生意慰藉着一代名士痛苦的灵魂……

二、游仙

嵇康本来就喜欢山林丘壑，醉心养生访仙，他早就听说孙登、王烈在河东出没，离开喧嚣的京洛后，他正好追踪孙登、王烈的杖履，开始心旷神怡的远足。《嵇中散集》中有一首《游仙诗》，应该就是这个时期嵇康心声的倾诉：

> 遥望山上松，隆谷郁青葱。自遇一何高，独立迥无双。愿想游其下，蹊路绝不通。王乔弃我去，乘云驾六龙。飘飖又玄圃，黄老路相逢。授我自然道，旷若发童蒙。采药钟山隅，服食改姿容。蝉蜕弃秽累，结友家板桐。临觞奏九韶，雅高何邕邕。长与俗人别，谁能睹其踪？

这首诗以孤松起兴，嵇康希望能够游憩于高洁的松树之下，但是又苦于无路攀援。这时，仙人王子乔乘着云气、驾着六龙携嵇康同往，一起飘游于玄圃仙境。在路上又遇到黄帝和老子，他们传授给嵇康道家的自然之道，通过服药，使容貌如少年；通过与仙人结友、饮酒、演奏雅乐，从而摒弃了凡世俗念。这种永远离开了那些俗世之人的生活是多么美好！这首诗当然透露出嵇康在现实生活中遭遇困厄，幻想游于仙境，涤除污秽，从而得到精神上的净化和愉悦。凑巧的是，现实世界中世外高人孙登、王烈恰好此时在河东一带深山盘桓，给予了嵇康跟踪求学的机会。

关于这一次嵇康避难河东，见于《三国志·魏书·王粲传》注引《魏氏春秋》，而《晋书·孙登传》《世说新语·栖逸》则记载嵇康去了太行山的支脉苏门山①，还有书记载嵇康去了河东郡的抱犊山。其实，这正说明孙登、王烈行踪飘忽，大抵在太行山南麓一带活动，嵇康追踪游学，当然也就不可能长期定居一处。

嵇康与孙登相处最久，最为相得。他们一起采药，一起弹琴长啸，享受着太行山南麓美妙的清风明月、晨露朝霞。而孙登却不发一言。嵇康将要离去，前去向孙登告别。孙登终于说了一句话："君性烈而才隽，其能免乎？"

这是一句十分精彩的"品目"！我们引用的是《三国志·魏书·王粲传》注引《嵇康别传》，而《晋书·嵇康传》则记载了一段意味深长的对话。嵇康长揖再拜，问："这三年，吾师真的片言不赐吗？"

孙登这时才说："足下理解火吗？熊熊烈火因其光焰，才有存在的价值和作用。如同人天生具有某种才能，只有发挥出来，才能体现其价值和作用。光焰能够持续发出光和热，在于不断添薪加柴；人的价值之

---

① 又称汲郡山。

所以能够得以发挥，在于识时知变，保全寿命。而现在，足下虽有才能，却不能识时知变，很难避免祸殃啊！"

应该说，这段话实际是"君性烈而才隽，其能免乎"的注释。嵇康既想追求隐逸山林，养生全真，又摆脱不了对社会时局的关注。尤其是他正直刚烈、嫉恶如仇，无法像现实中的许多人包括好友阮籍、山涛一样，灵活地顺从政治风向及时调整自己的处世方法，当然难免祸殃了。可惜，此时嵇康并没有认识到孙登劝诫的深刻含义。

为了摒弃尘世的纷扰，嵇康不仅沉醉在山林岩穴之间，而且也让自己埋头于故纸旧籍之中。河内郡士人中本来就有《左传》热，当地人乐详师从南阳谢该，回河东后，太守杜畿拜为祭酒，收徒数千人，研习《春秋左氏传》，河东一时成为了左氏学的重镇。受此影响，也恃仗自己儒学功底深厚，嵇康也开始了《左传》研究。东汉以来，因为书籍辗转传抄，难免以讹传讹，于是政府有关部门将儒经勘定正本，用石板镌刻，陈列在洛阳学宫，供士子抄校学习。因研究工作的需要，嵇康亦有时离开河东住所，到洛阳学宫校经。也就在这里，他遇到了自己的少年"粉丝"赵至。

年去年来，嵇康完成了自己的一部儒学著作《春秋左氏传音》，三卷，可惜此书已佚。今本《嵇中散集》云："陆德明《释文》引五节，《史记索隐》引一节，并据采辑。如戮音留，鹝鹆鹳音权，从《公羊》作鹳，今虽不用，而古调独弹，比于《广陵散》云。"可知这是一本见解独特的音韵学著作。从此书残存的六条中，可以得知，《春秋左氏传音》包括经和传两部分，中间为注文和标音。尤其值得注意的是，嵇康用了当时最新的反切注音方法，亦即用两个汉字合起来为一个汉字注音。诸如《左传·文公十四年》经曰："有星孛入于北斗。"其注文："孛，彗也。"嵇康即注曰："彗，似岁反。一音虽遂反。"这种注音方式，可以算得上是中国音韵学上的首创之举。

总之，嵇康在河东过的是一种隐士加学者的生活。如果允许的话，他愿意一直这样孤独地过下去，终老山林。

三、母逝

外面的世界这两年却是电闪雷鸣，风云变幻。

甘露二年（257），征东将军诸葛诞在淮南举兵造反，十余万士卒衷心拥戴。大将军司马昭率三十六万劲旅围剿。第二年，司马昭斩诸葛诞，夷其三族，忠于魏室的力量又一次遭到惨重的失败。而且，诸葛诞本人也属于正始名士，夏侯玄的朋友，"八顾"之一，这也是名士的又一次厄运。

但嵇康不动声色，我行我素，依然踯躅河东。

然而，甘露四年（259），快马信使从山阳带来的噩耗，如闪电惊雷将他击垮：他的老母病逝了！

嵇康在洛阳挥麈论辩、受爵娶亲时，大概就隐约觉得这一切荣华不过是烟云变幻、身外之物，他将老母、妻子和儿女都安顿在山阳老屋，还有早两年他的大哥亡故，留下十八九岁的侄儿，也由他这个叔叔照管，一大家子都住山阳。嵇喜也时常回山阳探视母亲。嵇康因妻儿都在老屋，因此回去得更多一些。不想与母亲寻常的道别、母亲寻常的倚门相送的身影，却成为了人生的定格！嵇康痛彻心扉，轻车快马，直奔山阳。

山阳嵇氏旧居沉浸在悲痛之中，在嵇喜主持下，诸事早已落妥，嵇康回来，立即装殓下葬，回拜宾客不赘。

夜晚，待等妻儿入睡后，嵇康走进了母亲的房中。房子虽然空空荡荡，但嵇康觉得母亲气息尚在，他抚摸着母亲用过的一几一椅，触手冰凉，似乎又在提醒母亲的逝去。嵇康潸然泪下，两年以前，像父亲一样疼爱自己的长兄去世了，如今，溺爱自己的母亲又离他而去，"天冷加衣"之类的絮语再也听不到了。母亲在的日子，纵然旅食洛京，露宿太行，漂泊河东，但仍然有个家。母亲已逝，则生命只剩归途了。夜已深，身边一片寂静。于是，在神秘的香烟和幽微的灯火中，嵇康追忆逝去的母亲、长兄的音容，觉得一切都是空的。他虽然以庄、老为师，但做不到庄周那样"箕踞鼓盆而歌"，他觉得自己的心都在流着血泪，长歌当哭，写下了著名的《思亲诗》：

> 奈何愁兮愁无聊，恒恻恻兮心若抽。愁奈何兮悲思多，情郁结兮不可化。奄失恃兮孤茕茕，内自悼兮啼失声。思报德兮邈已绝，感鞠育兮情剥裂。嗟母兄兮永潜藏，想形容兮内摧伤。感阳春兮思慈亲，欲一见兮路无因。望南山兮发哀叹，感机杖兮涕汍澜。念畴昔兮母兄在，心逸豫兮寿四海。忽已逝兮不可追，心穷约兮但有悲。上空堂兮廓无依，睹遗物兮心崩摧。中夜悲兮当告谁，独抆泪兮抱哀戚。亲日远迈兮思予心，恋所生兮泪流襟。慈母没兮谁与骄，顾自怜兮心忉忉。诉苍天兮天不闻，泪如雨兮叹成云。欲弃忧兮寻复来，痛殷殷兮不可裁。

这首采用骚体写作的悼亡之作，有一唱三叹之致。频频换韵，如泣如诉，将痛失母爱的极度悲恸和悼念亡亲的深沉思念尽情宣泄，读来令人动容。后一段说，亲人一天天离我远去，我的思念与日俱增。慈母已逝，还有谁会娇宠我呢？顾影自怜，忧心忡忡，想向那辽阔的苍穹倾诉我的哀痛，然而苍天无言，不理睬我。我只得徒然自伤，泪如雨下，叹气成云。想要摆脱这沉重的哀思，可是每每如影随形，刚刚排解却又立刻涌上心头。这绵绵无期的悲痛啊，无论怎样都无法断绝。

时局艰险而微妙，嵇康自己又处于困厄之中，今日之烦恼未了，明日之灾厄难料，没有了慈母更无处诉说自己的苦衷。这就是嵇康这首悼亡之作为什么抒写悲哀达到极致甚至绝望的隐含的原因。

四、与山巨源绝交

母亲去世以后，嵇康就在山阳故居暂时定居下来，在外游历，虽说曹氏夫人肩负上侍老母、下育儿女的重担，任劳任怨，但母亲已逝，嵇康是家中的顶梁柱，必须担负起丈夫和父亲的责任。好在他的女儿已十岁，儿子嵇绍也有六七岁了，一双儿女，聪明伶俐，招人喜爱。长兄的儿子约莫二十出头，跟随身旁的弟子赵至，也需要他传道授业。更何况，家中还残留着母兄慈爱温馨的气息，安慰着他疲惫惶恐的灵魂。因此，嵇康真心诚意地希望与家人平淡相守，做一个平凡普通的乡里先生。他在赠朋友阮侃的诗中说："含哀还旧庐，感切伤心肝！"还自抒怀抱："泽雉穷野草，灵龟乐泥蟠。荣名秽人身，高位多灾患。未若捐外累，肆志养浩然。"他说自己宁愿像雉鸡一样在田野中优容嬉戏，像灵龟一样在泥潭里愉快盘踞，也不愿意追求高官厚禄，招惹祸患。

然而，天外飞石却将嵇康温馨的故园之梦打碎。

这一次，投来石块的却是他的好朋友山涛山巨源。

山涛自从走出竹林，归顺司马以后，因为他颇具行政才能，又品行端正，为官清廉，甚得司马氏兄弟的赏识，官位屡获升迁。景元二年（261），官至吏部尚书郎的山涛又被司马昭征召，重用他为大将军府的从事郎中。于是，山涛举荐好友嵇康接任吏部尚书郎一职。其实，这已经不是山涛第一次举荐嵇康了。两年前，山涛适逢官职调动，也举荐过嵇康来代替自己。只是因为各种原因，山涛的举荐没有实现。

山涛是七贤中年龄最长者，也是嵇康最早的交情最笃的朋友之一。山涛虽然也有文集，可惜的是现已亡佚，但大家推重的是他的才干和器识。《世说新语·赏誉》云："王戎目山巨源：如璞玉浑金，人皆钦其宝，莫知名其器。"也就是说，同为"七贤"之一的王戎说山涛气度"如璞玉浑金"，大家公认他能成大器。《世说新语·赏誉》还记载，有人问西晋宰相王衍，山涛是个什么人？王衍回答说："此人初不肯以谈自居，然不读老、庄，时闻其咏，往往与其旨合。"《世说新语·识鉴》还说："时人以谓'山涛不学孙、吴，而暗与之理合'。王夷甫亦叹云：'公暗与道合。'"这些评价，都说明山涛是有雄才大略的，于大道理有超常的领悟力。这样的才具，不从政当然是浪费。

山涛自己也是这么想的。他出身贫寒，家里穷得叮当响，还对夫人韩氏开玩笑说："忍饥寒，我后当作三公，但不知卿堪公夫人不耳！"意思是说，我做了大官以后，只怕你又老又丑，不配做贵夫人了。话是这么说，但山涛是个品行端正的君子，《晋书》本传说"及居荣贵，贞慎俭约，虽爵同千乘，而无嫔媵"，当然是"糟糠之妻不下堂"了。这是后话不赘。

山涛的仕途堪称大器晚成，充分体现了他的识时务。作为一代名士，山涛在政治上的行藏取舍，他自己基本上占据主动。开始司马懿与曹爽权斗，局势未明，他就选择隐居。等到曹室落败，司马掌权执政后，他看到时代已不可逆转地入晋，就出仕从政。

　　山涛的表姑是司马懿的原配夫人，司马师、司马昭的母亲，所以，他和司马氏家族也是沾亲带故。山涛开始举秀才，任郎中，后因他一直主张以司马炎为太子，及至司马炎代魏称帝后，任命山涛为大鸿胪，加奉车都尉。出为冀州刺史，入为侍中，迁吏部尚书、太子少傅、左仆射等。可谓官高权重。山涛一方面勤于政事，"甄拔隐居，搜访贤才三十余人"；另一方面又生活俭约，不贪财货，因此他政声清亮，为世所推重。

　　再回到举荐嵇康一事上来。山涛的举荐，嵇康并不领情，写了一篇洋洋洒洒的《与山三源绝交书》，明确拒绝山涛的举荐。因为这篇文章文笔实在是太好，淋漓尽致表明心迹，引经据典贬损对方，脍炙人口，千古流传！以致很多后之人，只是从《与山巨源绝交书》中知道还有山巨源这个人，更进而将其归入"嗜臭腐"之流。

　　我以为，"与山巨源绝交"这件事是七贤中嵇康与山涛这两个优秀人物"超一流"的交集，不应该作世俗的理解。

　　山涛为何一再推举嵇康以自代？他不是以识见为世推重吗？早年两人交往未深的时候，山涛就曾在叔父山嵚面前称道嵇康无心仕途，嵇康还因此许为知己之言。后来嵇康结姻曹室，不满司马氏的所作所为，为了逃避司马昭的征辟，甚至只身远赴河东，其发誓终生不为晋臣的隐情，山涛应该比旁人更清楚。既然如此，山涛又为何一再举荐呢？我认为，只能解释为他对嵇康爱之深、护之笃了。山涛眼见曹魏大势已去，曹髦被弑、忠臣被杀，司马氏篡权步伐加快，一切异己行为都可能招致司马昭的残害，嵇康耿介刚直，难免惹祸。为了保全好友，缓和嵇康与司马氏的紧张关系，山涛才不得已出此下策。

　　的确，嵇康出仕为官是其最好的自我保护法，像阮籍、王戎、向秀那样"大隐"于官场。山涛与嵇康"契若金兰"，互为知己。他又与司马氏有姑表亲关系，官运亨通。而且山涛又通达时势，当年毌丘俭起兵时，山涛知其必败，曾劝阻嵇康不要响应。这次山涛又在时局日益不利于嵇康的情况下，以个人的远见卓识来举荐朋友以全身自保。嵇康是绝顶聪明之人，朋友殷殷之意，岂会不能识别？但恰恰是嫉恶如仇的性格与越名任心的思想，使嵇康无法接受山涛的推荐，而作书谢绝。所以写此书，嵇康的目的有两点：其一，表明心迹，宣告立场。这样的目的加上其"兴高而采烈"的文风，当然淋漓痛快，一吐千里。其二，保护朋友。实际上嵇康与山涛是高度默契的，嬉笑怒骂，冷嘲热讽，乃至申言绝交，其目的都是不让对方连带致罪。有人见不及此，便说嵇康不可能与好友山涛绝交，原文没有题目，"绝交"是后人加上去的。对此，我认为南朝梁昭明太子编《文选》就有这个题目，不会有误。嵇康就是用"绝交"实现与好友的"切割"，以达到保护好友的目的。

《与山巨源绝交书》全文分四段，第一段开门见山，说明绝交的原因。嵇康说：我们曾经以知己相待，从前年发生的举荐一事可知，足下还是不了解我。足下学问博通，气度宽宏；而我却性格直爽，心胸狭窄，对很多事情不能容忍，且我与足下仅是相逢而相识相交。近日听说足下又升官了，我很惶恐，担心足下又要推荐我去做官，像厨师不愿让人说他独自在割肉，于是硬要把负责祭祀的祭师也拉去帮忙，让其手执鸾刀，也沾上一身膻腥气。所以，现在向足下陈述一下这样做可不可以。

第二段嵇康引经据典说：我过去读书，看到有兼济天下而又耿介孤直的人，时常认为世上不可能有这样的人，如今方信真有这样的人。一个人"性有所不堪，真不可强"。嵇康宣称，"老子、庄周，吾之师也"。然后他历数孔子、子文、尧舜、许由、张良、接舆、公子季札、司马相如在仕隐问题上的行迹，"志气所托，不可夺也"。亦即是他们各自的志向使然，外人是无法强迫他们改变的。

在第三段，嵇康又说：每当我阅读尚子平、台孝威的传记，都会对他们产生仰慕之情，想象他们的为人。我自幼丧父，因此深受母亲和长兄的娇纵，不曾深涉儒家经学。性情疏懒，不修边幅，不讲卫生，喜欢自由自在、无拘无束的生活。进而，嵇康以阮籍与自己比较：阮籍口里从来不议论别人的过失，我想效仿，但做不到。阮籍天性超脱，只是喝酒过量而已，尚且受到礼教之士的纠缠与弹压，幸赖司马昭的保护才免于灾祸。我不具备阮籍的贤德，却又傲慢疏懒，不通人情，不会审时度势，随机应变，如果硬逼着去做官，"有必不堪者七，甚不可者二"，有七种情况让我无法忍受，两个理由不适合为官。当然，嵇康的理由是非常荒诞可笑的：我喜欢睡懒觉，如当了官，每到早晨，看门的差役就会大呼小叫地喊我起床，这是"一不堪"。我喜欢抱着古琴，漫步弹唱，又喜欢到野外射鸟钓鱼，而吏卒要守候身旁，使得自己不能随便行动，这是"二不堪"。办公时间要正襟危坐，腿脚麻木也不许动一动。而我身上又有很多虱子，总要抓搔不停。又要裹上官服，向上官作揖跪拜，这是"三不堪"。平时不擅长写信，又不喜欢写信，而人际交往及公务繁忙，若不写信应酬，就有违礼数，若是勉强回复，又不合自己性格，也不能持久。这是"四不堪"。我不喜欢吊丧，而人事却以此为重，再者我已经被不宽恕我的人所怨恨，以至有人想中伤我。虽然我惶恐不安地责备自己，但本性难移。也曾想要压抑自己的本性而顺从世俗，可是如此又违背自己的本心，也不符合真实的性情，更是我所不愿意的。这是"五不堪"。我本不喜欢俗人，但是做官后却不得不与他们共事。有时宾客盈门，嘈杂声都要把耳朵吵聋，喧嚣声和尘埃混合，污浊不堪，各种交际伎俩令人作呕。这是"六不堪"。我性情急躁不耐烦，但是官事繁杂，世故人情扰乱心思。这是"七不堪"。我又常常非难商汤与周武王，轻视周公和孔子，不合乎世俗礼法，这将为当局所不容，"此甚不可一也"。我刚肠嫉恶，肆言不讳，一遇事就会发作，"此甚不可二也"。

在详细分析了"七不堪""二不可"之后，嵇康总结道："饵术黄精，令人久寿，意甚信之；游山泽，观鱼鸟，心甚乐之。一行作吏，此事便废，安能舍其所乐而从其所惧哉！"也就是说，一旦做了官，这种种生活乐趣便全部废弃了，我怎能舍弃所喜欢的而去做自己所畏惧的事情呢！

第四段嵇康论述他对交友之道的认识。他以为，人与人互相理解，重要的是了解彼此的天性，从而成全彼此的天性。伯成子高在唐尧时是诸侯，后来尧、舜、禹相继禅让，伯成子高便辞去诸侯而去耕田。大禹去看他，问他为何要归隐，他说："尧时天下治理得好，现在你治理得不好，祸乱将由此开始。"说罢，请大禹走开。大禹没有强迫伯成子高出来做官，是为了成全他的节操。有次孔子要出门，天正在下雨却没有带雨伞。有人要他向子夏借伞。孔子考虑到子夏为人比较吝啬，为了掩饰他的短处，最终没有向子夏借伞。徐庶原本是刘备的谋臣，后来因为曹操俘获了他的母亲，只得辞别刘备而投往曹操，诸葛亮对此没有加以阻留。华歆和管宁是同窗好友，魏文帝时，身为高官的华歆几次荐举管宁，管宁没有接受，华歆也没有相逼。在嵇康看来，大禹、孔子、诸葛亮、华歆可以说是真正相互了解的知心朋友。他说：即使没有前面所述的九种缺点，我也不会理睬足下所喜欢的东西。我对自己的前途选择很明确，如果真被逼得走投无路，也只是我自己的事。足下没有必要逼迫我，使我陷入绝境而死无葬身之地。

继之，嵇康又回诉自己的处境：一双儿女幼小多病，"今但愿守陋巷，教养子孙，时与亲旧叙离阔，陈说平生，浊酒一杯，弹琴一曲，志愿毕矣"。如果足下执意举荐我为官，我定然会精神失常，甚至彻底疯掉。"自非重怨，不至于此也"。如果不是什么深仇大恨，想必足下是不至于如此相待的。

最后，嵇康以野人献芹的故事作结：有位农夫喜欢用太阳晒背取暖，并且爱吃芹菜，于是他就想把这两件事奉献给皇帝。虽然这种行为发自真诚，但行为本身却十分迂阔。我希望足下不要像这种人一样，写这封信既是为了向足下说明缘由，同时也是向足下告别。

这篇书信行文恣肆，无所忌惮，以析理持论见长，具有强烈的反传统的叛逆精神，刘勰《文心雕龙·书记》赞其"志高而文伟"，是就其气势而言的。鲁迅则说："司马懿①因这篇文章，就将嵇康杀了。非薄了汤武周孔……在当时关系非小。汤武是以武定天下的；周公是辅成王的；孔子是祖述尧舜，而尧舜是禅让天下的。嵇康都说不好……在这一点上，嵇康于司马氏的办事有了直接的影响，因此就非死不可了。"鲁迅冷峻的结论说明了《与山巨源绝交书》的政治意义，是嵇康对司马氏永不屈从的宣言，同时也说明了绝交书给嵇康带来的灾难性的阴影。

---

① 应为司马昭。

第十章

广陵散尽

一、罹祸

人生是"烟涛微茫信难求"的。有时候，一桩看似与你无关的事情，却影响到你人生的大凶或大吉的转折或走向。嵇康与山涛绝交，写了《与山巨源绝交书》。鲁迅说，司马氏"因这篇文章，就将嵇康杀了"。其实也落入皮相。嵇康是天下名士，司马氏不会因一篇文章而冒天下之大不韪杀嵇康。他们宁愿等待，捕捉一个能杜绝天下人之口的理由。嵇康是死于一桩与他完全无关的事情。这就是发生在景元二年（261）的吕巽奸淫弟媳一案。

吕巽、吕安兄弟是镇北将军吕昭的儿子，嵇康最开始是与吕巽交好，后来又通过吕巽结识了他的同父异母兄弟吕安，两人一见，意气相投，便成莫逆之交，我们在第四章中介绍过的"千里命驾"的故事就是嵇康、吕安莫逆的注脚。当然，吕巽也是嵇康的好友。然而，嵇康万万没有想到，吕氏兄弟的家事闹剧，竟让自己卷入官司，并走上一条不归之路；他视为好友的吕巽，竟成为自己入狱被害的重要推手。

《庄子》说："人情险于山川。"自古以来，"知人"就是一门莫测高深的学问。吕巽平时看起来儒雅温藉，又结交名士，其实人面兽心，是个宵小之徒。吕安的妻子徐氏长得美艳动人，吕巽垂涎已久。有一次，趁弟弟吕安离家外出，吕巽竟设法将弟媳徐氏灌醉，将其诱奸。吕安回来，听说此事，十分震怒，想将吕巽告官，并休掉妻子。吕安将自己的打算告诉嵇康，并征求他的意见。

嵇康听后气愤异常，但他转念一想，认为家丑不可以外扬，一旦告兄休妻，便会家庭破碎，吕氏兄弟两败俱伤，都难以立足于社会。作为好友，嵇康劝吕安暂且隐忍不发，由他从中斡旋调停。应该说，到此嵇康的想法和采取的措施都是无可非议的。

于是，嵇康面责吕巽，要求他痛改前非，善待弟弟。吕巽对嵇康许诺只要不见官，以后不再发生此事，永不加害吕安，并信誓旦旦，以与吕安为同父兄弟的关系立誓。嵇康随即将调解的结果告诉吕安，吕安虽然气愤，还是表示听从嵇康劝导，亦不再追究。应该说，至此一场家庭纠纷可以大事化小，小事化了，嵇康的因应措施亦是无可非议的。

然而，此时的吕巽已经投靠了司马昭，是司马昭的掾属，深受宠信，而且，他还和司马昭的心腹钟会关系密切。吕巽做贼心虚，总担心吕安以后有天会告到官府，让自己声名扫地。为了彻底根除后患，便出尔反尔，来了个恶人先告状，状告吕安不孝，殴打母亲。吕巽此举，可谓痛下杀手。因为司马昭正大力宣扬"以孝治天下"，"不孝"是反对"名教"的大罪状，轻者流放，重者杀头。当年阮籍丧母期间饮酒食肉，大臣何曾就对司马昭进言："明公方以孝治天下，而阮籍以重丧，显于公坐饮酒食肉，宜流之海外，以正风教。"幸亏司马昭意在笼络阮籍，阮才免于流放之刑。所以吕巽以"不孝"状告吕安正投合了司马氏的政策，找到了治罪依据，是力度极大的诬告。加之吕安原本就是有"异见"的名士，当局有心坑害而无人庇护，于是吕安立刻以"不孝"罪被逮捕，并被判流放到边远地区。应该说，吕氏兄弟的家庭纠纷发生了恶性的变化，已经让人嗅出一点血腥的气味。但是，还是与嵇康没有一点关联的。

问题在于此人是嵇康！一代名士，澡雪精神，他是那样的信念坚定，那样的笃于情义，那样的嫉恶如仇！得知好友蒙冤流放，嵇康既震惊又懊恼，想到自己出于好心的调停，竟然被卑鄙的吕巽所利用，致使吕安坐等受辱受罪，他的胸膛燃烧着怒火，奋笔写下了《与吕长悌绝交书》，痛斥吕巽背信弃义、阴险狠毒的无耻行径。

在这篇不足三百字的短文中，嵇康以冷峻的语言回顾了与吕巽的交往，揭露了吕巽在这次事件前后残害手足的丑陋面目，果决地表示要与其绝交。因书信精练，谨转录如下：

> 康白：昔与足下年时相比，以故数面相亲，足下笃意，逐成大好，由是许足下以至交，虽出处殊途，而欢爱不衰也。及中间少知阿都，志力开悟，每喜足下家复有此弟。而阿都去年向吾有言，诚怨足下，意欲发举，吾深抑之，亦自恃每谓足下不得迫之，故从吾言。间令足下，因其顺吾，与之顺亲。盖惜足下门户，欲令彼此无恙也。又足下许吾，终不系都，以子父交为誓，吾乃慨然感足下重言，慰解都，都遂释然，不复兴意。足下阴自阻疑，密表系都，先首服诬都，此为都故信吾，吾又非无言，何意足下苞藏祸心耶？都之含忍足下，实由吾言。今都获罪，吾为负之。吾之负都，由足下之负吾也。怅然失图，复何言哉！若此，无心复与足下交矣！古之

君子，绝交不出丑言，从此别矣！临别恨恨。嵇康白。

信中的都，即阿都，吕安的小名。嵇康说：足下暗地里起疑心，秘密揭发诬陷阿都，恶人先告状！这都是因为阿都先前相信了我，没有告发足下，哪里会想到足下包藏祸心？阿都之所以容忍，是因为我的劝说。如今阿都被判罪徙边，是我对不起他。我之所以对不起他，是由于相信了足下的誓言！足下对不起我。为此，我十分惆怅，也没有什么好说的了。像这样的朋友，我也没有什么心思继续交往了。古时候的君子绝交时，不说对方的坏话。我郑重与足下绝交！此时我也是愤恨不已。

这是《嵇中散集》中的第二封绝交书。写给山涛的绝交书长篇大论，洋洋洒洒，佯为绝交，实则明志。此书则截然不同，三百余字蕴含着因吕巽失信的错愕、震惊、失望，自己有负吕安的内疚、自责、悔恨。但凡无话可说，才是真正的绝交，因此此书是一封彻彻底底的绝交书。嫉恶如仇的嵇康想通过这封书信将自己与丑恶的吕巽彻底地切割开来。他万万想不到，从这封信开始，在那些阴谋家、告密者的眼中，嵇康将自己牢牢地与吕安"不孝"案联系在一块了，他们躲藏在阴暗的角落，为之窃喜。

何止如此，面对好友的牢狱之灾，热血男儿嵇康才写完绝交书，就打点行装，奔赴洛阳，他要为吕安去辩护，申述冤情。哪怕前面是万丈深壑，哪怕前面是熊熊烈火，他也要扑上前去。

这就是嵇康！

然而事与愿违．深壑和烈火凶狠地吞噬了嵇康和吕安，普普通通的家庭纠纷终于酿成一桩昭昭近两千年的血的冤狱。事件是由吕安的告别信引发的。

吕安妻子遭受污辱，自己莫名判刑，在流放途中，他愤懑难排，给好友嵇康写了一封告别信。信中主要回顾了两人的友情和意气相投的交往，信末则是长歌当哭："去矣嵇生，永离隔矣！茕茕飘寄，临沙漠矣！悠悠三千，路难涉矣！携手之期，邈无日矣！思心弥结，谁云释矣！……临书恨然，知复何云！"

当时对于持异见的名士而言，可谓文网高张，可能是愤恨之火焚烧了受伤的理智，吕安在信中还这样激昂慷慨地直抒胸臆：

> 顾影中原，愤气云踊。哀物悼世，激情风烈。龙睎大野，虎啸六合。猛气纷纭，雄心四据。思蹑云梯，横奋八极。披艰扫秽，荡海夷岳。蹴昆仑使西倒，蹋泰山令东覆。平涤九区，恢维宇宙。斯亦吾之鄙愿也。时不我与，垂翼远逝，锋钜靡加，翅翮摧屈，自非知命，能不愤悒者哉！

吕安以文学的笔法，夸张地表达了自己对吕巽诬陷好人、有司颠倒黑白的愤怒与厌恶。他说：回望中原，心中愤恨之气郁结，有如云海翻涌。哀叹万物无常，感伤世道沦落，激情奋发，有如疾风猛进。虬龙凝望着旷野，猛虎长啸于天地之间。勇猛之志，纷然而生；雄壮之心，占据四方。我要攀登那云路天梯，横行海内，去除艰险，扫却污秽，倾倒江海，夷平山岳。脚踢巍峨的昆仑山，让它向西倾倒；足踏雄伟的泰山，使它向东倾覆。平定涤荡九州，重新恢复宇宙的秩序。可叹我不得其时，只能垂下翅膀，去至远方。这样刀锋不能加于我，而翅翼摧伤，我自问还不能通达天命，又怎能不愤恨呢！

在司马氏密探间谍遍布全国各地的时代，这封信很快落到了司马昭的手里，并给予了另类的要命的解读。他们根本不理会这是义愤书生的牢骚语，根本不深入考察文章所指，固执地认为吕安有非凡之志、谋逆之心，书信是吕安、嵇康的互通心曲，故而是二人谋反的战斗檄文。在荒谬的"逻辑推理"下，整个案件陡转直下，以"不孝"罪被流放的吕安很快被押送回京，重新以谋反罪待判。

这时，嵇康却公然来到洛阳，毅然决然地为好友的冤案作证。于是司马昭趁机把嵇康收送廷尉，准备将两人一同治罪。

诚如张云璈《选学胶言》所说："古今不平之事，无如嵇吕一案。"嵇康之狱是一场彻底的冤狱。对此，干宝《晋纪》记录最详，《文选·思旧赋》《三国志》《世说新语》都有类似的记载。

审讯中，嵇康和吕安自然不肯屈招，对其"谋反"的指控断然否认。吕安还有封书信，纸写笔载，解读不同而已。嵇康则完全是局外之人，如何治罪呢？然而，在司马氏集团眼里，嵇康是曹魏旧臣，是一个持异见的名士。而上嵇康总是和当局作对。司马氏倡导名教，嵇康偏偏提出"越名教而任自然"；司马昭好不容易亲自率兵平息了毌丘俭、文钦淮南之叛，嵇康却撰写了《管蔡论》，极力声辩管、蔡无罪，以古讽今，为毌丘俭、文钦张目；司马氏礼敬汤、武、周、孔，奉其言如法旨，嵇康却偏要"非汤武而薄周孔"；司马氏想借禅让谋篡逆，嵇康却"轻贱唐虞而笑大禹"，煽惑士子。至于说嵇康躲避征辟，避难河东，更明显的是与执政的司马氏不合作。司马昭当然想利用吕安这一事件，惩治嵇康，以儆效尤。

然而如何定罪？罪惩何等？仍然是未定之数。

二、囚居幽愤

廷尉所辖的洛京大牢是低矮而潮湿的，用于通风的小窗却很高，人站在房里，根本看不到窗外。只有远远地时不时传来一阵阵秋蝉的低唱；西风飕飕，偶尔吹刮进一两片黄叶，算是大自然对监犯的问候。

嵇康一生淡泊仕进，敝屣功名，他最钟爱、最珍视者有二，一是友情。至今竹林的纵饮和吟啸仍然是他的灵魂的圣宴。这一次，他就是因为好友出头而受苦。二是自然。河东雄伟的群山，山阳恬静的田园，明净的阳光，悦耳的鸟鸣，芬芳的花草，现在都成为了奢侈的回忆。幸亏家人和赵至探监时，带来了他的绿绮琴，他可以晨昏抚弄，聊遣积愫。后来江淹《恨赋》云："中散下狱，神气激扬。浊醪夕引，素琴晨张。秋日萧索，浮云无光。郁青霞之奇意，入修夜之不旸。"就是摹写了嵇康囚居的风采。

廷尉的审讯可能使嵇康预感自己来日无多，面对这样一个极端邪恶的政治局面，面对无奈接受生命被终止的残忍命运，嵇康写下了可能是他的绝命之作的《幽愤诗》。

诗以"幽愤"为名，是取班固《汉书》评司马迁被诬下狱，"既陷极刑，幽而发愤""幽而发愤，乃思乃精"之意，用内心独白的方式，回首前尘，抒发自己悲剧人生的忧郁悲愤。全诗一改嵇康过去凌厉奔腾的风格，少有激扬褒贬的语言，冷静的反思如水银泻地，时而哀怨，时而悔恨，时而忆往昔，时而追来者，展示了自己平素的生活，检讨了自己褊狭的个性和粗疏的处事方式，真挚深沉，充满了对世局的无奈和自己的希冀无法实现的悲哀和惆怅。

嗟余薄祜，少遭不造，哀茕靡识，越在襁褓。母兄鞠育，有慈无威，恃爱肆姐，不训不师。爰及冠带，冯宠自放。抗心希古，任其所尚。托好老庄，贱物贵身。志在守朴，养素全真。

　　曰余不敏，好善暗人。子玉之败，屡增惟尘。大人含弘，藏垢怀耻。民之多僻，政不由己。惟此褊心，显明臧否。感悟思愆，怛若创痏。欲寡其过，谤议沸腾。性不伤物，频致怨憎。昔惭柳惠，今愧孙登。内负宿心，外恧良朋。仰慕严郑，乐道闲居。与世无营，神气晏如。咨余不淑，婴累多虞。匪降自天，实由顽疏。理弊患结，卒致囹圄。对答鄙讯，絷此幽阻。实耻讼冤，时不我与。虽曰义直，神辱志沮。澡身沧浪，岂云能补。

　　嗈嗈鸣雁，奋翼北游。顺时而动，得意忘忧。嗟我愤叹，曾莫能畴。事与愿违，遘兹淹留。穷达有命，亦又何求。古人有言，善莫近名。奉时恭默，咎悔不生。万石周慎，安亲保荣。世务纷纭，只搅予情。安乐必诫，乃终利贞。煌煌灵芝，一年三秀。予独何为，有志不就。惩难思复，心焉内疚。

　　庶勖将来。无馨无臭。采薇山阿，散发岩岫。永啸长吟，颐性养寿。

　　嵇康先回顾自己的成长，虽然自幼丧父，但幸得母亲与长兄疼爱，无拘无束地自由成长。长大后，自己心慕老庄，轻贱名利，持守淳朴，希望能保身全真。然而，自己生性刚烈，不善于选择朋友，又爱褒贬是非。当前宵小、权奸当道，虽然自己不与人为害，但却招来怨恨而沦落至此。于古有愧于柳下惠的正直坦荡，于今也愧对孙登的教诲，对内违背了自己的夙愿，对外辜负了好友的规劝。接着，嵇康述说向往安贫乐道、怡然自适的隐世生活，但是命运却不眷顾自己，屡遭磨难。在这有冤屈也无法申诉的地方，还要受到皂吏们粗鄙的审讯，使身心受到极大的耻辱，就是引来仓浪之水也无法洗去自己的冤屈。诗的结尾，嵇康深情地表达了对于顺应时命、遗弃虚名、隐逸山林、长啸歌吟的自由生活的向往。

因为此诗与嵇康以往慷慨任气的风格不同,自责自省的文字颇多,所以也引起了一些学者的疑惑。如明代学者李贽就在《焚书》中说:"若果当自责,此时而后自责,晚矣,是畏死也。既不畏死以明友之无罪,又复畏死而自责,吾不知之矣。"李贽无法理解嵇康在《幽愤诗》中的自责自省,认为这是畏惧死亡的表现,与他后来凛然临刑的形象截然相反,因而推测此诗经过后之好事者的增改修饰,不是嵇诗的原貌。其实,作为一代名士,嵇康是在现实艰难和自我选择不可调和时,把人生的焦点集中到自己身上,心胸坦荡地去承担命运中的困厄。一个人越是珍视生命,生命遭到迫害时的痛苦就越强烈而深刻。可贵的是,嵇康虽然身陷图圄,仍然没有动摇对高尚理想的追求,仍然挺身而出,对不平的现实作出不妥协的反抗。

当嵇康在狱中撰写《幽愤诗》的时候,外面他的家人和朋友又忧又急,从山阳到洛阳,奔走营救。仲兄嵇喜、山涛、阮籍、阮咸、王戎等人纷纷利用各自的关系,找廷尉,找大臣,打听嵇康究竟所犯何罪,怎样才能解救出来。两三天下来,消息汇总,背景清楚了,此案系由司马昭亲自审定,如何定性、如何量刑,都由司马昭过问,大有一点"钦犯"的味道。嵇喜、山涛们都吓呆了,大家束手无策,只寄希望于嵇康所犯罪过不大,量刑时司马昭能动恻隐之心,宽宥处理。

弟子赵至从山阳赶来后,心急如焚,在太学生和豪俊之士中发动救援。嵇康以其才情卓识,万民景仰,早已是士林偶像。现在见自己的偶像无辜遭受缧绁,民怨沸腾,三千多名太学生即在赵至发动之下,联名上书请求赦免,请以为师。与之同时,一些豪俊之士则义形于色,赶至廷尉衙门,自愿陪嵇康一同入狱。

事情正在悄悄地起变化。这时候一个人走了出来，干预此事，用他的手加力，将一代名士推上了断头台。这个人就是钟会。

钟会时任司隶校尉兼镇西大将军，司隶校尉不仅监察京师百官，其管辖范围包括今天的河北南部、河南北部、山西南部和陕西渭河平原等，权力极大。而且，钟会还是司马昭的心腹大臣。早年投书的不快，以及嵇康锻铁时对他的藐视，他一直耿耿于怀。嵇康算是被小人记挂了。两年前，他窥伺到司马昭对嵇康有罗致招揽之意后，曾阴险地向司马昭进言："嵇康，卧龙也，不可起。公无忧天下，顾以康为虑耳。"也就是说，嵇康是诸葛亮式的人物，不能起用，应该早日除掉，以绝后患。正元元年（254），毌丘俭在淮南起事，嵇康准备响应，后因听从山涛的劝阻而作罢。钟会侦听动态，也进谗司马昭。不过因为没有充分的证据，无法将嵇康治罪。

对于钟会来说，这一次可谓机会难得。于是，他在廷议中进言："现今政治开明，国家大治，偏僻的边境没有诡诈刁民，街口巷尾也没有不满的议论。而嵇康上不臣服天子，下也不事王侯，轻时傲世，不愿为时所用，且又伤风败俗。过去姜太公诛杀不愿出仕的华士，孔子诛杀行为怪癖、言论狂谬的少正卯，都是因为他们以负才惑众。臣以为，现在诛杀嵇康正是清洁王道。"

钟会的痛下杀手，固然出于私心，出于睚眦必报的阴恶的本性，却也主要迎合了司马昭的心思。他所罗织的"不为所用""轻时傲世""负才惑众"的理由无疑正是司马昭之所虑。而且，前两项也是人所共知的事实。司马昭听见深有感触。也就在这时候，太学生联名上书，豪俊之士自愿陪狱，洛京震撼，舆情汹汹，更证明钟会所言并非危言耸听。对于危及统治之事，专制者是毫不手软的。于是，司马昭杀心陡起，不再犹豫，当即与钟会密谋，以嵇康"言论放荡，害时乱教"为由，判其死刑；同时，以"不孝"和"谋反"之罪，将吕安处死。

三、临刑

当嵇康获知自己将要被处死时，他极大地震惊了！他知道司马昭的凶狠，知道此次落到他们手中，会被判以重刑，但荒谬地被处以极刑，则完全没有想到！他是那么爱惜自己的生命，就在刚刚写成的《幽愤诗》的结尾，他还抒发了遁世隐逸、长啸歌吟、养生全真的夙愿。然而，司马氏竟要剥夺他的生命！

嵇康毕竟是一代名士，在极度震惊、极度悲伤之后，他的情绪渐渐稳定下来。世界如此荒唐，如此残忍，死了不也是一种解脱吗？就像《庄子·至乐》所说的那样："死，无君于上，无臣于下；亦无四时之事，从然以天地为春秋，虽南面王乐，不能过也。"

除了对生命的无限眷恋，让嵇康牵肠挂肚的莫过于自己的一对儿女了。女儿尚且待字闺中，幼子嵇绍才十岁左右，襁褓丧父的嵇康一想到自己逝去后儿女凄苦无依的情况，他就心如刀割。没有父亲的陪伴呵护，女儿的出阁择婿，儿子的治学立业，都将充满坎坷崎岖。这时候，舐犊情深的嵇康强忍酸楚，冷静地给儿子留下自己的绝笔《家诫》。嵇康一反过去任情不羁的行为和思想，以自己对俗世的思索和人生况味的体察，以坚守志向为主线，详细叙述了为人处世的方方面面，反复告诫，希望儿子能够懂得人情世故，怀大志、拘小节，谨慎生活，在世俗中顺利成长。《家诫》的要点大略如下：

其一，关于立志。"人无志，非人也。"一个人如果没有志向，就不能称之为人。只有君子才能用心专志，按准则行事，斟酌而后行。如果所做的事是心志所向，就一定要口与心誓，守死无二，不达目的誓不罢休。"以无心守之，安而体之"，才能达到守志的最高境界。

其二，关于官场处世。嵇康告诫说，与上级官员相处，只要尊重他们就可以了。不可过于亲密，也不可以频繁造访。造访要和许多人一起去，因为上司喜问外事，或许有时会遇到某些事情被揭发，怨恨你的人便会怀疑是你告的密，就没办法开脱了。如果你能寡言慎行，那么怨恨便自然会消除。

其三，关于立身处世的态度。立身处世应当清廉高远。若遇到麻烦，别人会希望你尽力帮忙，对于请托之事，应当委婉谢绝。如果请求者的确蒙受大的冤屈，而自己又不忍坐视不管，可以表面拒绝，暗地相助。这样做，既可远避繁杂的应酬，又可保全自己束脩无玷之称。

其四，关于慎思而行。凡事先要思考是否可行，而别人如提出异议，应让他说出改变的理由。如果他十分合理，就不要为了颜面而不改，必须改正而行。如果他的理由不充分，而是以人情来打动你，即使他反复相劝，你也应当不改初衷。

其五，关于道义与情感。嵇康告诫儿子，处世不能过于清高，若遇困乏之人，而自己又有能力救济，便应依道义而行。如有人主动求助，就应先自我观察，如果自己损失过多而得到的道义又少，便应该拒绝他。即使他一再纠缠，也仍应坚决拒绝。为了面子不忍拒绝，而轻易散财之举是不可取的。

其六，关于言辞。嵇康说，言语是君子之机。语一旦说出，则"机动物应"，各种是非都会随之而来，故不可不慎。"俗人传吉迟，传凶疾，又好议人之过阙"，当人发生争辩，自己又不知道孰对孰错，切莫参与其中。如果你有所倾向，别人一定要你表达，则要闭口不谈，绝不发言。如果对方采用颂扬或蔑视的手段相逼，不要惧怕被其牵制，应郑重回答，无可奉告。

其七，关于人际交往。如果不是熟知的旧交近邻，而是贤才以下之人的邀请，应当借故推辞。不用在小节上计较卑微谦恭，而应当在大节上谦逊宽宏。不用在小节上做到廉洁知耻，而应当顾全大节。

其八，关于隐私。人人都有隐私，切莫去打听别人的隐私。如果对方知道你了解他的隐私，便会对你有所猜忌。若知道了别人的隐私，而不外说，那么也是不知道隐私。如果看到有人窃语私议，应当立刻离开。若他们硬要强迫你一起议论，言语邪恶凶险，你就应当严肃地用道义纠正他们。为什么这么做呢？这是因为作为君子是不容许这类伪薄的言论的。一旦事情败露，他们也会供出你事先知道此事，因此要多加防范。只要没有相互监督辖制的关系，一起饮酒，交换礼物，这样的交际是人与人的常道，不必刻意违逆。除此以外，如果不是挚友至交，对于匹帛之馈、车服之赠，应当坚决拒绝。为什么呢？常人皆薄义而重利，而现在如此破费，一定是有所欲求才这样做的。

其九，关于饮酒。不必硬劝别人喝酒，对方不喝自己也应该停止。如果有人来劝自己喝酒，则礼貌地做出奉陪的姿态装作喝酒就行了。如果已感到醉意醺醺，切忌再喝，否则会烂醉而不能自控。

《家诫》字里行间，浸透着深深的无奈与悲哀。嵇康希望子女尤其是幼子嵇绍既要胸怀大志，正直做人，又要谨言慎行，避免灾祸。这与嵇康自己狂放任情的一生形成了鲜明的反差。其实嵇康写《家诫》类似当年阮籍对儿子阮浑欲加入竹林七贤放浪纵恣的劝阻。阮籍说："仲容①已预吾此流，汝不得复尔！"家人中已有阮咸加入竹林，你就不要来了！为什么阮籍的言行如此矛盾呢？戴逵《竹林七贤论》说得好：

---

① 即阮咸。

"盖以浑未识己之所以为达。"阮籍认为阮浑还没有真正认识到放达的原因，这其中饱含面对险恶的政治环境如履薄冰般的焦虑，也包含着为了个人的志向选择人生的痛苦。他们对老庄偏执地追求是对现实虚伪的名教的反抗，骨子里却还是不愿后代重走自己的人生悲剧。鲁迅则在《魏晋风度及文章与药及酒之关系》中中肯地指出："嵇康是那样高傲的人，而他教子就要他这样庸碌。由此我们知道，嵇康自己对于他自己的举动也是不满足的。所以批评一个人的言行实在难，社会上对于儿子不像父亲，称为'不肖'，以为是坏事，殊不知世上正有不愿意他的儿子像他的父亲哩。试看阮籍嵇康，就是如此。这是，因为他们生于乱世，不得已，才有这样的行为，并非他们的本态。但又于此可见魏晋的破坏礼教者，实在是相信礼教到固执之极的。"

刑期临近，彤云低锁，朔风透骨。兄嵇喜和妻子长乐亭主带着一双儿女前来探监。当嵇康将妻子和女儿都郑重拜托兄照料，又将《家诫》文稿交到儿子嵇绍手中时，全家人哭到了一堆，嵇绍更是紧紧地抱住了父亲戴着镣铐的腿。

嵇康只是眼泪盈盈，他没有哭。他抚摸着嵇绍的头，又用衣袖小心地为嵇绍拭去涕泪："莫哭，莫哭。有巨源在，你不会孤苦无依的。"嵇康平静地说。

接受托孤重任的山涛并不在场。此时，旁边站着自己的兄长、儿子的亲伯父嵇喜，嵇康却没有托孤于他。嵇喜有点意外，有点纳闷，但他还是郑重地点头，说："愚兄遵命。"

嵇喜一行临别时，嵇康嘱咐嵇喜在临刑的那天一定要将自己心爱的瑶琴带来。

从某种意义上说，一代名士嵇康是当时知识分子的神圣人格的代言人。民众对于这样的偶像崇拜，不会因其入狱，而有丝毫减弱。在嵇康囚居的日子里，太学生联名上书和豪俊之士的自愿陪狱声势愈益浩大。可悲的是，司马氏集团不仅没有在民意面前妥协，反而更加惊恐，更加害怕嵇康的声名和力量会危及、削弱他们的统治，于是加速了处死嵇康的步伐。

景元三年（262），洛京的冬天是寒冷的，行刑的那天却放晴了，阳光灿烂，天空蓝湛湛的，远处甚至还望得见龙门群山峰顶闪耀的积雪。嵇康和吕安的处斩地点是建春门外的马市，时间则是午时三刻。

通往行刑处的官道两旁早已挤满了人，有普通的洛阳市民，贩夫走卒，更有大批大批悲愤交加的太学生。嵇喜和山涛、阮籍、向秀、刘伶、阮咸、王戎等一班朋友泪眼盈盈地默然肃立，赵至泪流满面，和太学生们站在一起。大家都赶来向嵇康告别，为嵇康送行。

嵇康和吕安衣着整洁，穿着士子通常穿的蓝布棉衫，从监狱到马市的路上，安然而行，不时相视，莞尔一笑，视典刑官、刽子手、众衙役如无物，真是响当当的名士风骨！他们好像不是被押赴刑场，而是相约赴竹林纵饮，或是趁晴去柳树下锻坊锻铁，或是去溪涧边调试新琴，他们仍然紧紧地拥抱着这个世界。

到马市行刑处，二人席地而坐。因为二人都是清流名士，所以典刑官还是宽容地询问有何要求或交代。嵇康眯缝着眼睛，瞄了瞄竖立在行刑台前竹竿下的日影，他知道距离行刑还有片刻。于是，嵇康招呼哥哥嵇喜上前，索取了自己的瑶琴，嵇喜以布衾垫底，铺设于刑台之上。

这举动本身就是前无古人后乏来者的彻彻底底的风流之举，人们一下子全安静了下来，静静地听着，眼巴巴地看着。

正好相反，这一切嵇康好像全然无视，他接过琴后，嘴角出现了一丝不易察觉的微笑，随即熟练地调试了一下音色，神色自若地弹起了自己生命中最看重的乐曲。

《广陵散》？《广陵散》！人们都从心底喊了出来。

坚韧不屈的音符在嵇康手指间迸发着，跳跃着，飘浮着，扩散着，有时滑溜，有时铿锵，如怨如慕，如泣如诉，琴曲昂扬激越，表现了聂政从怨恨、隐忍到愤慨、爆发的感情发展过程，展示了聂政反暴政的不屈精神。即将降临的死刑好像是世外奇谈，死神在这里也望而止步。嵇康的脸上无限祥和，心中一片光明，他已远离龌龊，远离残忍，有的只是竹林摇曳，松风清肃，花底莺声，溪间鱼影，他用指与弦的跳跃揉动，营造出人鬼俱寂的春天，给这朗朗乾坤奉献出无限的情意。

曲终音息，竹竿日影也显示行刑时刻已到，嵇康双手轻抚着琴身，长叹道："昔袁孝尼尝从吾学《广陵散》，吾每靳固之，《广陵散》于今绝矣！"

后一句话从近旁的皂卒传开，内圈传外圈，造成一轮轮声浪："《广陵散》于今绝矣！"

语毕，嵇康从容就刑。面对死亡，嵇康用生命和灵魂演绎出了一种从容，一种风骨，将瞬间变成了永恒。广陵散尽，留给世人的不仅是冬日寒曛的凄婉哀怨，更是沧桑历史对永恒意义的诠释。世上似乎唯有嵇康，才有这样的千古风流。

是年为景元三年（262），嵇康四十岁。

第十一章　余音袅袅

据《晋书·嵇康传》云："（嵇康死后），海内之士，莫不痛之。帝寻悟而恨焉。"海内之士的悲痛应该是事实，因为人们不仅仅是为嵇康的冤死而痛惜，更是为在暴政之裹挟下自己的无助而伤痛。可司马昭的悔悟则不可信了，这要么是司马昭为收买人心而作秀，要么是后世史家的曲笔示好。广陵曲散，余音袅袅。人们甚至不愿意相信嵇康已经永远离去的事实，传说嵇康被害后尸解成仙了。顾恺之《嵇康赞》就说："南海太守鲍靓，通灵士也。东海徐宁师之。宁夜闻静室有琴声，怪其妙而问焉。靓曰：'嵇叔夜。'宁曰：'嵇临命东市，何得在兹？'靓曰：'叔夜迹示终而实尸解。'"龚璛《七贤诗·嵇中散康》也说："已矣广陵散，尸解亦何益？"

"嵇康死而清议绝。"嵇康遇害，在某种程度上标志着一个时代的结束。敢与司马氏对抗的士林集团土崩瓦解，中国历史进入了晋朝的时代。这当然是魏晋易代之际的时代悲剧。

斯人已逝，玉山崩颓，凤凰飞远，只留给后人一个凄美而又肃穆的背影。

一、《广陵散》未绝

稽康临刑时，顾日影而弹琴，曲终音息，稽康长叹道："昔袁孝尼从吾学《广陵散》，吾每靳固之，《广陵散》于今绝矣！"语毕，就死，世皆痛惜。

幸运的是，《广陵散》并没有失传。很多典籍都记载，经袁孝尼"窃学""补记"，这支浸透着稽康心血的千古名曲终于流传下来。

袁准，以世事多艰险之故，一生隐居著书。曾为《周易》《周礼》《诗经》等作传，发掘其中的微言大义。他与稽康、阮籍都是朋友，阮籍常在袁准家饮酒，宿夜不归。

史籍上有关《广陵散》的记载不绝如缕。《琴史》曾记载陈拙历经波折求学《广陵散》的故事。陈拙是晚唐的著名琴师，当初为了学习《广陵散》，曾向前辈琴师孙希裕请教，谁知孙希裕勃然大怒，说："这种有伤国体、有违风化的曲子你也学？"陈拙只好转而向隐居泰山的道士梅复元求教，终于学得这首"凌凌有兵戈气"的曲子。

据《紫阳琴书》的记载，《广陵散》在两宋时期极为流行，差不多所有的琴家都会弹奏这首曲子，以至于引起大学者、理学家朱熹的极大不满，指责《广陵散》"其声最不和平，有臣凌君之意"。在崇尚三纲五常、推崇君君臣臣父父子子的朱熹看来，"臣凌君"自然是大逆不道了。明代的大学士、《元史》的编撰者宋濂曾为一本叫《太古遗音》的琴书写跋，在跋中借题发挥，说《广陵散》有"愤怒躁急"之情绪，并讥刺道："不可为训，宁可为法乎？"直言《广陵散》不当流传于世。

看来，即使历代当政者和卫道士都想摧毁《广陵散》，但《广陵散》却显示出强大的生命力，它是我国现存古代琴曲中最早具有征战杀伐之气、具有强烈反抗意识的乐曲，和中华民族的精神一脉相承，是会永久流传的。

老百姓喜欢才子英雄，胜过帝王将相，嵇康死后不久，他的集子大概就搜罗成书，在南梁时有十卷。在隋时有十三卷，《隋书·经籍志》上记载"魏中散大夫嵇康集十三卷，梁十五卷，录一卷"。在唐代时又有十五卷，《旧唐书·经籍志》上记载"嵇康集十五卷"。关于到唐代时《嵇康集》的卷数反而增多的原因，鲁迅曾在其校注的《嵇康集》序中解释道："魏中散大夫嵇康集在梁有十五卷录一卷。至隋佚两卷。唐世复出，而失其（录）。"认为是之前佚失的到唐代又找到了。到了宋代变为十卷，并且从宋以后到今天都是十卷。《宋史·艺文志》里说"嵇康集十卷"。关于从十五卷到十卷的原因，主要是散失，这其中既有卷数的散失，也有每篇卷数的减少。东晋孙盛《魏氏春秋》里说"康所著文论六七万言，皆为世所玩咏"，现在《嵇康集》中除了不是嵇康所做的附文之外，大概有三万字，所以从整体的字数上来讲也是遗失了很多的，不过，加上嵇康的《圣贤高士传》和《春秋左氏传音》佚文大概七千字，嵇康的作品还是有一半流传下来了。在元代《文献通考》上记载"嵇康集十卷"。明代版本较多，有明嘉靖四年（1525）黄省曾刻本、明万历中新安程荣校刊本、明万历天启间新安汪氏刊本、明张燮刊本等。但是在这些本子中又以黄省曾本为代表，黄省曾刻本共有四十七首诗、一篇赋、两篇书、两篇杂著、九篇论、一篇箴和一篇家戒。总共有十卷、六十三篇，《四库全书》所收的就是这个本子。

鲁迅也曾对嵇康集的校注花费了不少心血，他是据《嵇康集》在梁、隋、唐、宋、明朝代的卷数异同和版本的优劣，最终决定以吴宽抄本与黄省曾刻本互相补正来作为底本，又广泛地采用古注、类书、总集等一切相关资料，非常严谨。

二、风流云散

嵇康被害，竹林名士集团亦风流云散。

阮籍是竹林名士的又一位领袖。

阮籍一生遭际堪伤，何曾好几次劝司马氏杀阮籍，阮总是以"言皆玄远，未尝臧否人物"和醉酒来涉险过关。阮籍没有嵇康那样峻烈的性格，也不可能像嵇康那样，横眉冷对权奸如钟会。于是，为苟全性命于乱世，他应命出任司马氏的从事中郎、散骑常侍，在云谲波诡的官场，虚与委蛇，极力周旋，"在朝不任职，容迹而已"。阮籍原本是一个有良知的名士，试读其《咏怀诗》八十二首，忧伤魏祚的消亡，嫉恨奸佞的逞虐，恐惧命运的无常浸透在字里行间。阮籍活得很累！

景元四年（263）十月，皇帝曹奂被迫再次下诏，晋大将军司马昭为相国，封晋公。司马昭又是假装固辞不就。其时司徒郑冲率百官极力劝进，并一致确定由阮籍来写《劝进表》。阮籍当然不愿意写这样的文章，于是跑到袁孝尼家里，又把自己喝得酩酊大醉，想以此推脱。不料郑冲亲自前来，叫醒阮籍催稿。阮籍无奈，只得带着酒意伏案疾书，写了那篇颇受争议的《为郑冲劝晋王笺》，亦简称《劝进表》。

在《劝进表》中，阮籍称赞司马昭可与伊尹、周公、齐桓公、晋文公相媲美，最后还写"临沧州而谢支伯，登箕山而揖许由"，似乎曹魏让出帝位和司马氏接受"禅让"是一桩仁政佳话。其所用典故繁多而贴切，辞藻雅正而清壮。司马昭览之大悦，愉快地接受了封爵。郑冲等一班臣僚都惊呼为"神笔"。

阮籍却为此大病了一场。这一年冬天，阮籍就在痛苦、失望、忧郁和自责中离开了人世。时年五十四岁。

后之学者认为，"籍虽浮沉于魏、晋之间，其人品远逊嵇康"①。"籍与嵇康，当时一流人物也，何礼法疾籍如仇，昭则每为保护？康徒以钟会片言，遂不免耶？至《劝进》之文，真情乃见。"②阮籍关键时刻违心地站对了队，于是保命成功。

向秀是嵇康和吕安最要好的朋友，他亲耳聆听了嵇康的广陵绝响，亲眼目睹了两个好友处刑的惨烈情景，他震惊，他哀痛，然而为了卑微的生命，他选择了屈从。就在嵇康被害不久，河内郡推荐向秀到洛阳接受朝廷的任命，他不得已踏上了去洛阳的官道。

在这次应征途中，向秀深深陷入对好友被害的悲恸之中，悲情难禁，特意绕道过嵇康的山阳旧居。

故居尚存，斯人长逝。而斜阳外不远处又传来哀楚幽怨的笛声，向秀闻笛思旧，回忆起和嵇康、吕安一起锻铁、灌园的日子，回忆起朋友们在竹林的契阔谈谎，心中无限惆怅，写下了感人至深的《思旧赋》：

> 余与嵇康、吕安，居止接近，其人并有不羁之才。然嵇志远而疏，吕心旷而放，其后各以事见法。嵇博综技艺，于丝竹特妙。临当就命，顾视日影，索琴而弹之。余逝将西迈，经其旧庐。于是日薄虞渊，寒冰凄然。邻人有吹笛者，发声寥亮。追思曩昔游宴之好，感音而叹，故作赋云。
>
> 将命适于远京兮，遂旋反而北徂。济黄河以泛舟兮，经

---

① 引自赵绍祖《读书偶记》。
② 引自张燧《千百年眼》。

山阳之旧居。瞻旷野之萧条兮，息余驾乎城隅。践二子之遗迹兮，历穷巷之空庐。叹黍离之愍周兮，悲麦秀于殷墟。惟古昔以怀今兮，心徘徊以踌躇。栋宇存而弗毁兮，形神逝其焉如？昔李斯之受罪兮，叹黄犬而长吟。悼嵇生之永辞兮，顾日影而弹琴。托运遇于领会兮，寄余命于寸阴。听鸣笛之慷慨兮，妙声绝而复寻。停驾言其将迈兮，遂援翰而写心。

这是一篇深情之作。因为碍于时局，不能尽意明言，所以"刚开头却又煞了尾"[1]，遂成就一篇遗恨绵绵、余韵悠悠的悼友名文。

尽管向秀忘不了山阳的那一片竹林，但他的仕途却非常顺利。由散骑侍郎转黄门侍郎，又升为散骑常侍，"入则规谏过失，备皇帝顾问，出则骑马散从"，深得司马氏信任。但向秀经历了嵇、吕事件的大悲大痛之后，大彻大悟，以朝市为"大隐"，"在朝不任职，容迹而已"。他原本就是一个学者，入晋后更将全部精力投入学术研究，为《庄子》作注时，越发"发明奇趣，振起玄风"。在嵇康被害后十年，向秀亦在忧郁中撒手人寰，享年四十六岁。一部《庄子注》，还有《秋水》《至乐》两篇没有注完。

阮咸入晋后做了一个小官，越发放纵任性，狂荡不羁。除了山涛、向秀等几个好友，别人都不理解他，也不喜欢他。他有一首诗描写自己的生活状况："八斗才粮抛子建，一方灵宝掷桓玄。家叔哭穷却谁笑，正是阮咸急挥鞭。小颈秀项可青睐，大名高声皆白眼。我欲邀卿常漫舞，青丝白发老人间。"

自从嵇康被害以后，刘伶酒喝得更多了。王戎推举他做建威参军，

---

[1] 见鲁迅《为了忘却的纪念》。

他在任上依然我行我素，终日与酒为伍，不久就去职了，索性在洛阳开了一家小酒店，每日烂醉如泥。

王戎倒是官越做越大，从侍中做到中书令，又转为司徒，像先前的山涛一样，位列"三公"。

永宁二年（302），六十九岁的王戎着公服，乘轺车，经过黄公酒垆，想起当年竹林朋友的纵饮，感慨万端，回头对坐在车后的人说："吾昔与嵇叔夜、阮嗣宗酣饮于此垆，竹林之游，亦预其末。自嵇生夭、阮公亡以来，便为时所羁绁。今日视此虽近，邈若山河。"三年后，王戎死于战乱。他是竹林七贤中最后辞世的。

不能不说山涛。由于嵇康《与山巨源绝交书》脍炙人口，流传天下，后来又成为千古名篇，因此山涛在当世遭人讥刺，后世被人误解。然而，山涛忍辱负重，他深深知道，他与别人不同，挚友嵇康临刑将幼子托付给他，他的担子有多重。他体察好友托孤的惨淡用心，视嵇绍如同己出，对其百般关爱，使嵇绍不感到孤苦无助。他倾自己的学识教诲嵇绍，使嵇绍成为一个正直的有学问的人，并不失时机地引荐他走上仕途。可以说，山涛很好地完成了好友的遗托，是嵇康的生死之交。

太康初，山涛迁右仆射，加光禄大夫、侍中，后又拜司徒。他虽居高位，爵同千乘，却依然清心寡欲，贞慎俭约，不畜嫔媵，所得禄赐俸秩，皆散之亲故。太康四年（283），山涛辞世，时年七十九岁。听说他身后仅有旧房屋十间，子孙众多，容纳不下，晋帝司马炎又专门为他家建了房子。

三、钟会之死

在嵇康被害事件中，钟会是罪恶的幕后推手，堪称杀人不见血的阴谋家。

景元四年（263），也就是嵇康被害的第二年，司马昭起兵十八万伐蜀，令征西将军邓艾率兵三万，自狄道攻蜀大将军姜维于沓中；雍州刺史诸葛绪率兵三万，自祁山绝姜维后路；镇西将军钟会率主力十余万，自骆谷袭汉中，直趋成都。

姜维得知魏军钟会部已入汉中后，急忙摆脱率先来袭的邓艾，退守剑阁。奉命阻截的诸葛绪差了一天，未能阻截姜维。钟会玩弄阴谋，趁机诬告，将诸葛绪收押治罪，其所属部队改由自己统领，与姜维在剑阁对峙。

这时，邓艾趁机率精锐南出剑阁二百多里，进入蜀军没有设防的阴平，攀小道，奇袭江油，一鼓作气逼近成都。

蜀后主惊慌失措，自缚到军前，向邓艾请降，并诏令前方主帅姜维降魏。于是，姜维无奈只好投降钟会。蜀国至此灭亡。

平蜀后，钟会自恃功高，遂潜谋叛逆。因邓艾文武兼备，又握有精兵，是其心腹之患，便密报司马昭，说邓艾想要谋反。钟会又派人截获了邓艾发往洛阳的文书，再施展自己的书法功夫，模仿邓艾笔迹，另外写了一篇辞令悖傲、妄自尊大的文书。司马昭看完后大怒，立刻命令将邓艾槛车押解回朝。

除掉邓艾后，邓艾所部精锐也归钟会统率，钟会自以为天下无敌，于是和姜维商议，假造废黜司马昭的太后遗诏，准备杀掉被扣押的不服的魏军将领，然后攻取洛阳，以为"一旦天下可定也"。不料，司马昭已对其戒备，亲率十万大军，采取了防范措施。消息走漏，魏军官兵鼓噪反抗，围攻钟会营帐。一场激战后，钟会及数百亲信被当场杀死，姜维被分尸。

钟会终年四十岁。《三国演义》有诗称他"髫年称早慧，曾作秘书郎。妙计倾司马，当时号子房"，钟会文韬武略，当然是一个干才。但他也是一个阴谋家，两面三刀，总是算计别人。天日昭昭！当年他诬告嵇康有不臣之心，参与谋反，后来他自己倒是真正怀有"不可复为人下"之心，真正计除同僚，起事谋反，到头来落了个惨死他乡、身败名裂的下场。

四、嵇喜和嵇绍

嵇康的仲兄嵇喜忠厚老实，做事踏实。嵇康被害后，嵇喜主持，在赵至等弟子的帮助下，给嵇康收了尸，入了殓。不敢办丧礼，急忙扶柩运回老家谯国铚县，葬于嵇山之东。

嵇喜是有文才的，现存诗作《答嵇康诗》四首就文采斐然。嵇康亡故后，嵇喜撰有《嵇康别传》，这是一篇带有墓志铭性质的短文，笔墨间满蘸兄弟情谊，有痛惜，有骄傲，有追忆，字里行间，真情流溢。

家世儒学，少有俊才，旷迈不群，高亮任性，不修名誉，宽简有大量。学不师授，博洽多闻，长而好老、庄之业，恬静无欲。性好服食，尝采御上药。善属文论，弹琴咏诗，自足于怀抱之中。以为神仙者，禀之自然，非积学所致。至于导养得理，以尽性命，若安期、彭祖之伦，可以善求而得也。著《养生篇》。知自厚者所以丧其所生，其求益者必失其性，超然独达，遂放世事，纵意于尘埃之表。撰录上古以来圣贤、隐逸、遁心、遗名者，集为传赞，自混沌至于管宁，凡百一十有九人，盖求之于宇宙之内，而发之乎千载之外者矣。故世人莫得而名焉。

其中"知自厚者"五句是说，嵇康知道自我夸耀的人会因此而失去自己的生命，那些不断追求完美的人一定会失去他们的本性，只有超然处之才可以世事通运，于是就是放旷于世事，任意而为。这样的句子既要大胆，又要满怀感情，也只有嵇喜才写得出来。所以后世都认为嵇喜的《嵇康别传》是信史。

嵇喜担任过司马、江夏太守、徐州刺史、扬州刺史、太仆、宗正卿等官职。司马是相府的高级幕僚，俸禄一千石，六品官。刺史俸禄二千石，为地方最高长官，五品官。太仆、宗正卿均为皇室内官，三品官。太仆掌管皇室的交通工具，宗正卿负责皇室的事务、名籍图牒等，多由皇族成员担任。《晋书·齐王司马攸传》记载司马昭去世后，司马攸悲痛绝食，嵇喜劝其进食，并亲自喂食。由此可见，入晋后嵇喜深受司马氏的信任，仕途颇为顺畅。

嵇康有一子一女，幼子名嵇绍。《晋书·嵇绍传》记载"十岁而孤"，可知嵇康临刑时，将只有十岁的嵇绍托付给山涛照料，并对流泪的儿子说："山公在，汝不孤矣！"

嵇康之所以交给山涛托孤的重任，是因为其一，他与山涛交情最笃。其二，山涛为人正直，不贪财，不好色，能够教育嵇绍成为有良好品格的人。其三，嵇康知道已经进入了晋朝的新时代，山涛是晋室干练的重臣，有条件抚育嵇绍成长。这当然是作为父亲的良苦用心。

山涛果然不负好友之托。等到嵇绍成人后，山涛直接向武帝司马炎举荐，说："《康诰》有言'父子罪不相及'。嵇绍贤侔郤缺，宜加旌命，请为秘书郎。"晋武帝原本就非常器重山涛，就说："如卿所言，乃堪为丞，何但郎也。"于是发出征诏，任命嵇绍为秘书丞。

当嵇绍向山涛询问是否该出来做官时，山涛说道："我已经为你考虑很久了！天地之间，四时变化，尚且有消长更替，何况人事，哪有一成不变的呢？"应该说，山涛的考虑是体察了嵇康的用心的。

嵇康相貌伟丽，"龙章凤姿，天质自然"。儿子嵇绍当然也相貌出众，不同流俗。晋人戴逵《竹林七贤论》记载，嵇绍来到洛阳，有人见了后对王戎说："昨天在大庭广众中见到嵇绍，有种昂昂然野鹤独立在鸡群中的感觉。"王戎长叹一声说："那你是没有见过他的父亲啊！""鹤立鸡群"这个成语的语源就出在嵇绍。

嵇绍不仅继承了嵇康"龙章凤姿"的外貌，更重要的是他也有乃父那种"威武不能屈，富贵不能淫，贫贱不能移"的儒者之刚。元康元年（291），嵇绍任给事黄门侍郎。当时外戚贾谧年纪轻轻就身居侍中高位，气焰熏天，以致潘岳、杜斌等人拼命巴结，望尘而拜。而贾谧请求与嵇绍交好，嵇绍却不理睬，风骨凛然。

还有一次，嵇绍到齐王冏那里请示公务，赶上齐王正召开宴会，董艾对齐王说："嵇绍善丝竹，可命他弹琴助兴。"司马冏也正有此意，就命设琴，请嵇绍演奏。可嵇绍不同意。他庄重地说："主持政事的君王应该讲究礼仪，端正秩序。我今天穿着整齐的礼服来拜见君王，怎么能让我做这些乐工的事呢？如果我身着便服，参加私人宴会，那倒不敢推辞了。"嵇绍大义凛然，一身正气，倒是使齐王和权贵们汗颜了。

后来，嵇绍累迁汝阴太守、给事黄门侍郎、散骑常侍、侍中，被封弋阳子。永兴元年（304），河间王与成都王起兵叛变，京城告急。东海王司马越挟持惠帝司马衷北征成都王司马颖，嵇绍也随惠帝同行。不料司马越大军在荡阴战败，兵败如山倒，百官及侍卫人员各自保命，纷纷溃逃，只有嵇绍"俨然端冕，以身捍卫"。这时，叛军接近銮驾，飞箭如雨，嵇绍护伏在惠帝的身上，用身体挡住了雨一般的箭矢，一时间，鲜红的血液，喷洒在惠帝的御衣上，留下了一片片殷红的血迹。嵇绍倒在了血泊之中。自己的父亲被司马昭残杀，嵇绍却为保护司马昭的后人而死。天道轮回，何以至此？

事后，晋惠帝转危为安，左右要清洗御衣。惠帝说："此嵇侍中血，勿去。"算是讲了一句天良未泯的话。

"嵇侍中血"也成为了中国历史上赞美孤忠风骨的著名典故。约一千年后，南宋忠臣文天祥就义前，被元兵囚一土室，写下了流传千古的《正气歌》，中有句云：

> 时穷节乃见，一一垂丹青。在齐太史简，在晋董狐笔，在秦张良椎，在汉苏武节。为严将军头，为嵇侍中血，为张睢阳齿，为颜常山舌……是气所磅礴，凛烈万古存。当其贯日月，生死安足论！

嵇绍在《晋书》中有传。他和乃父前后辉映史册。一个临刑抚琴，一个飞身挡箭。一个是为朋友，一个是为国君。面对死亡，都一样忠勇，一样淡定。他们生命的结束，都给后世留下了深深的叹息和思考。

五、异代知音

有句俗话说得好：盖棺论定。嵇康被害以后，喧嚣渐息，进入近代以来人们逐渐认识到，嵇康"思想并不精密，却将玄学用文章与行为表达出来"①。嵇康的影响不仅在于他的玄学理论，更多地在于他的人格魅力。于是，嵇康伟丽脱俗的仪表、潇洒出尘的风度、嫉恶如仇的性格、悲壮跌宕的命运、气势如虹的论辩、博综众艺的才能，等等，使其

---

① 见汤用彤《魏晋玄学论稿》。

殁后直至今天仍受到人们普遍的尊重和敬仰。嵇康早已成为中国传统士人风骨的象征，成为后世之人心目中一座永恒的雕像。

在魏晋南北朝时期，嵇康的人格风度就为世所推重乃至崇拜，他是正面评价最热烈的人物。这个时期的一些重要文史典籍如《世说新语》、臧荣绪《晋书》《颜氏家训》《文心雕龙》、孙盛《魏氏春秋》、袁宏《竹林名士传》都有记载。这个时期的一些重要作家纷纷在作品中表示了对嵇康的追慕。如向秀《思旧赋》回忆了嵇康"志远而疏"的风范；东晋谢万《八贤论》把嵇康与屈原、贾谊并称；孙绰《道贤论》则把佛教高僧帛法祖比作嵇康；目录学家、文学家李充《九贤颂》将嵇康与郭泰、陈藩等大名士并称；南朝宋颜延之《五君咏》将竹林七贤中山涛、王戎剔除，高度评价嵇康"龙性谁能驯"；袁宏妻李氏《吊嵇中散》、江淹《恨赋》、沈约《七贤论》、庾肩吾《赋得嵇叔夜》、庾信《奉和赵王隐士》等都对嵇康的志向、德行、气节、人格反复吟咏、赞叹备至。此外，南京西善桥宫山墓出土的南朝时期的七贤砖画，将春秋时的高士荣启期与竹林七贤并列，画中嵇康头梳双髻，赤足，坐于豹皮褥上，正怡然自得地弹琴。这是嵇康形象的最早的艺术化的定型。

在隋唐宋元明清漫长的历史时期中，嵇康依然是士人传颂或评价的对象，而且这些赞颂和评价还有深化的趋向。

唐修《晋书》广泛吸收和筛选前人记载，其《嵇康列传》形成了当时最为详细的嵇康事迹记述。在对嵇康的性格描述上，有些不同前人的提法，如"恬静寡欲，含垢匿瑕，宽简有大量"，把嵇康宽宏、自然的美质更准确地表现出来。唐王维《与魏居士书》云："降及嵇康，亦云'顿缨狂顾，逾思长林而忆丰草'。'顿缨狂顾'，岂与俯受维絷有异乎？长林丰草，岂与官署门栏有异乎？"宋黄庭坚《书嵇叔夜诗与侄榎》认为，嵇康诗"豪壮清丽无一点尘俗气，凡学作诗者不可不成诵在心，想见其人虽沉于世故者，然而揽其余芳，便可扑去面上三斗俗尘也，何况探其义味者耶"。从嵇康的诗风逆探人品，赞赏其诗清新脱俗。明王士禛《古夫子亭杂录》云："'手挥五弦，目送归鸿'，妙在象外。"揭示出嵇康诗文中的美学命题。

至于诗人、词人在作品中描摹嵇康不屈的身影，以寄托自己的千古渴慕，更是比比皆是。如唐杜甫在多首诗中颂扬嵇康，《入衡州》诗宣称："我师嵇叔夜，世贤张子房。"宋李清照《咏史》云："两汉本继绍，新室台赘疣。所以嵇中散，至死薄殷周。"歌颂嵇康，暗讽司马氏的篡逆行径，以寄自己的忠国之慨。值得注意的是，明清时期出现了大量的《嵇康集》刻本，较著者如吴宽、程荣、黄省曾、张溥、王士贤等，均进行了重辑或刊刻。

降及近代，嵇康仍受到人们的普遍关注，其中鲁迅可以算得上嵇康的千古知音。

鲁迅自一九一三年至一九三五年，陆续校勘《嵇康集》十余次，前后长达二十三年。鲁迅用娟秀的楷书亲笔抄本三种，亲笔校勘本五种，另有《嵇康集》校文十二页。还有《嵇康集考》《嵇中散集考》《嵇康集逸文》等手稿。在鲁迅整理的众多古籍中，《嵇康集》是他花费精力最大的一种。可以想见，鲁迅对嵇康倾注了多么深的感情。

由于对社会的感触相似，个人性情、精神品质等各方面又产生了深度的契合，鲁迅对嵇康的理解是很深刻的，得出的结论也往往迥于前人，影响深远。除前面已介绍过的鲁迅对嵇康《难自然好学论》《管蔡论》《与山巨源绝交书》的理解以外，鲁迅的《汉文学史纲要》也受到嵇康《声无哀乐论》的影响，认为嵇康之理"并通于文章"，并以嵇康的理论驳斥那些把《诗经·郑风》当作淫诗的冬烘先生"自心不净，则外物随之"。又在《为了忘却的纪念》文末联想到向秀悼念嵇康的《思旧赋》，说："年轻时读向子期《思旧赋》，很怪他为什么只有寥寥的几行，刚开头却又煞了尾。然而，现在我懂得了。"他还在《魏晋风度及文章与药及酒之关系》中解读嵇康看似矛盾的行为：

> 但我看他做给他的儿子看的《家诫》——当嵇康被杀时，其子方十岁，算来当他做这篇文章的时候，他的儿子是未满十岁的——就觉得宛然是两个人。他在《家诫》中教他的儿子做人要小心，还有一条一条的教训。……这是，因为他们生于乱世，不得已，才有这样的行为。并非他们的本态。但又于此可见魏晋的破坏礼教者，实在是相信礼教到固执之极的。

值得注意的是，鲁迅在一九三二年恰在用力整理《嵇康集》的期间写过一首七绝《答客诮》，诗云："无情未必真豪杰，怜子如何不丈夫？知否兴风狂啸者，回眸时看小於菟。"此诗鲁迅自己说是"戏作"，我以为也是对嵇康作《家诫》的解读，与上引文章所叙是互为内外的。

需要指出的是，鲁迅对于嵇康，并非单纯的肤浅的崇古之情。正是在长达二十几年历经十数校而浸淫于这位命运艰危、心灵卓绝的古代贤哲的精神世界中，深刻领悟其诗文，鲁迅才顿有知音、知己和大获吾心之感动。鲁迅由起初的师事于太炎先生，并因此而追踪嵇康，仿佛是因为一种生命的神秘机缘。而由于这种生命的机缘而激发和形成的一种独特的精神氛围，这就是我们感受得到的雅琴独奏，古今同调，冥思幽人，寄心知己了。

鲁迅与嵇康得以为千古知音，嵇康之幸欤？鲁迅之幸欤？

2018 年元旦于长沙听涛馆书寓

附录一 《晋书·嵇康传》

　　嵇康，字叔夜，谯国铚人也。其先姓奚，会稽上虞人，以避怨，徙焉。铚有嵇山，家于其侧，因而命氏。兄喜，有当世才，历太仆、宗正。康早孤，有奇才，远迈不群。身长七尺八寸，美词气，有风仪，而土木形骸，不自藻饰，人以为龙章凤姿，天质自然。恬静寡欲，含垢匿瑕，宽简有大量。学不师受，博览无不该通，长好老庄。与魏宗室婚，拜中散大夫。常修养性服食之事，弹琴咏诗，自足于怀。以为神仙禀之自然，非积学所得，至于导养得理，则安期、彭祖之伦可及，乃著《养生论》。又以为君子无私，其论曰："夫称君子者，心不措乎是非，而行不违乎道者也。何以言之？夫气静神虚者，心不存于矜尚；体亮心达者，情不系于所欲。矜尚不存乎心，故能越名教而任自然；情不系于所欲，故能审贵贱而通物情。物情顺通，故大道无违；越名任心，故是非无措也。是故言君子则以无措为主，以通物为美；言小人则以匿情为非，以违道为阙。何者？匿情矜吝，小人之至恶；虚心无措，君子之笃行也。是以大道言'及吾无身，吾又何患'。无以生为贵者，是贤于贵生也。由斯而言，夫至人之用心，固不存有措矣。故曰'君子行道，忘其为身'，斯言是矣。君子之行贤也，不察于有度而后行也；任心无邪，不议于善而后正也；显情无措，不论于是而后为也。是故傲然忘贤，而贤与度会；忽然任心，而心与善遇；倜然无措，而事与是俱也。"其略如此。盖其胸怀所寄，以高契难期，每思郢质。所与神交者惟陈留阮籍、河内山涛，豫其流者河内向秀、沛国刘伶、籍兄子咸、琅邪王戎，遂为竹林之游，世所谓"竹林七贤"也。戎自信与康居山阳二十年，未尝见其喜愠之色。

康尝采药游山泽，会其得意，忽焉忘反。时有樵苏者遇之，咸谓为神。至汲郡山中见孙登，康遂从之游。登沉默自守，无所言说。康临去，登曰："君性烈而才隽，其能免乎！"康又遇王烈，共入山，烈尝得石髓如饴，即自服半，余半与康，皆凝而为石。又于石室中见一卷素书，遽呼康往取，辄不复见。烈乃叹曰："叔夜志趣非常而辄不遇，命也！"其神心所感，每遇幽逸如此。

山涛将去选官，举康自代。康乃与涛书告绝，曰：

闻足下欲以吾自代，虽事不行，知足下故不知之也。恐足下羞庖人之独割，引尸祝以自助，故为足下陈其可否。

老子、庄周，吾之师也，亲居贱职；柳下惠、东方朔，达人也，安乎卑位。吾岂敢短之哉！又仲尼兼爱，不羞执鞭；子文无欲卿相，而三为令尹，是乃君子思济物之意也。所谓达能兼善而不渝，穷则自得而无闷。以此观之，故知尧、舜之居世，许由之岩栖，子房之佐汉，接舆之行歌，其揆一也。仰瞻数君，可谓能遂其志者也。故君子百行，殊途同致，循性而动，各附所安。故有"处朝廷而不出，入山林而不反"之论。且延陵高子臧之风，长卿慕相如之节，意气所托，亦不可夺也。

吾每读尚子平、台孝威传，慨然慕之，想其为人。加少孤露，母兄骄恣，不涉经学，又读老庄，重增其放，故使荣进之心日颓，任逸之情转笃。阮嗣宗口不论人过，吾每思之，而未能及。至性过人，与物无伤，惟饮酒过差耳，至为礼法之士所绳，疾之如仇，幸赖大将军保持之耳。吾以不如嗣宗之资，而有慢弛之阙；又不识物情，暗于机宜；无万石之慎，而有好尽之累：久与事接，疵衅日兴，虽欲无患，其可得乎！

又闻道士遗言，饵术黄精，令人久寿，意甚信之。游山泽，观鱼鸟，心甚乐之。一行作吏，此事便废，安能舍其所乐，而从其所惧哉！

夫人之相知，贵识其天性，因而济之。禹不逼伯成子高，全其长也；仲尼不假盖于子夏，护其短也。近诸葛孔明不迫元直以入蜀，华子鱼不强幼安以卿相，此可谓能相始终，真相知者也。自卜已审，若道尽途殚则已耳，足下无事冤之令转于沟壑也。

吾新失母兄之欢，意常凄切。女年十三，男年八岁，未及成人，况复多疾，顾此恨恨，如何可言。今但欲守陋巷，教养子孙，时时与亲旧叙离阔，陈说平生，浊酒一杯，弹琴一曲，志意毕矣，岂可见黄门而称贞哉！若趣欲共登王途，期于相致，时为欢益，一旦迫之，必发狂疾。自非重仇，不至此也。既以解足下，并以为别。

此书既行，知其不可羁屈也。性绝巧而好锻。宅中有一柳树甚茂，乃激水圜之，每夏月，居其下以锻。东平吕安服康高致，每一相思，辄千里命驾，康友而善之。后安为兄所枉诉，以事系狱，辞相证引，遂复收康。康性慎言行，一旦缧绁，乃作《幽愤诗》，曰：

嗟余薄祜，少遭不造，哀茕靡识，越在襁褓。母兄鞠育，有慈无威，恃爱肆姐，不训不师。爰及冠带，凭宠自放，抗心希古，任其所尚。托好《庄》《老》，贱物贵身，志在守朴，养素全真。

曰予不敏，好善暗人，子玉之败，屡增惟尘。大人含弘，藏垢怀耻。人之多僻，政不由己。唯此褊心，显明臧否；感悟思愆，怛若创磐。欲寡其过，谤议沸腾，性不伤物，频致怨憎。昔惭柳惠，今愧孙登，内负宿心，外恧良朋。仰慕严、郑，乐道闲居，与世无营，神气晏如。

咨予不淑，婴累多虞。匪降自天，实由顽疏，理弊患结，卒致囹圄。对答鄙讯，絷此幽阻，实耻讼冤，时不我与。虽曰义直，神辱志沮，澡身沧浪，曷云能补。雍雍鸣雁，厉翼北游，顺时而动，得意忘忧。嗟我愤叹，曾莫能俦。事与愿违，遘兹淹留，穷达有命，亦又何求？

古有人言，善莫近名。奉时恭默，咎悔不生。万石周慎，安亲保荣。世务纷纭，只搅余情，安乐必诫，乃终利贞。煌煌灵芝，一年三秀；予独何为，有志不就。惩难思复，心焉内疚，庶勗将来，无馨无臭。采薇山阿，散发岩岫，永啸长吟，颐神养寿。

初，康居贫，尝与向秀共锻于大树之下，以自赡给。颖川钟会，贵公子也，精练有才辩，故往造焉。康不为之礼，而锻不辍。良久会去，康谓曰："何所闻而来？何所见而去？"会曰："闻所闻而来，见所见而去。"会以此憾之。及是，言于文帝曰："嵇康，卧龙也，不可起。公无忧天下，顾以康为虑耳。"因譖"康欲助毌丘俭，赖山涛不听。昔齐戮华士，鲁诛少正卯，诚以害时乱教，故圣贤去之。康、安等言论放荡，非毁典谟，帝王者所不宜容。宜因衅除之，以淳风俗"。帝既昵听信会，遂并害之。

康将刑东市，太学生三千人请以为师，弗许。康顾视日影，索琴弹之，曰："昔袁孝尼尝从吾学《广陵散》，吾每靳固之，《广陵散》于今绝矣！"时年四十。海内之士，莫不痛之。帝寻悟而恨焉。

初，康尝游于洛西，暮宿华阳亭，引琴而弹。夜分，忽有客诣之，称是古人，与康共谈音律，辞致清辩，因索琴弹之，而为《广陵散》，声调绝伦，遂以授康，仍誓不传人，亦不言其姓字。

康善谈理，又能属文，其高情远趣，率然玄远。撰上古以来高士为之传赞，欲友其人于千载也。又作《太师箴》，亦足以明帝王之道焉。复作《声无哀乐论》，甚有条理。子绍，别有传。

附录二　嵇康年表

魏文帝黄初四年癸卯（223）　一岁

康生于谯郡铚县。祖原姓奚，后改嵇。父嵇昭，字子远，督军粮治书御史。母孙氏。长兄，失名。仲兄，嵇喜，字公穆。

山涛十九岁，阮籍十四岁，刘伶三岁。

黄初五年甲辰（224）　二岁

"越在襁褓，母兄鞠育。"（《幽愤诗》）则康父之死，当在黄初四年至此年间。

黄初七年丙午（226）　四岁

曹丕病亡，曹叡继位。十二月，曹叡封司马懿为骠骑大将军。

魏明帝太和元年丁未（227） 五岁

"加少孤露，母兄见骄，不涉经学。"（《与山巨源绝交书》）

向秀出生。

太和二年戊申（228） 六岁

"家世儒学，少有俊才"，"学不师授，博洽多闻"。（嵇喜《嵇康别传》）"幼有奇才，博览无所不见。"（臧荣绪《晋书》）

青龙二年甲寅（234） 十二岁

王戎出生。

青龙四年丙辰（236） 十四岁

"少好音声，长而玩之。以为物有盛衰，而此无变，而此无变；滋味有猒，而此不倦。可以导养神气，宣和情志，处穷独而不闷者，莫近于音声也。"（《琴赋序》）

"老子、庄周，吾之师也"；"吾每读尚子平、台孝威传，慨然慕之，想其为人"。（《与山巨源绝交书》）

景初元年丁巳（237） 十五岁

"昔蒙父兄祚，少得离负荷。因疏遂成懒，寝迹北山阿。但愿养性命，终已靡有他。良辰不我期，当年值纷华。"

（《五言诗三首答二郭》之二）

"又读庄老，重增其放，故使荣进之心日颓，任实之情转笃。"（《与山巨源绝交书》）

景初三年己未（239） 十七岁

魏明帝曹叡崩。太子芳即位，时年九岁。曹爽、司马懿同辅政，自是正始名士何晏、邓飏、丁谧诸人用事。

正始二年辛酉（241） 十九岁

何晏、王弼等名士在洛京倡导玄论，清谈大盛，称"正始之音"。

《幽愤诗》云："爰及冠带，冯宠自放。抗心希古，任其所尚。托好老庄，贱物贵身。志在守朴，养素全真。"则康学行之转变，及好道贵真之思成，当在此数年间。

正始三年壬戌（242） 二十岁

大约在此年，嵇康自谯郡铚县移居河内山阳。离开谯郡前，友人郭遐周、郭遐叔赠诗，康作《五言诗三首答二郭》。

正始四年癸亥（243） 二十一岁

与吕巽、吕安兄弟等往还。往苏门山中寻访孙登、王烈。

正始五年甲子（244） 二十二岁

山涛年四十，始为河内郡主簿、功曹、上计掾。约在此时，嵇康与山涛、阮籍、向秀、吕安兄弟等结识，有初期的竹林之游。

正始七年丙寅（246） 二十四岁

始入洛阳。入洛前，嵇康撰《养生论》，向秀作《难养生论》进行论辩。"嵇康作《养生论》，入洛，京师谓之神人。向子期难之，不得屈。"（孙绰《嵇中散传》）又，颜延之在《五君咏》中描述："中散不偶世，本自餐霞人。形解验默仙，吐论知凝神。立俗迕流议，寻山洽隐沦。鸾翮有时铩，龙性谁能驯。"

与阮侃（德如）往来。阮侃撰《宅无吉凶摄生论》，嵇康以《难宅无吉凶摄生论》难之，阮又作《释难宅无吉凶摄生论》，嵇康继而作《答释难宅无吉凶摄生论》。

撰《声无哀乐论》，借"东野主人"和"秦客"之口，七难七答，成为王导过江"止道"三论之一。

与张邈多有交往，两人曾就"自然好学"加以辩论。

正始八年丁卯（247） 二十五岁

司马懿与曹爽有隙，称疾不预政事。政局酝酿巨变。

约在此时，娶曹操第十子沛王曹林之女长乐亭主，旋即依例迁郎中，后又拜为中散大夫。

正始九年戊辰（248） 二十六岁

女儿出生。

钟会请嵇康阅《四本论》。"钟会撰《四本论》，始毕，甚欲使嵇公一见。置怀中，既定，畏其难，怀不敢出，于户外遥掷，便回急走。"（刘义庆《世说新语·文学》）

正始十年、嘉平元年己巳（249） 二十七岁

高平陵事件，司马懿父子诛曹爽、何晏、邓飏、李胜、毕轨、丁谧诸人，并夷其三族。秋，王弼遇疠疾而亡。

嘉平三年辛未（251） 二十九岁

常与向秀锻铁于洛邑。"康善锻，秀为之佐，相对欣然，旁若无人。又共吕安灌园于山阳。"（《晋书·向秀传》）

钟会访嵇康。"钟士季精有才理，先不识嵇康。钟要于时贤隽之士，俱往寻康。康方大树下锻，向子期为佐鼓排。康扬槌不辍，旁若无人，移时不交一言。钟起去，康曰：'何所闻而来，何所见而去？'钟曰：'闻所闻而来，见所见而去。'"（刘义庆《世说新语·简傲》）

王凌举兵欲诛司马懿，事泄见杀。是年司马懿卒，以司马师为大将军。

嘉平五年癸酉（253） 三十一岁

子嵇绍出生。

嘉平六年甲戌（254）　三十二岁

李丰谋以夏侯玄代司马师，事败。司马师杀李丰、夏侯玄、张缉诸人，并夷其三族。

是年司马师废帝为齐王，立高贵乡公曹髦。

高贵乡公正元二年乙亥（255）　三十三岁

毌丘俭、文钦起兵讨伐司马师，兵败。毌丘俭被杀，文钦奔吴。是年司马师卒，其弟司马昭继之为大将军，录尚书事。

毌丘俭起兵之时，嵇康欲应之，以问山涛，涛谏之而止。据《三国志·魏书·王粲传》注引《世语》云："毌丘俭反，康有力，且欲起兵应之。以问山涛，涛曰不可，俭亦已败。"

司马昭征辟嵇康。康避之河东（今山西夏县北）。

甘露二年丁丑（257）　三十五岁

诸葛诞举兵反，司马昭讨之。

康在河东。河东左氏学兴盛，嵇康撰《春秋左氏传音》。

甘露三年戊寅（258）　三十六岁

司马昭斩诸葛诞，夷其三族。

康从河东还。

甘露四年己卯（259）　三十七岁

在洛阳太学抄写石经。有少年赵至求为相识，至年十四。

常道乡公景元元年庚辰（260） 三十八岁

魏以司马昭为相国，封晋公，加九锡。

是年夏，司马昭弑曹髦，立常道乡公曹奂为帝，即位改元。

母丧。

常道乡公景元二年辛巳（261） 三十九岁

写《思亲诗》。

山涛除吏部郎，举康代，康撰《与山巨源绝交书》。

曾到邺城。赵至年十六，与嵇康重逢于邺城，又随康到山阳。

吕巽淫吕安妻，兄弟失和，嵇康从中调解，而巽诬安不孝。嵇康于是作书与吕巽绝交。吕安获罪徙边，旋与康书，措辞激烈，引起司马昭不满，被捕入狱，辞引嵇康，康亦被追收下狱。

景元三年壬午（262） 四十岁

作《幽愤诗》《家诫》。

钟会庭论康曰："……康上不臣天子，下不事王侯，轻时傲世，不为物用，无益于今，有败于俗。昔太公诛华士，孔子诛少正卯，以其负才乱群惑众也。今不诛康，无以清洁王道。"（《世说新语·栖逸》注引《文士传》）

嵇康、吕安均被诛。"嵇中散临刑东市，神气不变，索琴弹之，奏《广陵散》。曲终，曰：'昔袁孝尼尝从吾学

《广陵散》，吾每靳固之。《广陵散》于今绝矣！'太学生三千上书，请以为师，不许。文王亦寻悔焉。"(《世说新语·雅量》)

附录三

参考文献

1.《嵇康集》，鲁迅辑校，人民文学出版社 1973 年出版。

2.《嵇康集校注》，戴明扬，人民文学出版社 1962 年出版。

3.《竹林七贤诗文全集译注》，韩格平，吉林文史出版社1973年出版。

4.《六朝十大诗人集》，陈书良辑，岳麓书社 2000 年出版。

5.《史记》，（汉）司马迁，作家出版社 2016 年出版。

6.《三国志》，（晋）陈寿，中州古籍出版社 1997 年出版。

7.《晋书》，（唐）房玄龄，岳麓书社 1997 年出版。

8.《南史》，（唐）李延寿，岳麓书社 1997 年出版。

9.《世说新语》，（南朝）刘义庆，作家出版社 2017 年出版。

10.《文选》，（南朝）萧统，中华书局 1977 年出版。

11.《文心雕龙注》，范文澜注，人民文学出版社 1958 年出版。

12.《文心雕龙释名》，陈书良，湖南人民出版社 2004 年出版。

13.《全上古秦汉三国晋六朝文》，逯钦立，中华书局 1983 年出版。

14.《中国文学史》,章培恒、骆玉明,复旦大学出版社 1995 年出版。

15.《中国文学编年史》,陈文新,湖南人民出版社 2006 年出版。

16.《十三经注疏》,中华书局 1980 年出版。

17.《庄子集释》,郭庆藩,中华书局 1961 年出版。

18.《嵇康》,张波 ,陕西师范大学出版社 2017 年出版。

19.《阮籍集》,中华书局 1998 年出版。

20.《阮籍与嵇康》,徐公持,上海古籍出版社 1991 年出版。

21.《中国思想通史》,侯外庐,人民出版社 1957 年出版。

22.《中国哲学史新编》,冯友兰,人民出版社 1986 年出版。

23.《郭象与魏晋玄学》,汤一介,湖北人民出版社 1983 年出版。

24.《魏晋玄学论稿》,汤用彤,上海古籍出版社 2001 年出版。

25.《儒释道与魏晋玄学的形成》,王晓毅,中华书局 2003 年出版。

26.《中国古代音乐史稿》,杨荫浏,人民音乐出版社 1981 年出版。

后记

二〇一七年六月，我荣幸地受命撰写《嵇康传》。这是国家重点文化工程"中国历史文化名人传"丛书的一本。

之所以愿意受命，主因是我对于崎嵚磊落的魏晋六朝人物是颇感兴趣的。在武汉大学读硕士时，随朴学家吴林伯先生攻读魏晋旧籍。以后笃守师训，无论是做研究，抑或教学，抑或是在域外讲学，从来没有离开过魏晋六朝的范围。三十余年来，陆续出版过《六朝烟水》《陈书良说六朝》《听涛馆〈文心雕龙〉释名》《世说新语全译》《六朝十大诗人集》等关于魏晋六朝的书籍。然而，如果要写一个人的传记，仅仅这些是不够的。吴师是马一浮先生高足，故我忝列马氏再传，马大师高檠朴学治学，要研究一个人，首先是要读他的全部著作。

于是，我认真通读了戴明扬《嵇康集校注》（中华书局2014年版），又校读了一九五六年文学古籍刊行社影印鲁迅钞校之《嵇康集》。我以为，认识嵇康很容易，也很困难。

说很容易，是因为通读了他的诗文集，其言也铿锵温润，其行也磊落光明，而"认不认识一个人不在于和他同一年代，这是共鸣了解的问题"（林语堂《苏东坡传》第一章），较之周围那些用虚伪和谎言层层包裹的人，一千七百多年前的嵇康还容易了解得多。

说很困难，是因为嵇康天纵英才，多方面造诣精深。他是竹林七贤之首、曹操的孙女婿，玄学家、古琴国手、一个兼服五石散的酒徒，魏晋第一流的作曲家、诗人、音乐理论家、养生学家，"草书天下第二"、画家、恋竹者、散文家，一个老庄信徒，一个与当局不合作的狂人。稽康像以后的苏东坡、郑板桥一样，是中国历史上为数不多的多面性天才的人物。无疑，这样的灵魂永远魅力四射，是我们民族文化史上值得自豪的至宝！要认识这样的一个人，只恨自己腹笥太浅，窥豹一斑，当然很困难。

家乡湖南的清代政治家郭嵩焘写给左宗棠的一副挽联上联云：世须才才亦须世。的确，一个人的成就和时代之间，有着谜一样的关系。郭嵩焘的口气很自负，用在左宗棠身上也很相副，唯其才，不负其世。然而，如果世不须其才，或不容其才呢？尤其是碰上乱世，黎元扰扰，一些英雄豪杰当然以整顿乾坤为能事，"天下英雄，唯使君与操耳"，"看试手，补天裂"；而还有为数不少热爱生活、醉心学术、追求艺术的顶尖人才，"吾侪所学关天意"，往往他们身系文明之承续，他们怎样才能做到心无旁骛而遗落世事呢？

我以为，真正的知识分子（封建时代叫士）是中国奇特的群体。在"得士者强，失士者亡"的战国时代，他们举足轻重，确实风光过一段时期。谓予言谬，择三例以说明。其一，四公子之一的平原君赵胜，就因为要争取门下士的拥护，仅以一位跛子的无理要求而杀了后宫的美人（见《史记·平原君虞卿列传》）。这是本国统治者对士的优礼。其二，魏国的贤士段干木隐居不仕，魏文侯尊他为师。当时秦国要攻魏，司马唐谏秦王说："段干木，贤者也，而魏礼之，天下莫不闻。无乃不可加兵乎！"魏国因此免于兵祸（见《吕氏春秋·期贤篇》）。这说明了敌国对士的尊重。其三，齐宣王召见颜斶，王说："斶，前来！"颜斶却说："王，前来！"齐宣王愤然作色说："王者贵乎？士贵乎？"对曰："士贵耳，王者不贵！"（见《战国策·齐策四》）。这表现了士的自尊与自傲。以上三例虽然激起了一代又一代士人的追慕与感叹，但毕竟只是久远得近乎梦境的光荣历史了。自从秦一统天下后，多元政治的社会格局结束，士大夫便在长期的历史反思中，痛苦而清醒地认识到自己有限的地位，并形成了士人独特的人格。不同的时代有不同的士人人格。而两汉以来，儒家以牺牲个人利益为前提，给社会带来秩序，维系着"君君臣臣父父子子"的伦理。而魏晋六朝由于玄学的"灵光"普照，则焕发了人性中潜藏着的智慧和追求，撕裂着儒家灰色的秩序的罗网。士人之卓越者沉浮于时代的潮汐和政治的清浊、世局的治乱，具不赘述；但有一种专属于他们的风骨、姿态与精神，保持并贯通始终。陈寅恪将其浓缩为：独立之精神，自由之思想。嵇康面对山涛的荐举，把禄位看作腐臭的死鼠，以放任自然的情调，数举"七不堪""二不可"；阮籍凭吊广武山刘项对语处，喟然长叹："时无英雄，使竖子成名！"均属此类。细细想来，又何独魏晋六朝为然呢？只是魏晋六朝时表现得格外激荡奔跃、声色纷呈罢了。这是足以让人千古为之动容的。俗语云：丹青难画是精神。本书企图掇摭文史，爬梳旧籍，写出较接近历史的嵇康，并借以勾勒出一代士人的痛苦、欢乐、追求和他们心灵的轨迹。这是作者的追求。

基于以上考虑，基于我对嵇康的崇敬，在师友们的勉励下，我不自量力地开始了《嵇康传》的撰写。在撰写方法上，我把对嵇康行踪，经历的叙述、考证、探讨和对其论著、诗歌、音乐活动的分析研究结合起来，从对他的行踪描写中探索其艺文作品的寓意，同时又通过对其艺文作品的剖析钩稽他的行止。对于嵇康而言，其论文、诗歌、琴曲、书画是一个思想整体的几种不同的表现形式，而这些不同的表现形式之间，则存在着有机的联系。我以为，用以生平活动和思想发展为经，以论著、诗歌、音乐、书画的分析为纬的夹叙夹议的方法来写《嵇康传》，还是较为合适的。

为了这本书的撰写，二〇一七年八月，我曾到焦作山阳故城踏勘。这里当年曾有一片猗猗绿竹，七贤在此酣饮高歌。这里也是嵇康被害后，向秀前来凭吊，夕阳中听到邻家传来哀笛的地方。也是此后若干年，王戎坐轺车经过，回忆起与嵇、阮的交游，慨叹"今日视此虽近，邈若山河"的地方。而今，一切都灰飞烟灭了。"最是楚宫俱泯灭，舟人指点到今疑。"我现在在嵇康这一代名士人生驿站的废墟故址流连盘桓，瞻前顾后，喃喃而语。如果能听到空谷足音，我是会喜不自禁的。

陈书良识于长沙听涛馆书寓，时丁酉岁暮

第三辑已出版书目	21　《千古一相——管仲传》　张国擎 著
	22　《漠国明月——蔡文姬传》 郑彦英 著
	23　《棠棣之殇——曹植传》　马泰泉 著
	24　《梦摘彩云——刘勰传》　缪俊杰 著
	25　《大医精诚——孙思邈传》 罗先明 著
	26　《大唐鬼才——李贺传》　孟红梅 著
	27　《政坛大风——王安石传》 毕宝魁 著
	28　《长歌正气——文天祥传》 郭晓晔 著
	29　《糊涂百年——郑板桥传》 忽培元 著
	30　《潜龙在渊——章太炎传》 伍立杨 著
第四辑已出版书目	31　《兼爱者——墨子传》 陈为人 著
	32　《天道——荀子传》刘志轩 著
	33　《梦归田园——孟浩然传》 曹远超 著
	34　《碧霄一鹤——刘禹锡传》 程韬光 著
	35　《诗剑风流——杜牧传》 张锐强 著
	36　《锦瑟哀弦——李商隐传》 董乃斌 著
	37　《忧乐天下——范仲淹传》 周宗奇 著
	38　《通鉴载道——司马光传》 江永红 著
	39　《琵琶情——高明传》 金三益 著
	40　《世范人师——蔡元培传》 丁晓平 著

	41	《真书风骨——柳公权传》 和　谷 著
	42	《癫书狂画——米芾传》 王　川 著
	43	《理学宗师——朱熹传》 卜　谷 著
	44	《桃花庵主——唐寅传》 沙　爽 著
第五辑已出版书目	45	《大道正果——吴承恩传》 蔡铁鹰 著
	45	《气节文章——蒋士铨传》 陶　江 著
	47	《剑魂箫韵——龚自珍传》 陈歆耕 著
	48	《译界奇人——林纾传》 顾　艳 著
	49	《醒世先驱——严复传》 杨肇林 著
	50	《搏击暗夜——鲁迅传》 陈漱渝 著
	51	《边塞诗者——岑参传》 管士光 著
	52	《戊戌悲歌——康有为传》 张　健 著
	53	《天地行人——王船山传》 聂　茂 著
	54	《爱是一切——冰心传》 王炳根 著
第六辑已出版书目	55	《花间词祖——温庭筠传》 李金山 著
	56	《山之巍峨——林则徐传》 郭雪波 著
	57	《问天者——张衡传》 王清淮 著
	58	《一代文宗——韩愈传》 邢军纪 著
	59	《梦溪妙笔——沈括传》 周山湖 著
	50	《晓风残月——柳永传》 简雪庵 著

81 《天地放翁——陆游传》 陆春祥 著

82 《二拍惊奇——凌濛初传》 刘标玖 著

图书在版编目（CIP）数据

竹林悲风：嵇康传 / 陈书良 著． -- 北京：作家出版社，
2018.9（2023.6重印）

（中国历史文化名人传丛书）

ISBN 978-7-5212-0130-7

Ⅰ．①竹… Ⅱ．①陈… Ⅲ．①嵇康（224～263）- 传记
Ⅳ．①B235.3

中国版本图书馆CIP数据核字（2018）第151455号

竹林悲风——嵇康传

作 者：	陈书良
传主画像：	高 莽
责任编辑：	田一秀
书籍设计：	刘晓翔+韩湛宁
整合执行：	原文竹
责任印制：	李卫东 李大庆
出版发行：	作家出版社有限公司

社　　址：北京农展馆南里10号　　邮　　编：100125

电话传真：86-10-65067186（发行中心及邮购部）

　　　　　86-10-65004079（总编室）

E-mail:zuojia@zuojia.net.cn

http://www.zuojiachubanshe.com

印　　刷：河北鹏润印刷有限公司

成品尺寸：152×230

字　　数：195千

印　　张：17

版　　次：2018年9月第1版

印　　次：2023年6月第2次印刷

ISBN 978-7-5212-0130-7

定　　价：65.00元（精）